Klarant Verlag

W0391566

Nick Stein ist das Pseudonym eines Autors mit ostfriesischen Wurzeln, der nach vielen Jahren im Fernen Osten nun in den hohen Norden zurückgefunden hat. Auf Reisen durchs Land und auf die Inseln und besonders bei Spaziergängen durch die Wälder fliegen ihm die Ideen für seine Geschichten zu. Der Naturliebhaber siedelt seine Krimis gern im Umweltschutz-Milieu an, denn die Erhaltung der schönen Landschaft und Natur liegt ihm sehr am Herzen.

Nick Stein

Sturmkiller

Ostfrieslandkrimi

Klarant Verlag

Klarant Verlag, www.klarant.de – www.ostfrieslandkrimi.de
ISBN: 978-3-95573-970-6
1. Auflage 2019
Umschlagabbildung: Klarant Verlag

Printed in the EU.

KAPITEL 1

STURM

Draußen braute sich ein unheilvoller dunkler Sturm über Ostfriesland zusammen. Noch hatte er uns nichts anhaben können, trotzdem war ich heilfroh, zu Haus im Trockenen zu sitzen.

Mein Leben hatte sich radikal verändert. Ich trug jetzt viel Verantwortung für unsere kleine Familie, die außer mir und Lisa unsere Zwillinge Ella und Onno und unseren Jack-Russell-Terrier Jackie umfasste. Durch unser kleines Haus im ostfriesischen Burmönken, zwischen Wittmund und Jever gelegen, war auch mehr Arbeit auf mich zugekommen.

Vor allem aber hatte ich die Verantwortung für einen größeren Zuständigkeitsbereich der Polizei übernommen. Das LKA Niedersachsen hatte mich mit der Verhütung bzw. Aufklärung von Verbrechen gegen die Umwelt im Großraum Ostfriesland beauftragt. Meine Frau Lisa hatte zur gleichen Zeit die Unterstützung der Spurensicherung in Wittmund und den Aufbau einer kleinen Rechtsmedizin übernommen.

Ich hatte einen ruhigen Job im beschaulichen Urlaubsland im Nordwesten Niedersachsens erwartet, nachdem ich während meiner ersten Jahre bei der Polizei mit großkalibrigen Verbrechern zu tun gehabt hatte, von russischen Spionen über Umweltvergifter bis hin zu einer Müllmafia, die vor Mord und Totschlag nicht zurückschreckte.

Gleich nach der Geburt der beiden Kleinen, unserer Hochzeit und dem Umzug nach Ostfriesland hatte ich es mit organisiertem Schmuggel bedrohter Arten zu tun bekommen und ein Mördertrio bis nach China verfolgen müssen. Ich war gerade noch rechtzeitig vor Weihnachten zurückgekommen, das wir zum ersten Mal in unserem eigenen Häuschen feiern konnten.

Wie gesagt, ich hatte ruhige Zeiten erwartet, in denen ich mich außer um Haus und Garten nur um Jackie und die Zwillinge kümmern musste. Lisa hatte ihren Teil der Elternzeit hinter sich, ich war immer noch in Elternteilzeit. Eigentlich hätte ich schöne Tage auf der Wittmunder Polizeistation beim Klönschnack verbringen können.

Beschauliches Urlaubsland! Seit meiner ruhigen Kindheit in Carolinensiel hatte sich hier oben einiges verändert. Der größte Autobauer und der größte Windturbinenhersteller Deutschlands rahmten Ostfriesland von links und die neuen Industrien am Jadebusen nebst

Luftwaffe und Marine von rechts ein. Oben vor den Ostfriesischen Inseln fuhren täglich viele Megatonnen auf Tankern vorbei, weiter draußen standen die größten Offshore-Windparks Deutschlands. Zwischen all diesen Schwergewichten lag das nach wie vor beschauliche und ruhige Land meiner Vorfahren.

Durch Ostfriesland gingen mehrere Autobahnen, auf denen schon Lastwagen während der Fahrt von hinten aufgeschnitten und ausgeraubt worden waren. Hier war immer etwas los.

Vor Kurzem waren im Sturm erneut einige Frachter umgekippt und hatten große Mengen von Containern im Meer verloren, die zum Teil immer noch hin und her trieben und großen Schaden anrichteten. Einige der Container hatten sehr fragwürdige Chemikalien enthalten. Andere enthielten Dinge, die Auftrieb erzeugten, Tennisbälle, luftgefüllte Verpackungen, versiegelte Boxen mit allem Möglichen. Diese Container trieben nun gefährlich unter der Wasseroberfläche hin und her und bedrohten den Schiffsverkehr.

Zu allem Überfluss hatte man damit begonnen, Weltkriegsmunition vor der Küste zu bergen. Der dabei freigesetzte Sprengstoff vergiftete die Kleinlebewesen, die Fische, die sie fraßen, und die Robben und Vögel, die sich die Fische einverleibten.

Bei alledem war Ostfriesland immer noch ein wunderschönes Stück Erde, und das sollte auch so bleiben.

Nach einer schönen Silvesterparty zu Hause hatte ich das neue Jahr in aller Ruhe beginnen wollen. Im Winter waren weniger Urlauber hier oben und damit weniger Umweltschäden zu erwarten. Allerdings verhielten sich die meisten Reisenden in Ostfriesland vorbildlich. Dennoch, mit weniger Tourismus hatten die Menschen hier oben weniger Arbeit und Einkommen, dafür mehr Zeit zum Nachdenken und mehr Zeit, sich um Missstände zu kümmern. Oder welche zu schaffen.

Ich war als Erster leicht verkatert am Neujahrstag aufgestanden und sah aus dem Fenster unseres roten Backsteinhauses. Draußen blies ein Sturm, der an den Fenstern rüttelte und die Äste von den Bäumen riss. Hagel prallte in erbsengroßen Körnern gegen die Scheiben.

Offiziell war heute ein Feiertag. Was ich draußen erkennen konnte, sah weniger feierlich aus, eher wie der Vorbote einer eisigen Apokalypse. Um zehn Uhr morgens war es immer noch stockdunkel. Ein Wetter, bei dem man keinen Hund vor die Tür jagen würde. Doch genau das würde jetzt auf Jackie zukommen, der sich vor meinen Füßen unter dem Tisch zusammengerollt hatte. Er musste raus, sein Häufchen machen. Anschließend würde ich mich um das Wohl unserer Zwillinge kümmern müssen.

Als mein Handy klingelte, ahnte ich noch nicht, dass dieses Jahr alles andere als ruhig beginnen würde. Die Kripo aus Norden war dran. Im Westen Ostfrieslands, an der Leybucht bei Greetsiel, war eine Leiche in einem Naturschutzgebiet gefunden worden. Die Nordener Kollegen hatten mit dem Verweis auf das Naturschutzgebiet gleich bei mir angerufen; das fiele dann wohl in mein Ressort. Wir einigten uns darauf, uns dort zusammen mit einem Amtsarzt zu treffen.

Ich konnte mir gut vorstellen, dass die Jungs aus Norden wenig Lust hatten, bei diesem Schietwetter rauszufahren. Trotzdem, es war ihr Gebiet, nicht meines. Ich musste nur zeigen, dass der Todesfall kein Umweltproblem war, dann konnte ich zurück nach Hause. Da hatte ich auch genug zu tun, der Fußweg war voller Matsch, Äste und Unrat aller Art und ich musste prüfen, welche Schäden der Sturm möglicherweise am Dach angerichtet hatte. Worauf ich mich aber an diesem Feiertag am meisten freute, war meine Familie.

Ich fluchte und packte Laptop und Telefon ein, leinte Jackie an, damit er mir bei dem Orkan nicht wegflog, mummelte mich in einen dicken Pullover und meinen Friesennerz ein, sagte Lisa Bescheid, die noch im Bett lag und einen Krimi las, und verließ das Gebäude. Jackie musste so oder so raus und konnte nicht im Haus bleiben, da konnte ich ihn auch mitnehmen. Der beste Spürhund Ostfrieslands konnte mir vielleicht sogar bei der aufgefundenen Leiche helfen.

Gleich vor der Tür riss es mir die Kapuze vom Kopf und die Leine fast aus der Hand. Jackie bellte wie verrückt, er wollte schnell irgendwo rein, egal ob Haus oder Auto. Mir stachen eiskalte Hagelkörnchen wie Nadeln in Gesicht und Hände, meine Finger wurden sofort taub. Ich rannte mit gesenktem Haupt auf mein Auto zu, gefolgt vom aufgeregten Hund. Das Häufchen musste wohl warten.

Lisa und ich hatten uns einen Zweitwagen zulegen müssen. Sie brauchte unseren SUV wegen des Kinderwagens, ich fuhr mit einem Kia Soul, einem Elektroauto, das wir uns gerade noch hatten leisten können. Ich hatte mich gefreut, als wir ihn erstanden hatten, weil er nur wenig gekostet hatte.

Den mit Diesel betriebenen SUV wollten wir im nächsten oder übernächsten Jahr umtauschen, wenn der I.D. Buzz von VW auf dem Markt sein würde, ein ebenfalls elektrisch angetriebener Nachfolger des legendären VW-Busses.

Der Kia war nicht gerade groß. Jackie musste zwischen Vorder- und Rücksitzen Platz nehmen, wo er sich schütteln und auf eine Decke legen konnte. Ich zog den Kopf ein, klemmte mich hinter den Sitz, machte die Sitzheizung an und gab mein Ziel ins Navi ein. Die Fahrt würde eine

Stunde dauern, es waren nur sechzig Kilometer. Das Auto hatte gerade noch genug Saft für die Hin- und Rückfahrt.

Zehn Minuten später war ich noch nicht viel weiter gekommen. Hinter Angelsburg waren zwei Bäume des Wittmunder Waldes auf die B210 gestürzt, eine Umleitung gab es noch nicht. Ich war allein auf weiter Flur und musste über den alten Postweg südlich der Bundesstraße ausweichen. Dort fand ich eine halbwegs windstille Ecke, an der Jackie sein Geschäft verrichten konnte. Trotzdem war ich klitschnass und durchgefroren, als ich wieder im Auto saß. Der Hund fror ebenfalls und sah mich anklagend an. »Ich bin für die Umwelt zuständig, nicht für das Wetter, Jackie«, erklärte ich ihm.

Weitere zehn Minuten später war ich zurück auf dem Weg und passierte den Flugplatz Wittmundhafen. Hier in der Nähe hatte ich als Junge meinen ersten Fall als Hobby-Ermittler gehabt; damals hatte die Flughafenverwaltung einen Baum umsägen lassen, auf dem sich ein Adlerhorst befunden hatte. Die beiden Adlerküken, die dabei ums Leben gekommen waren, standen heute in Kunstharz gegossen auf meinem Schreibtisch.

Ich rief bei dem Nordener Kollegen an, der mich benachrichtigt hatte, Jesko Harms. Er war bereits mit zwei Kollegen unterwegs, kam aber auch nicht richtig voran. Er hatte bisher nur mit dem Zeugen telefoniert, einem Vogelfreund aus Kassel, der in Greetsiel den Jahreswechsel gefeiert hatte und mit einem Spaziergang seinen Kater bezähmen wollte. Als Ornithologe hatte der Mann sein Fernglas dabei gehabt und vom Deich um das Leyhörn-Reservoir nach Vögeln Ausschau gehalten. Davon gab es im Winter ein Dutzend Millionen, meistens Zugvögel aus dem Norden und aus Sibirien.

Der Mann hatte stattdessen einen leblosen Körper vorn an der Mittelplate der Leybucht erspäht und sofort angerufen. Harms hatte er aus dem Bett geholt. Der Kriminalhauptkommissar war erst um halb vier ins Bett gekommen und hatte eine halbe Stunde duschen müssen, um sich ans Steuer setzen zu können. »Ich hoffe, dass ich nicht an eine Streife gerate«, scherzte er. »Ich hab's nicht nachgemessen, wo mein Pegel liegt. Bestimmt zu hoch. Aber was soll's. Dienst ist Dienst.«

Und Schnaps ist Schnaps, dachte ich.

Harms hatte noch seine beiden Kollegen abgeholt, eine Oberkommissarin und einen Mann von der Nordener Spurensicherung. Die beiden anderen waren ebenfalls noch nicht fahrtüchtig. Folkert Fokken, der Mann von der Spurensicherung, hatte sich erst zu seinem Büro fahren lassen, um seine Bekleidung und seine Utensilien zu holen.

Die drei waren jetzt nach Greetsiel unterwegs, um den Zeugen zu befragen.

Vor Ort war bereits eine Amtsärztin aus Greetsiel. Die hätte sich noch nicht wieder gemeldet, sagte Harms.

Ich kam nur langsam vorwärts. Überall lagen Äste und andere Dinge auf der Straße, Schilder, Zaunpfähle und Müll, ich musste Slalom fahren. Das Radioprogramm wurde alle zehn Minuten durch Sturmwarnungen unterbrochen, besonders für die Küste. Als ob ich das nicht selbst sehen würde, dachte ich. Der Sturm war vom Typ Skagerrak-Tief, das meist die schlimmsten Unwetter mit sich brachte, die wir hier oben erleben durften. Die Angaben schwankten zwischen Orkantief und Jahrhundertsturm.

Zwischen den sich biegenden Bäumen am Straßenrand sah ich, wie die rasch dahintreibenden Wolken ab und zu aufrissen und den Blick auf den Himmel freigaben. Mal sah ich die durch den Dunst nur schwach sichtbare Sonne, mal eine sehr schmale Mondsichel, leicht unterhalb des Standortes der Sonne. Mein Gedächtnis wollte mir irgendetwas von Bedeutung zu diesem Umstand mitteilen. Der Straßenzustand und der halbe Kater, der mir von der letzten Nacht noch in den Knochen steckte, verhinderten das. Irgendetwas war mir entgangen.

Ich war inzwischen ein Stück vorangekommen. Rechts von mir lag der Badesee von Dietrichsfeld, in dem ich als Jugendlicher öfter gebadet hatte. Der See war ein älterer Teil eines Baggersees, an dem weiter hinten noch gearbeitet wurde. Als ich etwa auf dessen Höhe war, musste ich scharf in die Eisen steigen.

Zwischen der wasserüberfluteten Straße und dem See waren die Bäume wegen Straßenbauarbeiten gefällt worden, und hinter der Baustelle waren Bäume auf der rechten Straßenseite vom Sturm über die Straße gekippt worden. Ich bremste und driftete in Richtung See.

Der Baggersee verhielt sich, als wäre er die Nordsee selbst. Er war übervoll, seine Wellen schwappten über die Straße bis in den Wald auf der linken Seite. Ich bekam auf der wadenhoch mit Wasser bedeckten Straße den Wagen kaum zum Stehen und schlitterte weiter in Richtung See. Den Verlauf der Straße konnte ich vor lauter Wasser nur noch erahnen. Ich musste bereits nahe am Seeufer sein.

Falls ich ein paar Meter zu weit rutschte, würde ich mit Jackie in diesem See auf Nimmerwiedersehen absaufen. Die Scheibenwischer liefen auf Hochtouren, die nassen Blätter auf der Scheibe bekamen sie trotzdem kaum weg. Ich spürte, wie der Wagen durch den Wasserwiderstand langsam zum Stehen kam. Wo war ich?

Sehen konnte ich so gut wie gar nichts mehr. Ich zog meinen Friesennerz enger um mich und stieg aus. Meine Füße landeten in zwanzig Zentimeter tiefem Wasser auf dem Straßenrand. Der kleine Wagen stand schon abseits der Straße. Nur das linke Hinterrad hielt, es hing wohl an einem der frischen Baumstümpfe, die die Bauarbeiten hinterlassen hatten. Der Kia stand bedenklich schräg. Wenn ich jetzt weiterfuhr, lief ich Gefahr, dass ich gleich darauf im tiefen Wasser landen und vierzig, fünfzig Meter auf den Grund des Sees absacken würde.

Innen im Wagen kläffte Jackie, so laut er konnte. Er hatte Angst, das konnte ich deutlich hören. Ich klopfte mir das eiskalte Wasser von der Regenjacke und stieg wieder ein. Elektrofahrzeuge werden an allen vier Rädern angetrieben, wie ich wusste. Wenn ich jetzt vorsichtig rückwärtsfuhr, mit einem Rad noch auf der Straße, hatte ich eine Chance, dem See zu entkommen. Ich legte den Hebel um und drückte vorsichtig aufs Pedal. E-Fahrzeuge haben ein hohes Drehmoment, die Kraftübertragung wirkt sofort. Statt jedoch direkt und geradeaus nach hinten zu fahren, schlingerte der Wagen nach hinten und im Halbkreis nach rechts, da das zweite Hinterrad noch im Schlamm steckte und Widerstand leistete.

Jetzt stand ich mit allen vier Rädern im Matsch, das Seeufer konnte ich nicht erkennen, die Straße ging übergangslos in den Baggersee über, der sich jetzt bis in den Wald zu erstrecken schien. Ich fror wie ein Schneider und konnte keinen klaren Gedanken fassen, was ich tun sollte. Ich murmelte etwas von Scheiß-Alkohol zu Jackie, der bestätigend bellte.

Warum musste ausgerechnet zu Neujahr eine Leiche in einem Naturschutzgebiet angetrieben werden?

Ich stieg wieder aus, trotz des eiskalten Schneeregens, der wie eine Wand auf mich herunterfiel. Ich ging Richtung Wald und suchte mir einen Stock, um rechts vom Auto zu prüfen, wie weit ich noch vom Seeufer entfernt war.

Mir stockte der Atem. Das rechte Hinterrad schwebte bereits im Leeren, die Vorderräder standen auf geneigtem Grund. Nur das linke Hinterrad hing immer noch an einem Stumpf fest. Ohne den wäre der Wagen langsam nach hinten in den See hineingerutscht, dachte ich. Ich meinte zu spüren, wie das Wetter auf den Kia drückte. Ein falscher Windstoß, und das Auto mit Jackie drin würde im See verschwinden.

Was tun?

Keine Experimente, sagte ich mir. Der Schlamm war zu tückisch. Wenn ich das Auto jetzt bewegte, war die Gefahr zu groß, dass es in den See abrutschen würde.

Ich stieg ein, drehte die Heizung auf die Höchststufe und griff zu meinem Handy. Ich brauchte einen Abschleppwagen.

Der ADAC ging sofort ran. Helfen konnten sie mir trotzdem nicht, alle Fahrzeuge waren unterwegs. Es hatte etliche Unfälle gegeben. Die Dame am Telefon versprach mir, es beim THW und bei anderen Organisationen zu versuchen. Harms rief ich ebenfalls an und kündigte an, dass ich später da sein würde.

Ich saß im Auto und wartete. Das Wasser stieg weiter. Noch war es im Wagen trocken. Ich begann zu schwitzen, aber nicht wegen der Heizung. Wenn das Wasser weiter stieg, würde der Kia Auftrieb bekommen und den Halt verlieren, den ihm das linke Hinterrad noch gab. Würde ich dann im See versinken oder wie ein Boot herumtreiben?

Als Antwort hörte ich es leise gluckern. Durch die Beifahrertür, die etwas niedriger im Wasser hing, sickerte Wasser ein. Noch nicht viel, doch bei dem Regen würde es wohl nicht lange dauern, bis mehr Wasser ins Auto eindringen würde. Dann hatten wir keine Chance, lange oben zu treiben.

Ich würde das Auto aufgeben und mit Jackie hinaus in dieses Unwetter gehen müssen.

Hinter mir sah ich zwei Lichter auf mich zukommen. Ich stieg aus und versuchte zu erkennen, was das war. Es war ein Bauer mit seinem Trecker, an dem seitlich eine Säge montiert war. Vermutlich war er unterwegs, um die über die Straße gefallenen Bäume zu beseitigen. Ich stolperte ihm mit nassen Beinen entgegen und stieg ins Führerhaus. »Sie müssen mir helfen! Mein Auto versinkt gleich im Baggersee!«, schrie ich dem Mann am Steuer entgegen.

Der grinste nur. »Dat hebben wi glieks«, lachte er mir entgegen. Er zeigte auf ein Stahlseil mit Ösen, das neben seinem Sitz lag. »Maak dat evkens an dien Auto fast, denn trekk ik di rut«, wies er mich an.

Ich griff mir das Seil mit steifen Fingern, schlang eine Öse um einen Haken vorn an seinem Trecker und stakste mit dem anderen Ende zum Kia hinüber. Und stand blöd da; das Auto hatte eine integrierte Stoßstange, es gab nichts, um das ich das Seil schlingen konnte. Ich spürte andererseits deutlich, wie das Auto leicht unter meinen Händen nachgab, die ich auf das Heck gestützt hatte. Das Heck! Ich öffnete die Klappe, schlang das Seil um eine der Kopfstützen und hakte die Öse ins Seil.

Zeichen geben konnte ich dem Treckerfahrer nicht, der Regen war zu stark. Ich überlegte beim Zurückgehen noch, ob ich den Rückwärtsgang eingelegt hatte. Oder spielte das keine Rolle? Jetzt war ich in Sichtweite des Treckers und hob die Hand mit dem Daumen nach oben. Der Mann am Steuer nickte und fuhr langsam nach hinten zurück. Das Seil spannte sich, und ich dachte erst, dass es die Rücksitze herausreißen würde, doch dann ruckte der Kia und folgte dem Trecker schlingernd nach hinten. Ich konnte gerade noch ausweichen, als der Trecker beschleunigte und das kleine Auto auf mich zuhüpfte. Ich sprang in den Wald und landete in einem Graben. Was nichts mehr ausmachte, da ich sowieso schon durch und durch klitschnass war.

Als ich aus dem Schloot heraus war, stand der Kia wieder da, wo ich die Straße vermutete. Ich ging hin und machte das Seil unter dem wütenden Gebell Jackies wieder los.

Der Fahrer zeigte mit dem Daumen nach hinten. Ich verstand. Er würde zurückfahren und irgendwo ausweichen, um mich durchzulassen, denn nach vorn konnte ich nicht weiterfahren. Dann würde er wohl die Bäume von der Straße holen. Ich gab ihm wieder ein Okay-Zeichen mit der Hand, und rief noch mal beim ADAC an und gab Bescheid, dass ich schon Hilfe bekommen hatte.

Zehn Minuten später war ich wieder auf einer Straße, die ich erkennen konnte. Ich bedankte mich bei dem freundlichen Treckerfahrer und machte mich wieder auf den Weg, diesmal südlich an Aurich vorbei. Ich hatte das Gefühl, dem Tod gerade noch mal entkommen zu sein.

Das war eine gute Entscheidung gewesen. Wie ich wenig später im NDR hörte, war die Gegend um Eversmeer und das Ewige Meer komplett überschwemmt und nur mit größeren Fahrzeugen passierbar. Ich ärgerte mich, dass ich nicht den SUV genommen hatte, mit dem wäre ich überall besser durchgekommen. Lisa würde ihn am Feiertag nicht brauchen.

Bis Marienhafe und Upgant-Schott ging alles gut. Ich konnte wenig sehen und musste langsam fahren, dann ging es mit der Fahrerei. Früher war hier die Küstenlinie verlaufen.

Marienhafe war im Mittelalter das gewesen, was Emden heute war, der große Hafen an der Ems, direkt an einem schmalen Zugang zur Nordsee gelegen. Hier hatte sich Klaus Störtebeker mit den Häuptlingen des Brookmerlandes im Kampf gegen die Hanse zusammengetan. Nach ihm war auch die Straße benannt, auf der ich mich jetzt befand, die Störtebeker Riede, kurz vor meinem Ziel. Die Groden um mich herum waren dem Meer abgerungen worden und lagen teilweise unter dem Meeresspiegel. Ich fuhr über früheren Meeresboden – das fühlte sich bei diesem Sturm nicht gut an.

Bei gutem Wetter hätte ich von meinem Standort aus schon den Deich um die Leybucht herum sehen können. Jetzt sah ich nur eine Wand aus grauen und weißen Elementen, wie das Flimmern auf einem Bildschirm:

Eis, Hagel und Regen, die mit Geschwindigkeiten von achtzig bis neunzig Stundenkilometern fast horizontal von der Seite auf den kleinen Wagen prasselten. Trotz Heizung war ich komplett durchgefroren und zitterte hinter dem Steuer.

Während ich zwischen den hektisch zuckenden Wischerblättern hindurch nach vorn spähte, neigte sich zehn Meter vor uns ein Alleebaum in die Straße, gab krachend nach und knallte uns direkt auf die Motorhaube, bevor ich auch nur reagieren konnte. Der Kia blieb sofort stehen, die Elektromotoren jaulten wütend auf.

Ich schlug mit der Faust auf das Lenkrad. »Schiet!«, rief ich, Jackie bellte aufgeregt dazu. Ich versuchte, rückwärts unter dem Baum rauszukommen, was nicht funktionierte. Wir saßen fest. Zur Fundstelle der Leiche war es schätzungsweise noch ein Kilometer, vielleicht sogar zwei oder drei. Ich hätte jetzt mit Jackie rausgehen und zu Fuß dorthin laufen können, wonach mir aber nun wirklich nicht war. Bei dem Wetter würden wir erfrieren, so nass wie wir waren.

Im Auto war es nach wie vor warm. Ich versuchte es beim ADAC und landete in einer Warteschleife.

Lisa war zu Hause. Ich rief sie an und berichtete ihr von unserer Irrfahrt.

»Ich kann gern weiter für dich dort anrufen«, schlug sie vor. »Die haben vermutlich genug um die Ohren, ich habe gerade im Radio gehört, dass überall Unfälle passiert sind. Ich kann es auch beim Technischen Hilfswerk probieren.«

»Nein danke, das ist lieb, aber ich versuche es später selber noch mal. Die werden an den Deichen sein und sie sichern«, überlegte ich laut. »Wie sieht es bei uns aus?«

»Ich habe eine gute und ein paar schlechte Nachrichten«, sagte Lisa.

»Lieber die gute zuerst«, antwortete ich. Schlechte Nachrichten hatte ich selbst genug.

»Wir haben keinen Keller«, sagte sie. »Der kann also nicht absaufen. Ansonsten steht das Wasser zehn Zentimeter hoch im Garten und wenn das so weitergeht, steht es bald in der Küche. Die beiden Kleinen brüllen wir verrückt und die Heizung schwächelt. Wir sitzen in der Küche, ich habe den Backofen angestellt und aufgemacht.«

»Vermutlich ist irgendwo eine Gasleitung defekt.« Das konnte nicht so schlimm kommen, dachte ich, der Erdgasspeicher für den Kreis Wittmund lag nicht weit südlich von Burmönken, bei Friedeburg. »Jedenfalls haben wir noch Strom, ist doch gut. Das mit dem Gas haben die bald«, tröstete ich Lisa. »Immerhin musst du nicht zur Arbeit.«

»Außer du schickst mir gleich diese Leiche«, sagte sie. »Falls du da hinkommst. Sieh mal zu, dass die nach Norden oder Emden kommt, Lukas.«

Die Heizung lief weiter auf Hochtouren. Das ging auf die Batterie, mit der ich noch zurück nach Hause kommen wollte.

Der ADAC ging immer noch nicht ran. Ich googelte zwei Abschleppunternehmen aus Emden und einen Baumpflegebetrieb aus Aurich, der vielleicht den Baum durchsägen konnte. Die Nummer von dem Bauern, der mir vorhin geholfen hatte, hatte ich leider nicht. Keiner ging ran. Es war Feiertag, und vermutlich war ich nicht der Einzige, der etwas von ihnen wollte.

Ich hatte immer noch keine Lust auszusteigen. Vielleicht hatte sich der Fall in der Leybucht schon erledigt, dachte ich, und rief Jesko Harms an, den Kollegen aus Norden.

Ich hörte, wie er eine Teetasse abstellte, als er ran ging. »Moin, Herr Jansen«, sagte er fröhlich. »Tja, wir sind hier noch bei dem Zeugen, der die Leiche gefunden hat. Der steht unter Schock, wir haben ihn erst mal etwas beruhigt.«

Ich hörte, wie Harms aufgestanden war und sich im Raum bewegte. Vermutlich sollte der Zeuge das Gespräch nicht mithören. »Der Mann aus Kassel, ein Friedrich Schäfer, hat mit seinem Glas erkennen können, dass da ein Mensch lag. Der lag ganz vorn am Rand des Vogelschutzgebietes, zum Watt hin, wo niemand ohne Sondererlaubnis hindarf, schon gar nicht im Winter, wenn die sibirischen Weißwangengänse dort überwintern. Ohne Grund geht doch keiner bei dem Wetter ins Naturschutzgebiet, Herr Jansen. Der muss was mit dem Naturschutz zu tun gehabt haben.«

Meine Alarmsignale gingen an. Das klang ganz so, als ob er mir den Fall komplett zuschieben wollte.

»Wir werden hier noch ein wenig brauchen«, fuhr Harms fort, »dann fahren wir los und treffen uns dort.«

Er machte Anstalten, aufzulegen, wie ich hörte. »Halt«, unterbrach ich ihn. »Ich stecke hier fest, mir ist ein Baum auf die Kühlerhaube gefallen. Also aufs Auto.« Einen Kühler hatte das E-Auto nicht. »Haben Sie bei der Polizei in Aurich nicht einen eigenen Abschleppwagen? Irgendjemand muss mich hier von diesem Baum befreien, sonst komme ich nicht weiter.«

Harms schwieg einen Moment. »Hm. Ja, wir haben natürlich eigene Fahrzeuge für so was. Wo sind Sie genau?«

Ich sah auf mein Navi und beschrieb ihm den Ort, so gut ich konnte.

Ich hörte, wie er das Telefon von sich weghielt und mit jemandem sprach. »So, ich hab's. Gehen Sie von da, wo Sie sind, über die Brücke über den Störtebekerkanal, die liegt direkt vor Ihnen. Dann halten Sie sich links, dort ist ein Tor, das normalerweise geschlossen ist. Ein Kollege von uns ist dort und lässt die Autos durch. Fragen Sie den, ob wir schon durch sind, sonst warten Sie da auf uns. Ein Leichenwagen ist ebenfalls unterwegs. Wir sehen uns gleich. Bis dann.« Harms hatte aufgelegt.

Jackie und ich sahen uns an. Mussten wir jetzt raus? Es sah ganz so aus.

Lisas Mutter hatte uns zu Weihnachten ein Wetterjäckchen für Jackie geschenkt, auf dem groß in Rot »CIA« stand. Das nahm ich jetzt zur Hand und zog es Jackie über. Er jaulte, ahnte wohl schon, dass er jetzt raus musste.

Ich selbst hatte meinen Friesennerz noch an. Darunter war ich wieder etwas getrocknet, statt nass war ich jetzt nur noch feucht und klamm. Ich setzte meine Kapuze auf und zog sie so eng zu, wie es ging. Jackie gab ich etwas Futter in die Schale, die neben ihm stand. Er fraß, genauso dankbar wie ich über diesen kleinen Aufschub. Dann bekam er seine Leine um, und wir stiegen aus.

Sofort zerrte der Sturm an uns. Der Regen blies mir direkt in die Augen, ständig prallten mir spitze, kleine Hagelkörner auf die Stirn, in den Mund und vor allem auf die Augen, was sehr weh tat. Jackie wurde fast weggeblasen, ohne Leine hätte er keine Chance gehabt, sich gegen diesen Sturm zu stemmen.

Ich musste wieder von der Straße runter und durch oder über den Schloot an der Straßenseite, da der Baum mit seinem Geäst die ganze Fahrbahn versperrte. Ich fluchte. Gerade jetzt, wo die eine oder andere Stelle schon zu trocknen begann.

Jackie fand seine kurze Schwimmübung durch den Graben eher lustig, er liebt Wasser.

»Wir müssen aufpassen, dass wir nicht selbst von einem Baum erschlagen werden, Kleiner«, sagte ich zu ihm. »Lass uns mal da gehen, wo die Mitte der Straße sein könnte.«

Jackie fiepte. Er fand mit seinen Füßen kaum Grund.

Ich hätte mir Gummistiefel anziehen sollen«, grummelte ich in meinen Dreitagebart. Meine Winterwanderschuhe, die ich anhatte, waren bereits komplett durchgeweicht. Bei einem davon waren die Schnürsenkel aufgegangen; ich bückte mich und zog sie unter Wasser zu. Jackies Leine musste ich kurz losgelassen haben; ich sah plötzlich, wie er winselnd in Richtung Süden abtrieb, um sein schwarz-weißes Leben paddelnd. So sehr er sich auch bemühte, er bekam weder festen Boden unter die Füße noch kam er gegen den schneidenden Wind an.

»Schiet!«, fluchte ich. Ich musste hinterher. Erneut musste ich in den Schloot an der Seite steigen und hindurchwaten, bis zur Brust im Wasser, um zu Jackie zu kommen, der um sein Leben strampelte. Schließlich blieb seine Leine an einem abgerissenen Ast hängen, und zwei Minuten später hatte ich ihn erreicht. Ich kämpfte mich zurück zur Straße und hielt ihn mit beiden Händen hoch wie eine Trophäe, als ich erneut durch den Graben stieg. Sollte ich ihn vielleicht im Auto lassen?

»Komm, Kleiner.« Ich machte meinen Friesennerz ein Stück auf und steckte ihn rein, sodass nur sein Kopf rausschaute. Dann knöpfte ich ihn oberhalb des Hundes wieder zu und stapfte auf der Straße weiter, deren Verlauf ich an den Bäumen abschätzen konnte.

Nach einer gefühlten halben Stunde, eher wohl zehn Minuten, hatte ich die Greetsieler Straße und dann südlich davon die Brücke über den Störtebekerkanal erreicht. Hier musste ich rüber zum Deich und dann irgendwie zum Fundort der Leiche.

Ich hoffte inständig, dass sich der Weg auch gelohnt hatte. Umsonst wollte ich diese Strapazen nicht auf mich genommen haben.

KAPITEL 2

DER TOTE

Zwei Minuten später überquerten Jackie und ich die Brücke zum Deich um die Leybucht und sahen links tatsächlich einen Streifenwagen stehen. Davor stand ein vornübergebeugter Kollege und versuchte verzweifelt, sich eine Zigarette anzuzünden. Es gab wohl Dinge, die noch stärker waren als der Sturm. Die Sucht nach Nikotin zum Beispiel.

Jackie und ich trotzten dem Widerstand, den uns die Wand aus Eiswasser, Schneeregen und Hagel bot, und gingen zu ihm hinüber. Mein Gesicht fühlte sich inzwischen wie abgestorben an, meine Wimpern waren vereist und erschwerten mir die Sicht. Jackie wimmerte leise vor sich hin.

Ich trat vor den Kollegen und zeigte ihm meinen Ausweis. »Die anderen sind schon durch«, rief er mir zu. »Gleich kommt noch der Leichenwagen. Der kann Sie mitnehmen. Setzen Sie sich solange in den Streifenwagen.« Das war ein Angebot, das wir nicht ausschlagen konnten.

Eine Weile später fuhr ein Leichenwagen vor. Der Kollege sprach den Fahrer an, deutete auf uns und erklärte ihm etwas. Dann nickte er mir zu. Ich stieg aus, Jackie immer noch im Regenmantel, und sofort wieder bei der Beifahrertür des schwarzen Autos ein. Der Fahrer erzählte mir etwas vom Schietwetter, das noch schlimmer werden sollte. Mir reichte es jetzt schon. Trotz des kurzen Aufenthaltes im warmen Streifenwagen bibberte ich wie ein nackter Schneider.

Wir fuhren auf dem Deich nach Süden. Der Fahrer konzentrierte sich auf die Anweisungen, die ihm der Kollege gegeben hatte. Ganz so einfach war es scheinbar nicht, zur Fundstelle zu gelangen.

Ich dachte an den gestrigen Abend mit Lisa, an unsere erste Silvesterparty zu Haus, nur wir zwei, da Ella, Onno und Jackie schon schliefen. Wie gern wäre ich jetzt zu Haus bei Lisa gewesen, und sei es, um die Heizung zu reparieren.

Stattdessen kämpfte sich der Leichenwagen weiter auf dem Deich vor. An einer Stelle wechselte er von einer Deichseite auf die andere, dann führte eine alte, halb zerstörte Straße mitten in die Mittelplate des Naturschutzgebietes hinein, von dem ich nur gelegentlich die Salzwiesen, etwas erhöht liegenden Büsche und weitere Wasserflächen erkennen konnte. Vor und neben uns flogen ständig große Vögel auf, Möwen, Gänse, Säbelschnäbler und andere.

Schließlich standen zwei weitere Fahrzeuge vor uns an einer größeren Betonfläche mit halb zerfallenen Aufbauten. Ein blau-silberner Polizeibus und ein silberner Mercedes.

Die Enttäuschung war groß, als ich hinüberging. Beide Autos waren verlassen. Ich war so fertig, dass ich zurückging und mich wieder ungefragt auf den Beifahrersitz des Leichenwagens setzte. Der Fahrer sah mich mitfühlend an und lächelte. Er würde erst rausgehen, wenn er gerufen wurde. Er stellte das Radio an. Es war auf NDR2 eingestellt und brachte Verkehrsnachrichten, die sich mit dem Wort Chaos zusammenfassen ließen.

Gerade lief eine Katastrophenwarnung. Auf Langeoog waren zwei von einem Schiff gefallene Container gegen den Deich getrieben worden und hatten ihn leicht beschädigt. Dennoch befürchtete man einen Deichbruch, da die Wellen um die beiden Container herum Kleiboden und Sand schnell auskolken würden. Ich stellte mir das so vor wie bei mir selbst, wenn ich barfuß am Strand stand; nach einer Weile hatten die Wellen den Sand um die Füße komplett weggefressen. Eine Überschwemmung des Ortes war nicht mehr auszuschließen. Auf Juist waren zwei Menschen durch herumfliegende Bauteile schwer verletzt worden.

Ich hatte mich ein klein wenig erholt und wollte mir das nicht weiter anhören, deshalb stieg ich wieder aus; den völlig erschöpften Jackie ließ ich mit der Erlaubnis des Bestatters im Wagen. Er hatte es bei diesem Wetter noch schwerer als ich selbst, auch wenn ich völlig unterkühlt, nass und erschöpft war.

Ich spähte in Richtung Wasser. Weiter vorn, noch vor der Betonplattform, sah ich eine Bewegung von etwas Weißem. Waren das Seevögel? Nein. Es war ein Mensch, wie ich an der Bewegung erkennen konnte. Da hier mit Bäckern nicht zu rechnen war, konnte es nur dieser Folkert von der Spurensicherung sein, schloss ich. Gut. Dann musste ich dort hin, wo Queller und andere Gewächse im Schlick am Rande des Wassers aufhörten und das Meer begann. Das Gebiet war teilweise überspült, und ich musste mit meinen Wanderschuhen durch Schlick, Watt und Morast staksen, während der Sturm mich in den Matsch zu drücken suchte.

Als ich näherkam, sah ich drei weitere, dunkel gekleidete Personen. Ich zog meine Jacke enger um mich und stemmte mich gegen den Wind. Bald hatten die Gruppe mich auch erspäht, mein gelber Friesennerz war kaum zu übersehen.

Ich kannte keinen der vier. Ein älterer Mann im Goretex-Mantel kam auf mich zu und streckte mir seine behandschuhte Rechte entgegen.

»Jesko Harms«, rief er mir zu. »Und das ist Martina Gieseke, meine Kollegin.« Er zeigte auf eine Frau in Gummistiefeln und schwarzem Ledermantel, die mir zunickte. Sie war eine wettergegerbte Frau in den Fünfzigern.

»Das da unten ist Folkert Fokker von der Spurensicherung, der versucht etwas zu erkennen. Und hier drüben haben wir Dr. Gesine van Dyke, die Amtsärztin. Herr Voss vom Bestattungsinstitut müsste auch gleich da sein.«

»Mit dem bin ich gerade gekommen, er wartet im Auto.«

Die beiden Frauen traten näher und schüttelten mir die Hand, wobei die ausnehmend hübsche Ärztin dafür extra ihren teuren Lederhandschuh auszog.

Zur Leiche konnte ich auch später noch gehen, um sie mir anzusehen. Ich bedankte mich bei Harms und stellte mich meinerseits vor. Dann beugte ich mich zu der Ärztin hinunter und hielt meinen Kopf neben ihren. »An was ist der Tote denn gestorben? Und wann war das etwa, können Sie mir das sagen?«

Die Frau war eine ruhige Oase des Dufts inmitten des nach Salz und Wasser riechenden Orkans. Sie drehte mir kurz das Gesicht zu und lächelte. »Ich habe ihn erst gar nicht als Menschen erkannt, er hat schwere Verbrennungen erlitten, die Kleidung ist zum Teil mit dem Körper verschmolzen.« Frau Dr. Van Dyke wischte sich das Wasser aus dem Gesicht. »Ich dachte deshalb zuerst, dass er verbrannt ist. Zu Silvester passiert so etwas schon mal.«

Sie sah zum Spusi-Mann hinüber, der vor der Leiche kniete und sie verdeckte. »Der Mann ist jedoch ertrunken, was die schaumige Substanz in seinem Mund zeigt. Lange tot ist er noch nicht, ein paar Stunden, vielleicht einen Tag. Allerdings könnte er länger im Salzwasser gelegen haben, das ist dann schwer zu beurteilen.«

»Genaueres kann erst die Obduktion zeigen«, griff ich voraus, während ich den angenehmen Duft dieser Frau einatmete. Was war das für ein Parfüm? Vielleicht sollte ich Lisa auch so eins kaufen, dachte ich.

»Richtig«, lachte sie mit blitzenden braunen Augen. »Das darf dann jemand anderes machen, ich bin da nicht scharf drauf«, sagte sie. »Das ist zwar nicht mein Job, aber wenn sie meine Meinung hören wollen, hat der Mann sich auf einer Silvesterparty an Krachern angesteckt, ist in Brand geraten und dann ins Wasser gesprungen oder gefallen, entweder von einem Schiff oder am Strand, vielleicht auf Borkum. Ihr Kollege da unten weiß vielleicht schon mehr. Muss ganz schön heftig gewesen sein.«

Sie warf mir ein Luftküsschen zu, zeigte mir ihre süßen Lachfältchen und wandte sich ab. »Ich setze mich dann ins Auto und fahre zurück. War nett, Sie kennengelernt zu haben, Lukas.«

Irgendwie hatte ich wenig Lust, mich gleich wieder zu verabschieden. Außerdem hatte ich vorhin etwas vergessen. Der völlig erschöpfte Hund brauchte dringend etwas zu essen. Seine Leckerchen hatte ich in der Tasche.

»Falls Sie an dem Leichenwagen vorbeikommen, da habe ich meinen Hund reingesetzt, der war völlig fertig«, sagte ich und hielt ihr den Beutel mit den Leckerchen vors Gesicht. »Könnten Sie ihm bitte ein paar davon geben? Den Rest können Sie einfach auf den Sitz legen.«

»Ach, gern. Ich kann mich ein wenig um den Hund kümmern, ich habe auch einen. Was ist es denn für einer?« Ich musste mich nah zu ihr vorbeugen, um zu verstehen, was sie sagte. Sie neigte sich ebenfalls zu mir herüber.

»Jackie ist ein Jack-Russell-Terrier«, teilte ich ihr mit. Das Parfüm der Frau irritierte mich irgendwie. Ich wandte mich ab von der hübschen Ärztin und dem Mann in Weiß und seinem Untersuchungsobjekt zu.

Vor Folkert Fokken lag eine gekrümmte Gestalt, die ich nach näherem Hinsehen als Menschen erkennen konnte. Die Haare, Brauen und Wimpern fehlten komplett, die Kopfhaut hing in rötlichen Flocken vom Schädel. Die Augen waren offen, wirkten aber seltsam eingetrocknet und glanzlos, wie auf Pappe gedruckt. Das Gesicht war mit schwarzen und roten Flecken verschmiert, wobei das Rote aus Blutresten und verbrannter Haut bestand, die vom Meer saubergespült worden war.

Während hinten an der Gestalt noch verschmorte Reste einer blau-weiß gestreiften Fischerjacke unter ebenfalls angebrannten Resten von schwarzem Ölzeug zu erkennen waren, war die Gestalt von vorn komplett schwarz verkohlt. Nur die Füße und Schuhe waren wie neu. Hinten war die Hose noch einigermaßen intakt, es war eine schwere, schwarze Ölzeughose. Jetzt konnte ich auch erkennen, dass sie Hosenträger gehabt hatte, die sich als Umrisse noch auf dem verbrannten Körper abzeichneten.

»Bleiben Sie, wo Sie sind«, rief mir der Spurensucher zu. »Es könnten noch Indizien an der Leiche kleben. Ich möchte nicht, dass die verändert werden.«

Ich seufzte. Es war immer das Gleiche mit den Spurensuchern. Der Fundort war ihr Territorium, selbst wenn er nicht der Tatort war. Die Leiche war ganz offensichtlich bei der letzten Flut heute Nacht angespült worden. Das Naturschutzgebiet Leyhörn war zur See hin offen und bestand aus Wattflächen und Gebieten mit je nach Höhe und Alter unterschiedlichem Bewuchs. Es war von Prielen durchzogen, die das ab- und auflaufende Wasser aufnahmen.

Ich konnte hinter der Leiche Schleppspuren erkennen; jemand musste den Körper angefasst und einige Meter auf festeren Grund gezogen haben. Vermutlich Folkert Fokken selbst. Ich hatte keine Ahnung, was er noch finden wollte, und ließ ihn gewähren. Dies war seine Show.

Ich wandte mich an die Oberkommissarin, die neben mir stand. »Gibt es schon Erkenntnisse?«, schrie ich ihr ins Ohr. Sie ging hinüber zum Spurensicherer und brüllte ihm ihrerseits in die Ohrmuschel. »Folkert, was hast du bisher?«

Fokken stand auf und wischte sich den Regen von seinem weißen Ölzeug. »Tja. Ich habe sein Portemonnaie, das könnt ihr gleich haben. Der Mann ist Krabbenfischer und heißt Ubbo Kroll, er ist zweiundfünfzig Jahre alt geworden. Aber schaut mal hier.« Er griff zu einer Plastikkiste mit Tütchen darin. Fokken schirmte den Wind mit seinem Körper ab und nahm einige der Plastiktüten heraus.

»Das hier sind drei Feuerzeuge, alles handelsübliche. Was mich wundert, ist die Anzahl. Wer nimmt so viele Feuerzeuge mit? Das könnte dafür sprechen, dass er irgendwo ein Feuerwerk abgebrannt hat. Weil die Feuerzeuge heiß werden und bei so einem Sturm gern versagen, hat er vielleicht mehrere mitgenommen. Das ist euer Job, das herauszufinden.«

Er zeigte uns die zweite Tüte, die voll mit schwarzem Zeug war. »Das hier ist noch interessanter. Die Asche hier, aus den Nähten in seiner Kleidung und den Schuhen, ist typisch für verbranntes oder explodiertes Schwarzpulver, das man in Silvesterraketen und Böllern findet. Sie kennen das Zeug, Holzkohle, Schwefel, Salpeter, alles handelsübliche Substanzen.« Er steckte die Tüte zurück und griff zur nächsten.

»Genaueres kann ich erst im Labor sagen, falls wir es nicht zum KTI nach Hannover einschicken müssen. Was mich stutzig macht, sind die groben Kohlestückchen, die ich unter den Gummistiefeln gefunden habe. Das ist viel zu grob für Schwarzpulver. Zu wenig Oberfläche, das zündet so nicht.«

Er steckte die Tüten wieder weg und deckte die Kiste mit einem Deckel ab. »Das könnte für selbst gemachtes Schwarzpulver sprechen. Kommt bei Feuerwerkern schon mal vor, bei Fischern wundert mich das allerdings. Ansonsten denke ich, dass ihm sein selbst gebautes schlechtes Zeug um die Ohren geflogen ist und er entweder ins Wasser geschleudert worden oder selber reingesprungen ist. Bitte, eure Leiche.«

Fokken zeigte auf den verkrümmten Körper, griff sich seine Kiste und seine Utensilien, die in einer zweiten Kiste lagen, stellte die auf die erste und machte sich auf den Weg zurück zum Auto.

Ich fror und zitterte inzwischen stark. Trotzdem, ich musste mir das anschauen. Ich ging zu dem Korpus und umkreiste ihn. Mehr als die Ärztin und der Spurensicherer konnte ich auch nicht entdecken. Die beiden Nordener Kollegen hatten die Arme um ihre Körper geschlungen und sahen mir mit gesenkten Köpfen zu.

»Ich denke, wir setzen uns in Ihr Auto«, schlug ich vor. »Wir können auch im Trockenen weitersprechen.«

Harms nickte dankbar. »Endlich«, freute sich Frau Gieseke.

»Kann ich ihn jetzt einpacken?«, fragte der Bestatter, der zu uns herübergekommen war. »Soll er zur Obduktion, oder soll ich ihn bei mir aufbahren? Ich möchte nämlich auch mal nach Hause.«

»Nehmen Sie ihn erst mal mit«, entschied Harms, der Ranghöchste in unserer Gruppe. »Wir entscheiden später, was mit ihm geschehen soll. Vermutlich werden wir ihn obduzieren müssen. Wir müssen erfahren, was da passiert ist. Das geht morgen auch noch. Also bitte, Herr Voss.«

Fokken war zurück und half dem Bestatter, die Leiche zu verpacken und zum Wagen zu transportieren.

Wir anderen stapften, so schnell wir konnten, zurück durch Matsch und Modder zu den Autos auf der alten Gasplattform. Ich ging zum Leichenwagen, wo die Ärztin immer noch saß, Jackie auf dem Schoß. Die beiden schienen sich gut zu verstehen. Jackie bellte vergnügt, während die hübsche Frau van Dyke ihn kraulte. Sie schien sich mit Hunden auszukennen und lächelte mich an.

»Herr Voss kommt gleich mit dem Toten zurück«, sagte ich. »Dann muss Jackie hier spätestens raus. Wir sitzen drüben im Van der Kollegen. Soll ich ihn gleich mitnehmen, Frau van Dyke, oder bleiben Sie noch hier sitzen?«

»Gesine«, bot sie mir an. »Ich heiße Gesine. Lukas, nicht wahr?«

Ich nickte. »Jansen. Lukas Jansen, genau. Ich muss da jetzt rüber, Gesine. Bringst du ihn mir dann rüber?« Irgendwie war mir das nicht recht, dass sich diese wohlriechende Frau an meinen Jackie ranmachte.

»Gern. Kommst du mich mal in Emden besuchen, Lukas? Hier draußen ist es so unwirtlich. Auf einen schönen Tee?«

»Gerne«, sagte ich. »Wenn ich meine Frau Lisa und unsere beiden Zwillinge mitbringen kann, Lisa liebt Tee. Also bis gleich, Gesine.«

Ich sprintete rüber zum Van, um mich ins Trockene setzen zu können. Diese Frau Doktor war gefährlicher als der Skagerrak-Sturm, der hier draußen wütete, dachte ich. Solchen Gefahren durfte ich mich nicht aussetzen.

Die Nordener waren schon im Auto, hatten es angelassen und die Heizung auf voll gedreht. Ich hätte fast gesagt: *Mensch, macht den Motor aus, das macht im Stehen doch nur Dreck*, andererseits fühlte ich mich so eisig wie ein Tiefkühlsteak und ließ sie gewähren, froh über die schöne Wärme im Auto.

»So! Was machen wir nun?«, fragte ich in die Runde. »Die Leiche kommt zum Bestatter, Frau Doktor sagt, es war ein Silvesterknallerunfall, wir haben die Personalien des Mannes. Eigentlich können wir doch alle nach Hause fahren, oder?«

Harms hatte die Geldbörse des Toten in die Hand genommen, die unter seiner Ölkleidung den Brand überlebt hatte. »Viel ist hier nicht drin. Fünfundzwanzig Euro, in der Hosentasche hatte er noch zweiundvierzig Cent. Eine EC-Karte von der Ostfriesischen Volksbank, einen Organspendeausweis, eine Mitgliedskarte vom Deutschen Fischereiverband samt Berufsbezeichnung. Außerdem zwei Briefmarken und der Personalausweis. Hier.«

Harms reichte den Ausweis an mich weiter. »Ubbo Kroll kommt aus Norddeich. Das liegt doch mehr oder weniger auf dem Weg nach Wittmund.«

Ich sollte wohl die Familie benachrichtigen, dachte ich. Na gut, das konnte ich ja noch tun, wenn der Fall damit für mich erledigt war.

»Bei Norden liegt es aber auch«, erwiderte ich. »Dann bin ich auch durch mit diesem Fall, denke ich«, sagte ich zu den beiden Kollegen. Harms und Gieseke saßen vorn, ich hinten. Harms drehte sich zu mir um. »Müssen wir noch sehen. Immerhin lag der Mann im Naturschutzgebiet, Herr Jansen.«

Ich ahnte schon, worauf er hinauswollte. Er hatte keine Lust, sich den Jahresanfang bei diesem Schietwetter von einem Unfallopfer verderben zu lassen, und wollte das gern mir überlassen.

»Er hätte auch in der Post liegen können, dann wäre auch nicht die Abteilung für Kommunikation für ihn zuständig, sondern immer noch die Nordener Kripo«, versuchte ich mich zu wehren.

»Eigentlich ist das gar kein Fall für uns«, fand Martina Gieseke, die wohl auch nach Hause wollte. »Das übergeben wir der Streife, die kann den Fall dann zu den Akten legen.«

»Er lag eben nicht in der Post, sondern im Naturschutzgebiet«, nahm Harms meine Argumentation auseinander. »Sie könnten doch wenigstens der Familie Bescheid sagen.«

»Tjaa«, sagte ich gedehnt. »Geht nicht. Ich hatte einen Unfall, mein Auto liegt hinter dem Deich unter einem Chausseebaum begraben. Hat eigentlich jemand von euch einen Abschleppwagen geordert?«

Die beiden sahen sich an und schüttelten die Köpfe.

»Passen Sie auf«, sagte Harms. »Ich schlage Ihnen einen Deal vor. Wir nehmen Sie mit nach Norden, dort leihen wir Ihnen einen Streifenwagen, außerdem kümmern wir uns um die Bergung Ihres Fahrzeuges, vermutlich geht das erst morgen. Im Gegenzug besuchen Sie die Familie des Fischers in Norddeich. Okay?«

Das war ein Deal, auf den ich mich einlassen konnte. »Okay, sagte ich. »Was machen wir mit der Leiche? Obduktion oder zur Bestattung freigeben?«

Harms und Gieseke sahen sich an. »Tja«, sagte sie. »Hm«, meinte er.

»Es war auf jeden Fall ein gewaltsamer Tod«, fand ich. »Da reicht ein amtsärztliches Zeugnis nicht aus. Ihr werdet den wohl obduzieren lassen müssen.«

Langsam wurde mir wärmer. Beim amtsärztlichen Zeugnis fiel mir Jackie ein, der noch mit der Ärztin im Leichenwagen saß. Ich drehte mich um und sah sie aussteigen. Unter ihrem Mantel kam ein langes, schlankes Bein hervor, bevor der Rest des hübschen Körpers nachkam. Sie lächelte trotz des eiskalten Schneematsches, der durch die Luft peitschte, zu mir herüber. Dann zeigte sie ins Wageninnere und legte den Kopf schief.

Schon klar, dachte ich. Der Kleine wollte nicht raus, was ich gut verstehen konnte.

»Dann müssten wir ihn nach Hannover schaffen lassen, bei diesem Sauwetter«, klagte Harms. »Wenn ich mich nicht irre, ist für unseren Bereich eine kleine Rechtsmedizin im Aufbau, in Wittmund, glaube ich«, informierte er mich. »Am besten schicken wir ihn dorthin. Reine Formalität, denke ich, da brauchen wir das volle Programm doch gar nicht.«

»Sie reden von meiner Frau Lisa«, erklärte ich ihm. »Sie macht das in Zusammenarbeit mit dem Krankenhaus in Wittmund. Richtig ausgerüstet ist sie aber noch nicht, Herr Harms.«

»Na prima!«, freute sich Harms. »Das passt doch! Dann lassen wir ihn dorthin schaffen, ein paar Tage kann er doch sicher aufs Eis. Dann schnippelt Ihre Frau ihn auseinander, Sie kümmern sich um den Rest, und Feierabend.« Er nickte, überzeugt von seinen eigenen Worten.

»Eine schöne Aufgabe für einen jungen Polizisten«, ergänzte Martina Gieseke. »Da können Sie sich auszeichnen.«

Da haben wir doch gleich einen Dummen gefunden, hörte ich zwischen den Zeilen.

»Sagen Sie, Herr Jansen, Ihre Frau, ist das Lisa Seeler? Von der habe ich schon einiges auf den Seiten der Spurensicherer gelesen. Schreibt gute Kommentare, finde ich.« Martina Gieseke hatte auf scheißfreundlich geschaltet.

»Werde ich ihr ausrichten. Ich denke, ich muss jetzt meinen Hund holen, der sitzt beim Bestatter im Auto. Der hat die Leiche gerade eingetütet und in einen Zinksarg gepackt, sehe ich gerade. Er und die Ärztin warten auf mich.«

Ich sah, wie Fokken auf den Van zusteuerte, stieg aus und kämpfte mich durch den Orkan zu der schwarzen Limousine mit den dunkelgrauen Gardinen im Fenster. Der Bestatter saß bereits am Steuer, die Amtsärztin wartete auf mich, immer noch lächelnd, wenn auch mit zusammengebissenen Zähnen.

»Süß, dein Hund«, fand sie. »Besuch mich mal mit ihm. Ich habe eine süße, kleine Hündin. Vielleicht ergibt sich ja mal was.«

Von unten hechelte mich Jackie in freudiger Erwartung von seinem Platz vor dem Beifahrersitz an. *Ja, Herrchen, endlich darf ich auch mal*, sagte sein Blick. Mir war das Angebot eher unangenehm. Und Jackie hatte erst im November eine preisgekrönte Pudeldame bestiegen, die einem von mir gesuchten Mörder gehörte. Das musste eine Weile vorhalten, fand ich.

»Danke für die nette Betreuung«, sagte ich der nach schweren tropischen Blüten duftenden Wohlgestalt. »Wer weiß. Wir müssen los, ich muss mir in Norden ein neues Fahrzeug besorgen, meins liegt da hinten unter einem Baum. Tschüss, Frau Doktor.«

»Gesine«, verbesserte sie mich.

»Tschüss, Gesine«, grinste ich, obwohl mir von dem eisigen Wind die Zähne wehtaten.

»Tschüss, Lukas«, sagte sie und deutete eine Kusslippe an.

Ich wandte mich schnell Jackie zu, schnappte ihn und klemmte ihn mir unter den Arm. »Wir müssen«, erklärte ich ihm. »Wir dürfen mal wieder Streifenwagen fahren, Kleiner.«

Uff, dachte ich. Bloß weg hier. Solche Hitze und gleichzeitig solche Kälte waren schwer zu ertragen.

»Wir können los«, sagte ich, als ich mit Jackie auf dem Schoß auf dem Rücksitz des Vans neben Fokken saß, und seufzte laut.

»Ich weiß«, griente Harms. »Sie Glücklicher.«

»Sie Armer«, ergänzte Martina Gieseke. »Die Frau ist bekannt für, äh…«

»Ihre Naschsucht«, ergänzte Harms und löste die Fußbremse. »Dann wollen wir mal.«

* * *

In Norden auf dem Revier bekam ich einen heißen Kaffee und zwei Stück Stollen, die wohl noch von Weihnachten übrig geblieben waren. Ich hatte inzwischen Hunger, es war bereits früher Nachmittag. Jackie bekam eine Schale mit Wasser und ein paar Leckerchen, die ein anderer Hundebesitzer dabei hatte. Die Dienststelle war ansonsten nur schwach besetzt. Einige Kollegen waren wegen anderer Silvesterunfälle unterwegs, hatte Martina Gieseke erläutert.

Harms und ich setzten uns vor seinen Computer und sahen nach, was die Polizei und Google über Ubbo Kroll wussten. Viel gab es nicht. Der Mann war Krabbenfischer aus Norddeich und zweiundfünfzig Jahre alt, das wussten wir bereits von seinem Personalausweis. Er war als Mitbesitzers des Krabbenkutters *EGMONT II* eingetragen, mit dem Kennzeichen NOR 215, gebaut bei der Werft Bültjer in Ditzum. Demnach war der Kutter bereits 38 Jahre alt. Die weiteren Daten gaben über den Besitzer nicht viel her. Kroll war eine Zeit lang Mitglied der Erzeugergemeinschaft Emsmündung gewesen, die 2013 aufgelöst worden war. Danach hatte er sich allein und dann mit Freunden durchzuschlagen versucht.

Er besaß einen ebenfalls alten VW T5 Pritschenwagen, mit dem er vor drei Jahren in einen Unfall verwickelt gewesen war. Polizeilich war er unauffällig.

»Rufen Sie doch mal seinen Schufa-Status ab«, schlug ich Harms vor. Der nickte und machte das.

»Nicht viel da«, kommentierte er. »Krull hat zwar ein Konto bei der Ostfriesischen Volksbank, da geht wohl nicht viel rüber.« Er suchte weiter. »Er bekommt eine kleine Versehrtenrente, von der er seine Kassenbeiträge zahlt. Keine Kredite, keine nennenswerten Umsätze. Nichts Auffälliges. Moment.« Harms öffnete eine andere Seite.

»Wenn nicht gerade Winter ist, macht er Kutterfahrten mit Urlaubern, das scheint ganz gut zu laufen, da kriegt er zwanzig Euro pro Person, laut der Tourismusseite von Norddeich. Ob er das wohl versteuert? Beim Finanzamt arbeitet heute keiner, außerdem bezweifle ich, dass die uns Auskunft erteilen werden. Missbrauch von vertraulichen Daten kostet laut Datenschutzgesetz dreißigtausend, da ist Vorsicht geboten.«

»Andere Behörden? Sozialamt, Arbeitsamt? Psychologischer Dienst?«

Harms schüttelte den Kopf. »Nicht an Neujahr.«

»Gab es irgendwo große Feuerwerke in der Gegend, wo er vielleicht als Feuerwerker gearbeitet hat? An der Küste wird das doch immer von Schiffen aus gemacht. Dabei könnte der Unfall gut passiert sein«, fand ich.

Harms sah mich mit leerem Blick an. »Hm. Theoretisch möglich, wir verballern ja immer noch Milliarden für Silvesterfeuerwerke. Andererseits, bei dem Wetter? Ich weiß nicht.« Er klickte sich durch einige Seiten.

»In Norddeich gab es wie fast jedes Jahr die Open Air Silvesterparty vor dem Haus des Gastes. Das Mitbringen von Feuerwerkskörpern ist den Gästen untersagt«, las er vor. »Sehen Sie sich mal die Fotos an. Da gab es trotz des Wetters ein Feuerwerk. Vielleicht war es um Mitternacht noch nicht so stürmisch.«

Ich nickte. Bei uns in Burmönken waren wir vors Haus gegangen, es war tatsächlich noch erträglich gewesen. Der Sturm hatte wohl erst mitten in der Nacht eingesetzt.

»Dann hat er da wohl mitgemacht«, mutmaßte Harms. »Was mich dabei wundert, ist der Umstand, dass er in der Leybucht angetrieben worden ist. Bei den vorherrschenden Windrichtungen müsste er bei einem Unfall bei Norddeich angetrieben worden sein. Obwohl, so weit ist das auch nicht weg.«

Harms klickte die Seite weg, lehnte sich zurück und sah mich an. »Das werden Sie wohl vor Ort rausfinden müssen, Herr Jansen. Krull ist verheiratet, das Paar hat zwei erwachsene Kinder. Irgendjemand wird wohl zu Haus sein.« Er sah aus dem Fenster. »Der Wind scheint etwas nachzulassen.«

Ich trank meinen Kaffee aus und verabschiedete mich. Ein gutes Gefühl hatte ich bei der Sache nicht. Harms hatte mich mehr oder weniger rausgeworfen, er wollte wieder nach Hause. Jackie hatte sich unter dem Tisch zusammengerollt und musste wohl ein Nickerchen machen, erschöpft wie er war. Ich nahm ihn auf den Arm.

»Wo bekomme ich jetzt ein Auto?«, fragte ich Harms.

»Ach Gott, ja, ihr Auto. Wo stand das noch mal?« Er hatte den Abschleppdienst der Polizei scheinbar immer noch nicht gerufen. Ich nannte ihm den Ort, er machte zwei Telefonate.

»Okay, Sie können jetzt runter, der Streifenwagen steht vor dem Haus, Schlüssel steckt. Sie müssen eine Empfangsbestätigung unterschreiben, Sie kennen das. Viel Erfolg, und halten Sie mich auf dem Laufenden«, bat er.

Fünf Minuten später war ich mit einem Streifenwagen auf dem Weg nach Norddeich. Jackie hatte sich auf dem Rücksitz zusammengerollt und schlief, während ich vorn durch das Unwetter auf die Straße spähte. Der hat's gut, dachte ich. Etwas Schlaf hätte ich jetzt auch gebrauchen können.

KAPITEL 3

SCHLECHTE NACHRICHTEN

Von Norden nach Norddeich war es nur ein Katzensprung. Bei normalem Wetter hätte ich gut zehn Minuten gebraucht. Ich brauchte fast zwanzig bei diesem Sturm, der unvermindert anhielt und mir alle Sorten von Niederschlag auf die Frontscheibe drückte.

Vor mir fuhr ein Streuwagen über die Straße, der vorn einen Schneepflug hatte. Zu Recht, denn an windgeschützten Ecken hatten sich Schneewehen aufgetürmt. An anderen Stellen, die vorher nass gewesen waren, glänzte Eis von der Straßendecke. Ich sah auf die Temperaturanzeige. Es waren jetzt minus drei Grad. Ich blieb vernünftig und hielt mich weiter hinter dem Räumfahrzeug, das mich auch vor dem Wind schützte. Ich hatte mein Handy mit dem Wagen verbunden und konnte über die Freisprechanlage telefonieren.

Lisa ging gleich ran. Sie war nicht gut drauf. »Diese blöde Heizung geht immer noch nicht«, klagte sie, kaum dass sie das Gespräch angenommen hatte. »Du musst nach Hause kommen und das in Ordnung bringen, Lukas. Wo steckst du denn so lange? Ich habe mir schon Sorgen gemacht.«

»Ich bin auf dem Weg nach Norddeich. Mit einem Ersatzwagen, der Kia klemmt immer noch unter dem umgestürzten Baum. Der Tote war ein Fischer aus Norddeich. Dem muss ein halbes Feuerwerk um die Ohren geflogen sein, so verbrannt, wie der war. Und anschließend ist er ertrunken. Ich fahre gerade zu seiner Frau. Seiner Witwe. Ach ja.« Mir war etwas eingefallen. »Ihr bekommt den auf den Tisch, im Laufe der nächsten Woche. Nach Hannover wollen die den nicht extra schicken.«

»Au, schön!« Lisa freute sich immer über bevorstehende Schnippeleien. »Eine Brandleiche hatte ich noch nie. Du hast den Fall doch an die Nordener abgegeben, oder, Lukas?«

»Na ja. Es ist eigentlich gar kein Fall. Wir denken, das war ein Unfall. Und da er sowieso bei dir auf dem Seziertisch landet, dachte ich, ich kann mich kümmern. Wo ich doch sowieso gerade zu der Witwe fahre. Mal etwas Abwechslung. Auch wenn es nicht unbedingt mein Ressort ist. Und ich muss hier gerade durch einen tiefergelegten Jetstream kurven, Spaß macht das nicht.«

»Sonst hast du dir immer Fälle unter den Nagel gerissen, die du nicht behandeln durftest. Und jetzt übernimmst du einen, der nicht in dein eigentliches Ressort fällt. Manchmal verstehe ich nicht, was dich so umtreibt, Lukas Jansen.«

Ich hörte, wie sie sich entspannte. Sie wusste, wie sehr mich Langeweile ärgerte. »Tja. Ich bin halt Polizist. Wenn was nicht in Ordnung ist, kümmere ich mich darum. So bin ich nun mal«, sagte ich. »Und es ist damit nun unser Fall. Du bist auch beteiligt.«

Im Hintergrund schrie Ella, wie ich hörte. »Die Kleine hat Hunger«, bestätigte Lisa. »Komm schnell nach Hause, wenn du fertig bist. Ich habe eine Überraschung für dich.«

»Ach? Was denn?«, wollte ich wissen.

»Dann wär's ja keine Überraschung mehr«, lachte sie. »Bis nachher. Fahr vorsichtig.«

Das tat ich. An einer Straßenecke fuhr der Streuwagen in eine andere Richtung weiter, ich bog nach Norden ab. Obwohl ich gerade von Norden kam, das jetzt im Süden lag.

Eine Viertelstunde später stand ich vor dem Häuschen an der Tunnelstraße. Es lag abseits von der Straße, war nur über eine kleine Stichstraße zu erreichen und sah ziemlich verfallen aus. Jackie schlief; ich ließ ihn im Auto und stieg aus.

Als ich zur Haustür rüberlief, sah ich, wie jemand aus einem Fenster spähte. Immerhin hielt da ein Streifenwagen vor dem Haus, was hier sicher ungewöhnlich war.

An der Tür waren zwei Klingeln. Neben Krull wohnte noch jemand namens Janssen hier. Zwei Parteien in einem Häuschen, das nur etwa doppelt so groß wie unser Wohnzimmer in Burmönken war? Oder war da nur jemand gemeldet, der nicht wirklich hier wohnte?

Bevor ich klingeln konnte, öffnete mir eine verhärmte Frau mit Kopftuch, die eine Decke um ihre Schultern geschlungen hatte. »Zu wem wollen Sie?«, fragte sie argwöhnisch. »Zu Ihnen, wenn Sie Frau Krull sind«, sagte ich. Ich wollte so schnell wie möglich ins Haus, die Schneekristalle bohrten sich in meinen Nacken.

»Kommen Sie rein.«

Ich sah, dass es tatsächlich noch eine andere Tür gab, hinter der mein Namensvetter wohnte. Die Frau öffnete die Tür zur Krullschen Wohnung. Ich fühlte mich ins letzte Jahrhundert zurückversetzt. Geheizt wurde hier mit Holz, und zwar durch einen eisernen Kochherd mit Ringen obendrauf und einer Feuerklappe und einem Backofen vorn. Auf dem Herd stand ein Topf, aus dem etwas dampfte. Daneben stand eine Teekanne.

Unter dem Fenster stand ein alter Tisch mit drei Stühlen davor. An der anderen Wand stand ein Bett neben einem Schrank. Neben dem Herd ging ein weiteres Zimmer ab, das mit Fischerei-Utensilien vollgestopft war, Netzen, Stangen, Reusen und anderem Gerät, das ich nicht kannte. Dort stand ein weiterer Schrank. War das alles, was die Krulls hatten?

»Ist etwas mit Ubbo?« Die Frau sah mich mit offenem Mund und geweiteten Augen an. »Ihm ist doch nichts passiert, oder?«

Ich nahm meine Kapuze vom Kopf und wischte mir das Gesicht mit dem Pulloverärmel trocken. Dann nahm ich einen tiefen Atemzug. »Ich fürchte, ich habe keine guten Nachrichten für Sie, Frau Krull«, sagte ich ihr. »Bitte setzen Sie sich doch.«

»Oh, meine Erziehung«, sagte sie. »Nehmen Sie Platz, Herr …?«

»Jansen. Lukas Jansen.« Ich setzte mich auf den angebotenen Stuhl. Frau Krull setzte sich schräg vor mich. Sie sah mich unverwandt an.

»Wir haben Ihren Mann heute Morgen in der Leybucht gefunden. Er hat sehr schwere Verbrennungen erlitten.« Die Frau hatte ihre Hände im Schoß liegen. Ich zog ihre Hände in meine Rechte und legte meine linke Hand darüber. »Ihr Mann hat den Unfall nicht überlebt. Tut mir sehr leid, Frau Krull. Ihr Mann ist tot.«

Sie sah ungläubig zu mir auf und schüttelte leicht den Kopf. »Nein.«

Ich sah ihr weiter in die Augen. Das Blut wich ihr aus den Wangen, ihr Unterkiefer sackte ab, dann ihre Schultern. Es war, als ob das Leben aus ihr wich. Ein Feuer war ausgegangen. Sie war wie ein Stück Glut, das plötzlich zu Asche abgekühlt war. Sie ließ den Kopf nach vorn sinken.

Dann sprang sie auf, entriss mir ihre Hände und stemmte die Fäuste in die Hüften. »Nein. Das darf nicht wahr sein. Ubbo lebt. Der darf nicht tot sein.«

Ich sah, wie der Schmerz in ihr aufstieg. Etwas unheilvolles Schwarzes, das von ihren weichen Knien nach oben hinaufwallte und nach ihrem Herz griff. Sie fasste sich an die Brust. »Nein. Um Gottes willen. Nein!«

Ich stand ebenfalls auf. »Haben Sie ein Foto von Ihrem Mann, Frau Krull?«, fragte ich. »Vielleicht liegt ja ein Irrtum vor.«

Sie sah mich blicklos an. Es dauerte eine Weile, bis sie verstanden hatte. »Ja, ich habe eines«, fiel ihr ein. Moment.« Sie ging zu dem Küchenschrank, öffnete eine Glastür und nahm einen kleinen Stapel Fotos heraus. Sie nahm das oberste und zeigte es mir. »Hier. Auf der Hochzeit von unserem Jan. Das da ist Ubbo. Neben der Braut.«

Ich nahm ihr das Foto ab und sah es mir an. Der Mann neben der Braut sah exakt so aus wie der Mann auf dem Personalausweis. Ich dachte an das vom Brand zerstörte Gesicht der Leiche. Die Proportionen schienen zu stimmen.

»Tut mir leid. Es scheint wirklich Ihr Mann zu sein, den wir gefunden haben.«

Frau Krull sank zurück auf den Stuhl, die anderen Fotos noch in ihrer Hand. Ich legte das Hochzeitsfoto auf den Tisch und setzte mich ebenfalls wieder.

Sie begann zu weinen, erst leise, dann mit jammervollem Schluchzen. Sie sah mich anklagend an und wischte die Tränen beiseite. »Was soll denn nun werden?«, fragte sie. »Ohne Ubbo? Wovon soll ich denn nun leben? Uns geht es doch auch so schon nicht gut!« Sie nahm das Gesicht in die Hände und schluchzte leise.

Sie fasste sich wieder, atmete tief ein und sah mich an. »Wo ist er jetzt? Kann ich ihn sehen?«

»Das wird ein paar Tage dauern. Wir sagen Ihnen dann Bescheid. Geben Sie mir bitte Ihre Telefonnummer, Frau Krull.«

»Wir haben kein Telefon, nicht mehr, seit Jan und Gerd aus dem Haus sind«, erklärte sie leise.

»Dann schicken wir jemanden vorbei, der Sie abholt«, improvisierte ich. Das würde sich regeln lassen.

»Wie – wie ist es denn passiert?«, fragte sie. »Sieht er schlimm aus? Mein Ubbo?«

»Das versuchen wir gerade herauszufinden, Frau Krull«, sagte ich behutsam. »Wann ist Ihr Mann denn aus dem Haus? Wo wollte er hin? Ist er allein los, oder mit anderen? Hat er gesagt, wo er hinwollte? Hat er irgendetwas mit dem Feuerwerk gestern Nacht zu tun, am Strand?«

Sie schüttelte bei jeder Frage den Kopf.

»Er ist gestern um vier aus dem Haus, mit dem Wagen«, erklärte sie. »›Ich muss los‹, hat er nur gesagt. Ich dachte, er wollte auf Granat rausfahren. Da ist er oft nächtelang weg, es gibt ja kaum noch was zu fangen.«

Sie wischte sich weitere Tränen weg. »Früher, ja, da hatten wir noch richtig Geld, da war der Granat noch Gold wert. Rote Finger hatte ich vom Pulen, das ganze Jahr über. Und heute? Wenn er mit einer Scholle und zehn Krabben nach Hause kommt, war das ein guter Fang. Er ärgert sich da schon Jahre drüber. Wir leben von seiner kleinen Rente und im Sommer von den Urlaubern. Im Winter haben wir gar nichts.«

Sie schniefte und putzte sich die Nase mit einem karierten Stofftuch, das sie anschließend in die Tasche ihrer Schürze stopfte. »Sie haben ja noch Ihre Jacke an«, beobachtete sie. »Kommen Sie, ziehen Sie sie aus, ohne eine Tasse Tee und einen Teller Suppe kommen Sie hier nicht wieder raus. Wir mögen arm sein, aber ein Gast muss zu seinem Recht kommen«, entschied sie.

Die Frau stand mit wackligen Beinen auf und ging zum Schrank, aus dem sie zwei Tassen, einen Zuckertopf und einen leeren Milchtopf nahm. Der Unterteil des Schranks enthielt einen kleinen Kühlschrank, dem sie eine Tüte Milch entnahm und in das Gefäß goss. »Sahne ist aus«, versuchte sie zu scherzen. Sie stellte alles auf den Tisch, ging zum Herd und holte den Tee.

»Bedienen Sie sich«, bat sie mich. »Ich tue Ihnen einen Teller Suppe auf. Bei der Kälte brauchen Sie etwas Warmes im Bauch, Herr Jansen.«

Die Frau tat mir leid. »Können Ihre beiden Söhne Sie unterstützen? Sollen wir Ihnen bei Anträgen helfen? Vielleicht können Sie Wohngeld oder Hartz IV bekommen. Sie müssen doch irgendwie über die Runden kommen«, fand ich.

»Da sei Gott vor«, meckerte sie. »Das Sozialamt kommt hier bei uns nicht in die Tür. Ich werde schon zurechtkommen. Ja, meine Söhne werden sich bestimmt kümmern.«

Sie kam zurück zum Tisch und stellte einen Teller mit Erbsensuppe vor mich hin. Sich selbst goss sie einen Tee ein. Ich sollte wohl erst die Suppe essen.

»Wie soll ich denn bloß die Beerdigung bezahlen?« Die Frage hatte sie wohl sich selbst gestellt. »Daran haben wir gar nicht gedacht.«

»Was machen denn Ihre Söhne?«, fragte ich.

»Die sind auch im Fischfang, der eine in Bremerhaven, der andere auf hoher See. Die verdienen da gar nicht schlecht«, sagte sie mit verkniffenem Gesicht. So toll war das demnach wohl doch nicht, schien mir. »Das wird schon. Nun essen Sie mal.«

Ich hielt ihr meine leeren Hände entgegen. »Ach Gott, kein Löffel«, fiel ihr auf. »Moment.«

Sie brachte mir einen. Beim Geruch der einfachen Suppe hatte mein Magen sich zu rühren begonnen, ich hatte Hunger. Ich langte zu. Die Suppe war nach dem langen, kalten Tag köstlich, und ich sagte ihr das.

Sie schlug die Hände vor dem Gesicht zusammen. »Sie haben ja gar kein Brot«, jammerte sie. »Was bin ich nur für eine schlechte Gastgeberin! Entschuldigen Sie bitte.«

Sie ging hinüber zu einem anderen Fach des Schrankes, das sie aufklappte. Sie nahm einen Laib Brot heraus und schnitt mir eine dicke Scheibe ab. »So schmeckt es doch gleich viel besser«, lächelte sie.

Während ich aufaß, sank sie wieder in sich zusammen. »Er hat mir nie viel gesagt, wo er hinfährt, und mit wem«, sinnierte sie. »Das Boot gehört ja nicht ihm allein. Die beiden anderen Besitzer sind aus Greetsiel. Ich habe die Adressen aber nicht.«

Ich merkte, wie die Frau sich anstrengte, Hochdeutsch zu sprechen. Ich hatte den Eindruck, sie dachte, sie müsse das tun, weil sie es mit einer

Amtsperson zu tun hätte. An ihrer Aussprache hörte ich, dass sie normalerweise Platt sprach.

Sie trank einen Schluck Tee, dann räumte sie meinen Teller ab und goss mir Tee über den Kluntje und tröpfelte noch ein wenig Milch dazu. »Das ist Bünting«, erklärte sie. »Den trinken wir immer. Ubbos Lieblingstee.«

Ich nahm einen Schluck. Der Tee tat gut. »Wir können das auch so rausfinden, Frau Krull, mit dem Boot«, sagte ich. »Bitte sagen Sie mir, ob wir irgendetwas für Sie tun können. Ich kann Sie doch hier nicht allein lassen, ohne Betreuung. Soll ich Ihnen jemanden vom Psychologischen Dienst schicken, der auf Sie aufpasst und Ihnen bei allem hilft, auch bei den, äh, Formalitäten?«

Sie starrte mich wieder blicklos an. »Frau Janssen nebenan ist ja auch noch da.«

»Sollen wir Ihren Söhnen Bescheid geben?«

Sie nickte. »Ja. Jan und Gerd Krull. Sie sollen bald kommen.« Sie schluckte mehrmals. War da irgendwas nicht in Ordnung? Hatte sie Krach mit den Jungs?

Sie wischte sich erneut die Augen. »Ich komme schon klar. Danke, dass Sie mich informiert haben, Herr Jansen. Falls Sie mir jemanden schicken können, der mir bei den Formalitäten hilft, und der mich zu ihm bringt, dass ich meinen Ubbo noch mal sehen kann, wäre das sehr schön.«

Ihr Gesicht verzerrte sich nochmals, als sie mich zur Tür brachte. »Fahren Sie vorsichtig, Herr Jansen.«

Als ich im Auto saß und wieder losfuhr, stand sie noch in der Tür und winkte mir zu wie einem langjährigen Freund, trotz der Kälte und des Schneetreibens um sie herum. Ich sah sie aus dem Rückspiegel noch länger dort stehen und mir nachsehen. Als ob es ihr total egal wäre, ob sie sich dort vor der Tür den Tod holte.

* * *

Hatte der Wind etwas nachgelassen, oder irrte ich mich? Eine gute Stunde später war ich zurück in Burmönken, es war bereits dunkel. Jackie und ich waren hundemüde und geschafft: vom Wetter, ich persönlich auch wegen der mental anstrengenden Überbringung der Todesnachricht an Frau Krull.

Lisa hatte mich kommen sehen und kam mir mit einem großen Schirm entgegen, in ihr blaues Ölzeug gehüllt. Fast wäre sie mit dem Schirm weggeflogen wie der fliegende Robert, den mir mein Opa aus dem

Struwwelpeter vorgelesen hatte. Nichts, was Onno und Ella zu lesen bekommen würden.

»Wo ist denn unser Auto?«, rief sie mir durch das Schneetreiben zu.

Ich hatte mir Jackie unter den Arm geklemmt, war ausgestiegen und ihr entgegengelaufen, froh, gleich wieder im Haus zu sein. »Drinnen!«, schrie ich zurück. »Alles gut!«

Als die Tür zu war, wurde ich mit einem langen, warmen Kuss für die Mühen des Tages belohnt. Jackie hatte ich vorher runtergesetzt, er war sofort zu seinem Körbchen gelaufen und hatte sich dort zusammengerollt. Vom Wohnzimmer her kam Ella fröhlich glucksend angekrabbelt.

»Es ist ja wieder warm«, stellte ich fest, nachdem ich mich von Lisa gelöst hatte. »Wie hast du das denn geschafft? Ich denke, die Heizung war kaputt?«

»War sie auch«, freute Lisa sich. »Wie du gesagt hast, die Leitung war defekt. Ich habe da angerufen, die haben mir erzählt, dass der Sturm ein Ventil beschädigt hatte. Seit zwei Stunden sitzen wir wieder im Warmen. Und das Wasser draußen ist Gott sei Dank nicht weiter gestiegen.«

Sie strahlte. Am liebsten hätte ich sie mir gleich geschnappt und ins Schlafzimmer entführt. Jetzt kam auch Onno um die Ecke. Er konnte sogar schon einen winzigen Teddy in der Hand halten, während er mit den Knien nach vorn robbte. Er krähte mir ganz stolz etwas zu.

Wir nahmen jeder eins der Kinder auf den Arm, Lisa Onno und ich Ella. Die beiden waren jetzt neun Monate alt, wir freuten uns immer noch wie Weihnachten. Den Mumps und andere Kinderkrankheiten hatten sie überstanden; ich selbst den Mumps auch, der mir fast meine Fruchtbarkeit geraubt hätte.

Sie waren größer als der Durchschnitt und konnten auch schon mehr, als sie laut allen Ratgebern sollten. Sie aßen auch mehr. Und machten mehr. Gerade spürte ich, wie sich Ella konzentrierte und rot im Gesicht wurde.

»Ich gehe«, bot Lisa an. »Nimm du so lange Onno. Der hat vorhin schon.«

Ich legte mich mit Onno auf den Teppich und krabbelte mit ihm um die Wette. Er krähte und quietschte vor Vergnügen. Dann spielte ich mit ihm Verstecken. Hände vors Gesicht, Hände weg. Papa weg, Papa da. Schön, dass es in diesem Alter noch so einfach war, einem Kind eine Freude zu machen, dachte ich, während ich ihn kitzelte. Bald würde er ein Handy und anderen Schnickschnack haben wollen. Ich musste da mal mit Lisa drüber reden, was sie dürfen durften und was nicht. Zum

Beispiel keine Designerklamotten, weil die anderen in der Klasse auch solchen teuren Scheiß hatten.

Aus dem Badezimmer drangen das Geräusch und der Duft von Ellas Geschäft herüber. Sie musste einen kleinen Elefanten und ein Stinktier gegessen haben.

Zwei Stunden später waren die Kurzen im Bett und wir hatten Zeit füreinander. Wir aßen eine Tiefkühlpizza, und Lisa machte sich eine Flasche alkoholfreies Weizen und mir einen Primitivo auf. Es war spät geworden, und wir saßen beide erschöpft auf dem Sofa. Für andere Aktivitäten waren wir zu geschafft.

»Erzähl«, forderte Lisa mich auf.

»Du hattest eine Überraschung für mich«, erinnerte ich sie. Jackie, der zusammengerollt in seinem Körbchen lag, blickte erwartungsvoll auf.

Lisa errötete, grinste und legte sich die Hand unten auf den Bauch.

»Nee, ne?« Ich konnte es nicht glauben. »Oder hast du etwa noch Hunger?«

»Das kommt davon, wenn man aufhört zu stillen und die Pille noch nicht wieder nimmt«, grinste sie. »Ich dachte, es ginge noch gar nicht wieder.«

»Ging doch ganz gut beim letzten Mal«, lächelte ich zurück. Jetzt war mir auch klar, warum sie keinen Wein getrunken hatte.

»Ich denke, wir lassen hier alles stehen und feiern«, schlug sie vor.

Jackie warf sich auf den Rücken und strampelte mit den Hinterbeinen, seine Aufforderung, gekrault zu werden. Wir hörten ihn noch leise enttäuscht grunzen, als wir die Tür leise hinter uns schlossen.

Und so war es doch noch ein schöner Neujahrstag geworden.

* * *

Der zweite Januar war schon immer ein doofer Tag. Ein normaler Arbeitstag, nach all den Feiertagen. Der Start in eine Phase ohne Fest- und Feiertage, bei einem Wetter, bei dem man nicht einmal einen Hund vor die Tür schicken würde, der einem gerade in die Weichteile gebissen hatte. Draußen tobte nach wie vor ein Sturm, der uns mit Eis und Schnee bewarf. Ich musste nach dem Frühstück raus und schippen, damit der Weg frei blieb. Umso schöner war es, wieder reinkommen zu dürfen und mit Lisa eine Kanne Tee zu trinken.

»Gestern hast du mir gar nichts mehr erzählt«, klagte Lisa. »Du hattest einen langen Tag. Was war denn los?«

»Ein Mann, Ubbo Krull, ist in der Leybucht angetrieben worden. Vorn komplett verkokelt, hinten teilweise auch, und laut Amtsärztin nicht daran gestorben, sondern ertrunken. Er kam aus Norddeich, der Witwe geht es ziemlich dreckig. Arme Leute, wir sollten denen irgendwie helfen, finde ich.«

»Amtsärztin? Die konnte in dem Wetter am Strand so eine genaue Diagnose erstellen? Muss ja ziemlich gut sein. Wer war das denn?«

Ich schluckte. Die Dame hatte mir etwas zugesetzt, mit ihrem Aussehen und ihrem Wohlgeruch. Ich wusste, wie eifersüchtig Lisa sein konnte, wenn sie Konkurrenz witterte.

»Eine Frau Dr. van Dyke. Aus Greetsiel, nicht aus Holland, trotz des Namens.«

»Ostfriesland war ja länger von den Holländern besetzt«, erinnerte sie mich. »Hieß die etwa Gesine? Gesine van Dyke?«

Ich musste schon wieder schlucken. »Ja. Ziemlich freundliche Frau. Hat mir gleich das Du angeboten.«

Ich sah, dass jetzt Lisa schlucken musste. »Ach so. Na ja, egal. Wer war denn noch dabei?«

Gott sei Dank, vom Haken, dachte ich. »Hauptkommissar Harms und Oberkommissarin Gieseke. Und der Bestatter, Voss, glaube ich. Ach ja, ein Folkert Fokken von der Spurensicherung.«

»Ach, der Folkert. Wir waren mal auf einigen Seminaren zusammen. War er gut? Was hat er gefunden?«

Ich dachte kurz nach. »Dass der Brand oder die Explosion von Schwarzpulver herrühren könnte. Was ihn dabei wunderte, war die Korngröße der Kohle dabei. Die war irgendwie zu groß.«

»Aha, interessant. Normalerweise verwendet man dafür gemahlene Holzkohle, wegen der größeren Oberfläche. Klingt nach selbstgemachten Knallern, finde ich.«

»Meinte er auch.«

»Dann war das wohl auch so, die einfachste Erklärung ist oft die richtige. Kann ich mir schon vorstellen. Der wollte sich ein paar Euro durch ein Feuerwerk verdienen, ist mit seinem Kutter irgendwo vor die Küste gefahren, Borkum vielleicht, wollte da seine Raketen abfeuern, da ist ihm das Zeug um die Ohren geflogen und er ist ins aufgewühlte Wasser gefallen und ertrunken. Wäre nicht das erste Mal, dass so was passiert.«

»Drei Feuerzeuge hatte er auch in der Tasche«, ergänzte ich.

»Na, das spricht ja auch für ein Feuerwerk. Dann ist das vermutlich bald erledigt. Du musst nur noch rausfinden, woher er den Auftrag hatte, irgendwo wird sein Kutter an Land getrieben worden sein, denke ich. Dann war das ein Unfall, du bist raus, die Witwe bekommt hoffentlich eine Rente von der Knappschaft Bahn-See. Die wird da zuständig sein«, vermutete sie. »Und wir haben Zeit für unsere weitere Familienplanung.«

Lisa stand auf und klopfte sich ein paar Kekskrümel von ihrer Jeans. »Du, kannst du heute Morgen auf die Kleinen aufpassen? Musst du ja eigentlich sowieso. Ich möchte nämlich zum Frauenarzt.« Sie klopfte sich auf den Bauch. »Sehen, was Emma macht.«

»Ben, meinst du«, korrigierte ich sie.

»Lassen wir uns überraschen«, schlug sie vor. »Bin gegen Mittag wieder da, schätze ich.« Sie umarmte und küsste mich. Ich war mit dem Rest der Familie allein.

Ella und Onno wachten prompt auf, als sie die Haustür hörten. Beide hatten sie schon wieder die Windeln voll. Jackie wollte auch raus, als er die Bescherung roch, er musste ebenfalls. Ich ließ ihn vor die Tür und musste gleich wieder hin, er wollte sofort nach getaner Tat wieder rein, das Wetter war ihm nicht geheuer.

Als ich die beiden Kinder nacheinander von ihren Windeln befreite, überfiel mich eine Horrorvision. Ich sah endlose Reihen von Babys vor mir liegen, die pausenlos aus allen Körperöffnungen ekelhaftes Zeug absonderten. Schrecklich. Ich schüttelte das Bild ab.

Als ich Onno hinten saubermachte, pinkelte er mir knapp am Gesicht vorbei und krähte vor Freude. Schließlich waren die beiden sauber und verpackt, schrien aber weiter. Hunger. Ich machte ihnen zwei Fläschchen und Brei warm und fütterte sie nacheinander. Lisa konnte das gleichzeitig, ich hatte keine Ahnung, wie sie das machte.

Eine Weile später stand ich mit ihnen vor dem Fenster, wippte mit den Füßen und wartete auf ihre Bäuerchen und auf Lisa. Sie fehlte mir.

Als ich die Kinder nach unserer gemeinsamen Spielzeit wieder im Bett hatte, zog ich mich an. Jackie musste raus, auch wenn er nicht wollte. Er hatte uns bei so einem Sturm schon mal in die Wohnung gemacht. Wir drehten eine Runde zur Straße und zurück, und er war hochzufrieden, danach wieder drinnen zu sein.

Lisa war noch nicht zurück. Ich setzte mich hin und dachte nach. Ja. Ich hatte noch etwas zu tun, um den harmlosen Fall zu Ende zu bringen. Der Kutter hatte mehrere Besitzer gehabt, bei denen ich vielleicht rausfinden konnte, wo Krull gewesen und was ihm widerfahren war.

Es gab ein Register dazu, das öffentlich aufgerufen werden konnte. Die *Egmont II* gehörte zu je fünfundzwanzig Prozent Krull und drei anderen Eigentümern, Reimer John, Fokko Ahrens und Carola John.

Bei den Johns handelte es sich vermutlich um ein Fischerehepaar. Sie standen im Telefonbuch unter Norddeich. Ich rief an, niemand ging ran.

Es gab eine weitere Nummer unter derselben Adresse, eine Gerda Wientjes. Vielleicht wusste die Bescheid.

»Wientjes«, piepste eine ältere Damenstimme. »Udo? Bist du das?«

»Nein, ich bin Lukas Jansen von der Polizei Wittmund«, klärte ich sie auf.

»Herrjemine!«, antwortete sie. »Um Gottes willen! Ist etwas passiert? Ich dachte, mein Enkel wäre dran.«

»Nein, es ist alles in Ordnung, Frau Wientjes«, beruhigte ich sie. »Ich wollte eigentlich nur nach Ihren Nachbarn fragen, den Johns. Ich versuche die zu erreichen, da geht aber niemand an den Apparat.«

»Da kann ich doch helfen«, krächzte sie freudig. »Die besuchen über die Feiertage ihre Tochter in Münster, die kommen erst nächste Woche zurück, Herr Wachtmeister.«

Ich überlegte, wann diese Berufsbezeichnung abgeschafft worden war, und wie alt die Dame sein musste. Achtzig? »Kennen Sie vielleicht auch einen Fokko Ahrens, oder einen Ubbo Krull, Frau Wientjes? Denen gehört gemeinsam ein Fischkutter.«

»Nein, das tut mir leid«, bedauerte sie. »Die kenne ich leider nicht. Vielleicht kann Ihnen ja die Auskunft helfen. Soll ich Ihnen die Nummer geben?«

»Nein, ist nicht nötig. Ich komme schon zurecht. Schönen Dank auch.«

Ich musste ihr noch ein paar Minuten zuhören, um nicht unhöflich sein zu müssen. Schließlich hatte sie mir geholfen. Nachdem ich ihre Familienstruktur verstanden hatte, durfte ich auflegen.

Ich machte mir einen Kaffee. Der half mir immer beim Denken.

Die Johns hatten mit dem Zwischenfall offenbar nichts zu tun. Blieb Fokko Ahrens. Statt bei der Auskunft versuchte ich es beim Einwohnermeldeamt des Landkreises Aurich. Die Mitarbeiterin dort war ausgesprochen auskunftsfreudig. Sie stammte aus Greetsiel und wusste auch einiges, das nicht in den Akten stand. Den Mann gab es, sie kannte ihn sogar. Er lebte in Greetsiel, war fünfundfünfzig Jahre alt und ebenfalls Krabbenfischer. Er war geschieden und lebte allein. Mit seiner Exfrau hatte er eine fünfundzwanzig Jahre alte Tochter, ebenfalls geschieden, die ihre zweijährige Tochter Dua Halsey bei den Großeltern abgegeben hatte. Sie selbst war nach Paris abgehauen und seit einem halben Jahr nicht mehr zu erreichen.

Ahrens hatte wie Krull kein Handy, jedenfalls konnte ich keine entsprechende Nummer finden. Bei seinem Festnetzanschluss ging niemand ran. Ich würde das später noch mal versuchen.

Vielleicht wurde ich bei dem Kutter fündig. Womöglich war der irgendwo angetrieben worden. Ich checkte die einschlägigen Seiten.

Fehlanzeige. Bei dem Sturm hatte ich auch nichts anderes erwartet, niemand wollte jetzt raus an den Strand.

Lisa war immer noch nicht zurück.

Scheidungsurteile waren öffentlich. Ahrens war mit einer Frau Greta Ahrens verheiratet gewesen, die ihren Mädchennamen Weerts wieder angenommen hatte. Greta Weerts lebte jetzt in Aurich, sie hatte Handy und Festnetz. Ihr Anrufbeantworter verwies mich an die Nummer des Frisiersalons, in dem sie arbeitete und wo ich gleich anrief. Ich musste eine Weile warten, weil sie gerade eine Kundin hatte.

»Weerts?«, meldete sie sich. »Frohes neues Jahr! Wer ist denn dran?«

Ich erklärte ihr, was ich wollte.

»Tja, mit Fokko habe ich vorgestern noch gesprochen. Er hatte mich gebeten, die kleine Dua über die Feiertage bei mir zu lassen. Er wollte auf Krabbenfang, über die Feiertage hätten sie weniger Konkurrenz oder so. Wir wechseln uns sonst immer ab, bis Stientje wieder da ist.«

Stientje war ihre gemeinsame Tochter, wie ich beim Einwohnermeldeamt herausgefunden hatte. Die jetzt irgendwo in Paris abhing.

»Wissen Sie, mit wem er loswollte? Und wohin er wollte? Hat er was von einem Feuerwerk erzählt?«

»Nee. Da weiß ich nichts von. Ich muss auch wieder zu meiner Kundin. Kommen Sie doch hier vorbei. Vielleicht brauchen Sie ja eine neue Frisur, Herr Jansen?«

Ich lehnte dankend ab und verabschiedete mich. Das Gespräch hatte nicht viel gebracht. Immerhin gab es die Möglichkeit, dass Ahrens mit Krull gemeinsam unterwegs gewesen war, wenn ihnen der Kutter gemeinsam gehörte.

Dann bekam ich selbst einen Anruf, mit dem ich nicht gerechnet hatte.

KAPITEL 4

DIE BEDROHUNG

»Lukas?«, gurrte eine seidenweiche Stimme. »Bist du allein?«

»Gesine«, stellte ich fest.

Sie lachte. »Genau. Schön, deine Stimme gleich wieder zu hören. Gestern war ja kein so schöner Anlass«, fand sie. »Sag mal, du hast deine Frau erwähnt, heißt sie Lisa Seeler?«

Sie klang, als ob sie das aufregend fand. Ich musste an Juliane Bitburger denken, eine frühere Mitarbeiterin von Lisa in Kiel. Die hatte mir und Lisa damals schwer zugesetzt.

»Jau. Sie heißt auch immer noch so, auch wenn wir verheiratet sind. Und wir haben Zwillinge, Ella und Onno.«

Das schreckte die aufregende Ärztin nicht im Mindesten ab. Der Schmelz in ihrer Stimme hätte Gletscher auf Grönland zum Kalben gebracht.

»Cool«, fand sie. »Sie hat nicht zufällig Medizin studiert, oder?«

»Doch. Hat sie. In Hannover an der MHH und in Kiel. Spurensicherung kann sie auch noch.«

Gesine van Dyke lachte. »Du Glücklicher«, hauchte sie. »Dann kenne ich sie, gut sogar. Und du hast sie abgekriegt? Respekt, Respekt, Lukas.« Sie räusperte sich, kicherte aber weiter.

»Habt ihr viel zu tun? Oder habt ihr Zeit? Hast du Zeit?«

Ich antwortete nicht. Mir war eher mulmig zumute. Was wollte sie von mir?

»Falls ihr Zeit habt, ich meine außer für private Vergnügen, gibt es hier was Neues für Euch. Hier sind zwei weitere Leichen angespült worden, in der Leybucht, etwas weiter draußen, außerhalb des Leyhörn-Speichers. Vielleicht sogar zeitgleich mit der ersten, nur hat sie dort hinten niemand gesehen. Ein Mann, der den Deich des Speicherbeckens inspizieren wollte, hat sie eher zufällig gefunden, nahe beieinander. Der hat den Notruf angerufen, und die Notrufzentrale hat mich informiert. Deine Kollegen aus Norden wissen Bescheid, sie sind aber noch nicht hier.«

Das klang so, als ob sie vor dem Eintreffen der Nordener mal eben schnell ein Date mit mir durchziehen wollte.

»Einer der beiden Toten, beides Männer, hat eine Schusswunde. Und rate mal, was die beiden noch sind.«

»Angeschmort«, riet ich.

»Ja.« Sie klang enttäuscht. »Vermutlich gibt es da einen Zusammenhang. Und deine Lisa wird die auch auf den Tisch bekommen, schätze ich. Komm doch vorbei, du wirst hier gebraucht. Wird bestimmt lustig«, ermunterte sie mich.

»Werde ich wohl müssen«, sagte ich weniger begeistert. »Ist da draußen immer noch so ein Sturm?«

»Schlimmer als gestern«, sagte sie. »Hier im Auto geht es. Ich bleibe hier drin, bis du da bist. Es ist bald Ebbe, sonst sinke ich da bis zu den Hüften ein, da habe ich keine Lust zu.«

»Und die beiden Leichen? Werden die nicht abgetrieben?«, fragte ich.

»Nö. Der Beauftragte vom Deichrichter hat sie weiter nach oben gezogen. Ich habe kurz mit ihm gesprochen, der stand dort auch bis zu den Knien im Schlick, der Arme.«

»Okay, ich bin dann in einer oder anderthalb Stunden dort. Die Kollegen aus Norden werden wohl früher eintreffen, denke ich. Ich wohne östlich von Wittmund, das kann dauern, Gesine.«

»Macht nichts, ich habe es hier schön warm«, schnurrte sie. »Gute Musik habe ich auch.«

Sie drehte kurz lauter. Sie hatte eine Art Lounge Music laufen, die für meinen Geschmack viel zu verschmust klang.

Nach dem Gespräch ging ich kurz mit Jackie raus. Dass die beiden sich kannten, ging mir nicht aus dem Kopf. Lisa hatte gar nicht weiter nachgefragt, als ich Gesine erwähnt hatte.

Als wir wieder drin waren und ich Jackie abgeduscht und mich selbst abgetrocknet hatte, hörte ich Lisa zurückkommen.

Sie strahlte, als sie durch die Tür kam, obwohl sie klitschnass war und ihr der Regen aus den Haaren tropfte. Sie schüttelte sich wie ein Hund, dass die Tropfen durch die Gegend flogen.

»Hol mir bitte mal ein Handtuch«, bat sie mich. »Und dann setz dich hin. Ich habe gute und schlechte Nachrichten.«

Ich brachte ihr eins aus unserem Gästebad. Sie rubbelte sich trocken und zog mich in die Küche, von Jackie umsprungen, der sie erwartungsvoll anbellte.

Wir setzten uns, ich goss ihr eine Tasse Ostfriesentee ein. Während sie zuhörte, wie der Kluntje unter dem heißen Strahl knisterte und beobachtete, wie sich kleine weiße Röschen auf der Oberfläche bildeten, als ich die Sahne dazugab, schwiegen wir beide. »Dann leg mal los«, forderte ich sie auf.

»Also«, seufzte sie. »Drillinge.«

Ich sah sie stirnrunzelnd an.

»Sind es nicht«, fuhr sie lachend fort. »Auch keine Zwillinge, sei ganz beruhigt.«

Lisa trank einen Schluck und sah zu Boden. Die Fröhlichkeit wich aus ihrer Miene, ich spürte, dass sie nur für mich so heiter hereingeschneit war. Ich griff ihr ans Kinn und hob ihr schönes Köpfchen nach oben.

Sie sah mich traurig an. »Ich hab's verloren«, sagte sie traurig. »Es war ein Mädchen, glaube ich. Sie hat sich nicht richtig eingenistet.«

»Tut mir leid«, sagte sie und strich über meine Hand, die auf dem Tisch lag.

Dann wischte sie sich über die Augen und stand auf. »Das Leben geht weiter, Lukas«, seufzte sie. »Vielleicht ist das ja besser so, wir haben mit den Zwillingen schon genug zu tun.«

Sie wandte sich ab, wollte nicht, dass ich sah, dass ihr die Tränen in die Augen stiegen.

Ich trat hinter sie, drehte sie aber nicht um. Stattdessen legte ich meine Arme um sie. »Schade«, sagte ich. »Es war vielleicht nicht die richtige Zeit. Wir sind doch noch jung. Wir haben noch genug Möglichkeiten und Ella und Onno brauchen uns auch.«

Das war zwar nicht ganz logisch, tröstete Lisa aber trotzdem.

Wir setzten uns wieder, seufzten beide, und lachten dann über uns. Lisa wischte sich noch ein Tränchen fort. »Schlafen die beiden?«, fragte sie. Ich nickte.

»Ich muss schon wieder los«, sagte ich. »Es sind zwei weitere Leichen gefunden worden, ebenfalls verbrannt. Ich denke, das hat mit der ersten zu tun, mit diesem Ubbo Krull. Tut mir leid, gerade in dieser Situation.«

Lisa sah mich nachdenklich an. »Weißt du«, sagte sie, »das ist so in unserem Beruf. Das Privatleben muss manchmal in die zweite Reihe treten. Lass uns bloß zusehen, dass wir uns davon nicht beeinflussen lassen, oder dass wir das als Problem sehen. Dann wird es nämlich erst eines. Du musst da hin, ich bin ja jetzt zu Hause. Ich werde mich zu den beiden Kleinen setzen, das wird mir guttun. In der Klinik ist nichts los, ich habe gefragt und mir sowieso einen Tag frei genommen, Lukas.«

Sie gab mir einen intensiven Kuss, der nach Dankbarkeit und Vertrauen schmeckte. »Trink noch eine Tasse, bevor du fährst. Draußen ist es so eklig, ich beneide dich echt nicht. Und mach deine Sache gut, Herr Kommissar.«

Sie war wieder ganz die Alte. Mir selbst saß der Schock noch in den Knochen. Es würde eine Weile dauern, bis ich das verdaut hatte.

Ich trank meinen Tee aus, zog mich wetterfest an und ging zur Tür. »Wir sehen uns heute Abend«, sagte ich. »Freue mich schon drauf. Komm, Jackie, wir gehen raus!«

»Ich koche uns was richtig Leckeres. Pass auf dich auf und melde dich!«

Jackie ließ sich nicht zweimal auffordern und kam sofort mit zur Tür, Wetter hin oder her.

Und schon stand ich draußen und lief mit gesenktem Kopf zum Streifenwagen, um die eisigen Nadeln von meinem Gesicht fernzuhalten. Jackie durfte nach hinten und vom Rücksitz aus dem Fenster schauen.

Ein Sturm vom Skagerrak-Typ hält meist länger an. Viele der Sturmfluten, die unser Land verwüstet und zerschlagen hatten, bevor die Deiche so hoch gebaut worden waren wie heute, waren von diesem Typ gewesen. Der Wind und die Niederschläge, die er mitbrachte, hielten unvermindert an. Ich hatte sogar das Gefühl, der Sturm hätte weiter an Stärke zugenommen. Ich nahm deshalb die sichere Route über Aurich, die mich dennoch anderthalb Stunden kostete, bis ich wieder vor dem diesmal schon geöffneten Tor hinter dem Deich um die Leybucht stand.

Ich konnte durchfahren und kam zu einem weiteren blau-silbernen Streifenwagen, in dem ein Kollege aus Norden saß und mir den Weg zeigte. Diesmal ging es nicht zu der stillgelegten Gasbohrplattform an der Spitze der Mittelplate, die 1949 gebaut und bald danach wieder aufgegeben worden war, sondern auf die Umfahrt um den Binnenwasserspeicher herum. Der war erst in jüngerer Zeit angelegt worden, damit bei Flut das aus dem Inland kommende Binnenwasser aus den Sielen und Flüssen aufgenommen werden konnte, wenn die Sieltore bei Flut geschlossen waren.

Nach einer Weile stieß ich auf den Mercedes der Ärztin, der als einziger hier war. Weder die Nordener Kollegen noch der Leichenwagen waren eingetroffen, obwohl sie es nicht so weit hatten wie ich.

Die Ärztin betätigte ihren Heckscheibenwischer; sie winkte mir zu.

Ich schnappte mir Jackie und lief mit ihm über den Deich nach vorn. Er kam auf den Rücksitz, ich stieg vorne ein. Der Wind blies oben auf dem Deich so heftig, dass ich Mühe gehabt hatte, überhaupt in einer geraden Linie von einem Auto zum anderen zu kommen.

Als ich mir das Wasser von Stirn und Gesicht wischte, hörte ich, wie sich Jackie hinten schüttelte. »Sorry«, sagte ich zur Frau am Steuer. »Der macht dir das ganze Auto nass.«

Sie lächelte mich an und wartete, bis ich mich mit meinem Pullover abgerubbelt hatte. Dann beugte sie sich herüber und drückte mir ein Küsschen auf die Wange. »Macht doch nichts, Lukas, meine Bianca sitzt auch hinten, die war auch klitscheklatschenass. Schön, dich zu sehen.«

»Wieso ist denn noch keiner da?«, fragte ich. »Für die ist das hier doch gleich um die Ecke.«

»Ich habe denen Bescheid gegeben«, strahlte sie mich an. »Die werden schon kommen, Lukas, keine Sorge.«

Hinten im Auto hatte sich Jackie inzwischen mit der Hündin angefreundet, einem weißen West-Highland-Terrier. Jackie bellte leise und gab komische Töne von sich, die Hündin hechelte und japste. Hatte sie gerade miaut? Was machte die denn für Geräusche, ging mir flüchtig durch den Kopf.

»Wo sind die beiden Leichen denn? Ich möchte so schnell wie möglich nach Haus«, beklagte ich mich und richtete mich auf, um aus dem Fenster und über die Deichkante hinunterzuspähen. Dort sah ich am mit Wellenbrechern befestigten Randsaum zwei Gestalten liegen, wo das Grüngebiet von Salzwiesen und leichtem Bewuchs begann. Sie sahen aus, als ob der Sturm sie genau hier angetrieben hätte. Und als ob jemand sie etwas höher zwischen die Betonquader des Deichschutzes gezogen hätte.

»Die habe ich mir schon vor einer halben Stunde angesehen«, schnurrte Gesine van Dyke, griff nach meiner Hand und legte sie auf ihren Oberschenkel. »Fühl mal, ich bin noch ganz feucht.«

Ihre Jeans war in der Tat noch etwas klamm. Ich nahm meine Hand wieder an mich. »Und? Was war mit denen? Woran sind die gestorben? Du hast etwas von einer Schusswunde gesagt.«

Jetzt legte sie wie unabsichtlich ihre Rechte mittig auf meinen Oberschenkel. »Tja«, gurrte sie. »Der eine, der unten links, hat einen deutlichen Ausschuss in Höhe der Leber. Er blutete nicht mehr, ich nehme an, dass er im Wasser weiter ausgeblutet ist, während er ertrunken ist. Beide haben starke Verbrennungen vorne, der eine mehr an der Seite. Im Gegensatz zu der Leiche von gestern waren die Verbrennungen nicht unbedingt lebensgefährlich. Beide sind ertrunken, nach erster Beschau.«

Ich nickte langsam. Irgendwie konnte ich nicht denken, mit dieser warmen Hand auf meiner halbnassen Hose.

»Sieh mal«, sagte sie leise mit samtweicher Stimme. »Unsere Hunde. Die müssen nicht so viel reden. Die haben Spaß.«

Ich hatte das auch gehört. Als ich mich zur Lücke zwischen den Sitzen und nach hinten beugte, sah ich meinen Jackie, der bereits fröhlich auf der Terrierdame herumjuckelte und dabei mit heraushängender Zunge glücklich hechelte.

Gesine van Dyke hechelte ebenfalls leicht. Sie griff mit ihrer Linken zu meiner rechten Hand und führte sie an ihren Busen. »Fühl mal, wie mein Herz pocht«, sagte sie. »Das regt mich richtig auf. Und an.«

Ich zog meine Hand zurück. Das hatte sich zwar sehr gut angefühlt, ging mir aber völlig gegen den Strich, nicht zuletzt auch deshalb, weil mein Körper mal wieder anders als mein Geist reagierte. Sie hatte das bemerkt, ihre Hand auf meiner Hose wanderte weiter nach oben. Ich versuchte sie wegzuschieben, sie leistete Widerstand.

»Komm, sei ein Schatz, ist doch schön warm im Auto«, forderte sie, riss ihre Hand los und legte sie auf mein bestes Stück. »Das können wir doch auch. Nur besser.« Sie drängte sich an mich, ihr Busen drückte gegen meinen Oberarm, ihr duftendes Haar fiel mir über die Wange.

In mir kämpften die Empfindungen. Ich spürte, wie der Widerstand meines Engelchens schwächer wurde, und wie gleichzeitig der saftvolle junge Teufel, der speicheltriefend meine Sinne umschwirrte, an Kraft gewann. Ich konnte kaum noch klar denken.

Ein kleiner Teil war noch auf Gegenwehr gebürstet. Meine Hand schob ihre Hand weg. Die legte sie gleich auf meine Schulter und machte Anstalten, über die Mittelkonsole zu klettern und sich auf mich zu setzen. Ich konnte gerade noch dem Impuls widerstehen, mit der anderen Hand schon mal meinen Sitz nach hinten zu klappen, wie ich erstaunt bemerkte. »Nein«, sagte ich schwach. Sehr schwach.

»Ach, Quatsch«, fand sie. »So ein junger, kräftiger Kerl wie du, sag bloß, du kannst nicht! Dein Körper behauptet jedenfalls das Gegenteil. Komm schon, lass uns.«

Ich spürte, wie mein Engelchen nur noch an einem kleinen, seidenen Faden mit mir verbunden war, während das Teufelchen einen Hebel nach dem anderen umlegte. Ich klammerte mich mit allem, was ich hatte, an diesen dünnen seidenen Faden und hinderte sie daran, zu mir herüberzuklettern. Sie sank enttäuscht auf ihren Sitz. Gleichzeitig stießen die beiden Hunde klagende Laute aus. Jackie versuchte, von der Hündin runterzukommen, schaffte es aber nicht. Er sah mich groß an. Was wird Herrchen jetzt machen?

Gesine van Dyke schien das nicht zu interessieren. Sie beugte sich jetzt über meinen Schoß und versperrte meinen abwehrbereiten Händen mit ihrem Rücken den Weg. Ich merkte, dass sie sich mit einer Hand an meinem Reißverschluss zu schaffen machte. »Nee, bitte nicht«, sagte ich ganz leise. »Ach, komm«, hörte ich sie zu meinem Schoß sagen. »Gegen ein wenig ärztliche Hilfe hast du doch nichts, oder?«

Ein anderer Teil von mir hätte fast gesagt, »Na gut. Aber mehr nicht.« Und dann: »Ach. Was soll's. Komm schon. Ich will ja auch.« Fast.

Stattdessen griff ich zur Wagentür, öffnete sie und schwang erst mein rechtes, dann mein linkes Bein hinaus in den Sturm, der Gesine sofort das Haar aus dem Gesicht blies. Ich spürte, dass sie bereits alles freigelegt hatte, was sie haben wollte, und zog mich an der Tür nach draußen. Der Sturm fühlte sich fast wie eine Erlösung an, wie Urlaub, als ich endlich neben dem Mercedes stand und alles wieder an seinen Platz packte.

»Und so was hat das Löwenmäulchen geheiratet?«, schrie mir die Ärztin erbost durch den Wind zu. »So einen Schlappschwanz?«

Ich erstarrte. Was hatte sie da gesagt? »Wie bitte? Und wer ist bitte schön das Löwenmäulchen? Was soll das heißen?«

Jackie, der nicht von der Hündin loskam, sah mich ebenfalls erstaunt an. Was? Herrchen weiß etwas nicht?

»Deine Lisa Seeler? Die mit mir in Hannover studiert und die Stadt unsicher gemacht hat? Sie, der Sittich und ich? Das weißt du nicht? Du bist mit dem heißesten Feger der MHH verheiratet und weißt das nicht?«

Ich knallte die Tür zu. Ich wollte das nicht, dass jemand so über Lisa sprach. Und ich wollte diesem Sog entkommen, diesem erotischen Wurmloch, das diese hübsche, wohlriechende Ärztin da angeschaltet hatte. In mir kochte es, eine Mischung aus Aufregung, Ärger, mühsam unterdrückter Erregung und Leidenschaft und einem neuen Gefühl. Zorn. Dass diese Frau etwas wusste, das mir entgangen oder verschwiegen worden war. Löwenmäulchen. Was heißt das? Mir schwirrten alle möglichen Ideen durch den Kopf.

Ich schüttelte mich wie ein Hund, um den Regen und diese Gedanken loszuwerden. »Ich gehe runter zu den Leichen«, schrie ich der Frau durch die Scheibe zu. Sie nickte nur. Ja, ja, hieß das wohl. Leck mich doch.

Noch ein Gefallen, den ich ihr nicht tun würde.

Der Sturm war eine Wohltat. Er reinigte meine Sinne und blies mir den Kopf frei. Es war nur Wind und Wasser in verschiedenen Zuständen. Er war äußerlich, kein Sturm im Inneren, der viel schlimmer wüten konnte.

Ich atmete den sauberen Sturm ein und stakste hinunter zu den beiden Körpern, die dies alles längst hinter sich hatten, diese Unsicherheiten, diese innere Aufruhr, diesen Zwiespalt zwischen Lust und Moral.

Eine andere Stimme schimpfte mich aus. Blödmann, sagte sie. Da lädt dich die schönste Frau weit und breit ein, eine echte Sahneschnitte, auf einem silbernen Tablett serviert, und du bist bockig? Versager, meckerte sie. Wenn die das rumerzählt, die Leute werden sich schlapplachen, dass du dir so eine Chance entgehen lässt.

Ich schüttelte diese Gedanken ab und beugte mich zu der auf dem Rücken liegenden Leiche hinunter. Es war ein älterer Mann in Fischeroutfit und Gummistiefeln, in dessen schwarzem Ölzeug tatsächlich ein größeres Loch klaffte. Außen war es sauber, an der Innenseite, zwischen den verschiedenen Schichten Kleidung, konnte ich rotbraune Spuren erkennen. Blut, das aus dem Körper ausgetreten und in Unterhemd, Hemd, Pullover und Regenzeug geströmt war. Die Schusswunde war vom Salzwasser saubergeleckt worden. Die Haut um die halb verschlossene Öffnung war eingerissen und gezackt. Hier war das Geschoss ausgetreten. Der Mann war von hinten beschossen worden.

Den Mann umzudrehen stand mir nicht zu. Das durften die notgeile Ärztin oben oder die Leute von der Spurensicherung, ich durfte und wollte das nicht. Ich wandte mich dem anderen Mann zu, der ebenfalls auf dem Rücken lag und aus leeren Augenhöhlen und mit weit offenem Mund in den dunklen Sturmhimmel starrte.

Sein Gesicht war weniger verbrannt als das von Ubbo Krull. Dafür hatten wohl Heringe und andere Fische an ihm geknabbert. Seine wenigen Haare, die er noch gehabt hatte, waren verkohlt und standen teils noch in schwärzlichen Kringeln vom schwarz gesprenkelten Schädel ab. Brauen und Wimpern fehlten. Er sah aus, als ob er einige Knaller ins Gesicht bekommen hätte. Ein Teil der Unterlippe fehlte, was ich auf Fischfraß zurückführte.

Der Mann war wesentlich jünger. Vielleicht dreißig oder vierzig. Er sah nicht so wettergegerbt aus wie ein Fischer und trug auch nicht die typische Kleidung, sondern einen dicken, schwarzen Parka und nicht ganz billige Goretex-Stiefel, die eher zum Wandern geeignet waren als zur Seefahrt. Seine dunkle Jeans war am linken Oberschenkel verbrannt und hatte ein behaartes, ebenfalls angekokeltes Bein freigelegt. Unter dem Parka lugte ein dunkelblauer Rollkragenpullover hervor, Marke teures Kaufhaus.

Ich richtete mich wieder auf. Was nun? Zurück in den Mercedes, in dem es schön warm gewesen war, wollte ich trotz des eisigen Sturms nicht. Mich jetzt in den Streifenwagen zu setzen und zu warten, bis Jackie sich wieder von der Terrierdame gelöst hatte, hätte irgendwie doof und prüde ausgesehen, ich hätte mich wie ein Feigling gefühlt.

Der Sturm konnte mir gar nichts. Klar, ich konnte mir eine Erkältung holen. Wer weiß, was ich mir da oben holen würde, erinnerte mich mein Engelchen.

Spurensicherung hin oder her, die Papiere mit Handschuhen zu bergen, das konnte ich auch. Die Kollegen in Wittmund hatten früher auch alle

Spuren selbst gesichert, in Zivil, nur mit Handschuhen, wie mir die Chefin dort mal erzählt hatte. Neben Lisa gab es noch eine andere Kriminaltechnikerin, eine nette junge Dame, die mir das nicht übel nehmen würde, wenn ich mir die Papiere ansah. Dachte ich jedenfalls.

Also stapfte ich den Deich wieder hoch zum Streifenwagen, am Mercedes vorbei. Ich lächelte der Ärztin kurz zu und sah dann nach Jackie, der fröhlich hechelte, immer noch an der Hündin hängend. Das hatte also Zeit.

Bevor ich beim Streifenwagen war, hörte ich Motorengeräusche. Ich spähte durch den Schneeregen die Straße hinunter. Kam da ein Auto?

Nein. Es kamen gleich drei. Dann konnte ich mir die private Observierung auch sparen, dachte ich, und auf die Kollegen warten. Ich ging ihnen entgegen.

Der erste Wagen war ein Passat, in dem Harms allein saß. Dahinter kam der Polizeibus mit Folkert Fokken am Steuer und einem älteren Mann in Uniform neben ihm. Als Letzter näherte sich Bestatter Voss. Damit waren wir vollzählig. Ich hielt Harms an und setzte mich auf den Beifahrersitz.

»Wieso kommen Sie erst jetzt, Herr Harms? Ich komme aus Wittmund und bin schon gut zwanzig Minuten lang da.«

Er sah mich fragend an. »Wieso? Frau van Dyke hat uns erst vor einer halben Stunde angerufen. Wir sind alle sofort los. Wann haben Sie denn von diesem Leichenfund erfahren?«

»Vor etwa zwei Stunden.« Mir wurde klar, was die wohlriechende Dame geplant hatte. Sie brauchte vor der Arbeit noch einen kleinen Snack, bevor die anderen eintreffen sollten. Dumm gelaufen, dachte ich. Für sie.

Harms sah mich mit großen Augen an. Ich schüttelte den Kopf. Er stieß hörbar die Luft durch die Nüstern aus. »Glück gehabt. Immer schön aufpassen, Jansen. Gefährliches Pflaster, unser Ostfriesland.«

Ich wechselte das Thema. »Ich habe mir die beiden Toten bereits angesehen. Ein junger Mann, eher kein Fischer, laut Frau van Dyke ertrunken. Der andere, der Bekleidung nach ein Fischer von knapp sechzig, hat einen sauberen Durchschuss durch die Leber, von hinten. Umgedreht habe ich ihn aber noch nicht«, fügte ich hinzu, als ich seinen aufkommenden Protest erkannte.

Harms knöpfte seinen Mantel zu. »Dann wollen wir mal.« Er drückte auf die Hupe.

Wir mussten wieder hinaus und uns die Erdatmosphäre um die Ohren brausen lassen. Ich lief zusammengekauert den Deich hinunter, drehte mich um und sah zu, wie Harms und Fokken mit seinem Kollegen uns folgten. Dahinter lud Voss mit einem Mitarbeiter zwei Zinksärge auf zwei Tragen und bereiteten sich auf den Abstieg die flacher abfallende Seeseite des Deiches hinunter vor.

Fokken war anzusehen, dass er keine große Lust hatte, sich auch nur eine Sekunde länger als nötig mit den beiden Leichen zu befassen. Es war zwar nicht wirklich kalt, vielleicht zwei Grad minus, dennoch froren einem bei dem starken Wind und Eisregen schnell die Hände und das Gesicht ab. Er beugte sich über den Mann mit der Schusswunde und suchte ihn ab. Viel gab es nicht zu sichten, der Mann war durchs Seewasser getrieben worden und hatte in starkem Niederschlag länger am Ufer gelegen, da gab es keine nennenswerten Spuren mehr zu sichern.

Der Mann hatte schwerere Verbrennungen davongetragen als sein jüngerer Begleiter. Ein Ohr fehlte ganz, der Stumpf war schwarz verkohlt. Die Haut hing in ähnlich schwarz-roten Fetzen vom Gesicht wie bei der ersten Leiche, die wir auf der Gasplattform geborgen hatten, Haare waren gar nicht mehr vorhanden. Teilweise lagen die Zähne des Mannes frei, ob durch Brandfolgen oder durch Fischfraß, konnte ich nicht erkennen. Auch seine Kleidung war vorn mehr oder weniger verbrannt, das Ölzeug, das aus mit wachsähnlichen Substanzen imprägnierten Textilien bestand, hatte sich entzündet und auf der darunter liegenden Kleidung und hier und da am Körper festgefressen.

Fokken interessierte sich vor allem für die Ausschussöffnung. Die austretende Kugel hatte ein gezacktes Loch in das Ölzeug gerissen. Der Spurensicherer legte mit einer Pinzette die Fetzen frei, um die darunter liegenden Details erkennen zu können, während sein Kollege Fotos zu machen versuchte. Mit nasser Linse würde das nicht viel werden, dachte ich.

Fokken seufzte. »Spann mal deinen Schirm auf, Alex«, forderte er seinen Kollegen auf.

Der Angesprochene griff zu einem größeren weißen Schirm und öffnete ihn. Sofort ergriff ihn der Wind und riss ihm ihn aus den Händen, woraufhin er den Deich hinauf kugelte. Der Kollege zuckte die Achseln. »Sorry, Folkert. Keine Chance.«

Fokken schimpfte leise vor sich hin. Er griff zu einer Schere, schnitt die Bekleidung vorne auf und suchte nach einer Brieftasche.

»Hinten«, schlug Alex vor, die Hände wie Trichter vor den Mund gelegt. Fokken nickte, klappte das aufgeschnittene Ölzeug auf und drehte den Leichnam auf den Bauch. Dann riss er das Ölzeug beiseite und kniete sich darauf, damit ihm das nicht auch noch wegflog.

Als Erstes legte er die Einschusswunde weiter frei und murmelte etwas. Dann griff er in die Gesäßtasche, zog ein dünnes Portemonnaie heraus und reichte es Harms. »Ich denke, hier kann ich nicht viel mehr machen. Wir setzen das beim Bestatter in dessen Räumen fort. Entkleiden der Leichen bringt hier auch nichts, das fliegt uns ja alles um die Ohren.«

Er sah anklagend zum Wagen der Amtsärztin hinauf, die sich gerade vor dem Rückspiegel neu schminkte. Das wäre ihr Job gewesen, die Leichen am Fundort komplett freizulegen, um Todesursache und -zeitpunkt so genau wie möglich festlegen zu können. Da hatte ihr der Sturm einen schönen Vorwand geliefert, das zu unterlassen.

Fokken lief hinüber zu der Leiche des jüngeren Mannes. Der war weniger verbrannt, und es war leicht, unter dessen Parka an seine Geldbörse zu kommen. Die reichte er auch weiter an Harms. »Ich denke, mehr geht bei dem Wetter nicht«, schrie er Harms zu. »Voss kann die jetzt mitnehmen.«

Harms winkte dem Bestatter zu, der sich wieder ins Auto gesetzt hatte. Jetzt stieg er samt Assistenten wieder aus und eilte mit dem ersten Sarg herbei.

»Wir treffen uns bei Ihnen im Institut«, rief ihm Harms zu. »Bitte nur einpacken und bei Ihnen auf den Tisch legen, wir machen dort mit der Untersuchung weiter. Hier geht nichts!«

Wir liefen zurück zu unseren Autos. Ich folgte Harms und setzte mich zu ihm. Er hatte Handtücher auf dem Rücksitz liegen und reichte mir zwei, ein grobes und eins für Gesicht und Hände. Ich wischte mich notdürftig ab und rubbelte mir Gesicht und Haare mit dem besseren Handtuch trocken. Mein Südwester, den ich aufgehabt hatte, hatte nicht viel genützt. Wasser und Eisstücke waren vom Gesicht nach hinten und oben gedrungen, und eine volle Ladung war mir von der Sturmkappe in den Nacken gelaufen. Erst jetzt merkte ich, wie stark unterkühlt ich war. Harms fühlte das Gleiche und drehte die Heizung auf volle Leistung.

»Wat for een Schietwedder«, bibberte er. »Nun ist da einer erschossen worden, im Naturschutzgebiet. Den müssen Sie kriegen, Jansen«, fuhr er auf Hochdeutsch fort. Ich rieb mir die Hände. In erster Linie, weil mir so kalt war. Andererseits fand ich das spannend; ein Mord, den der Kollege mir überlassen wollte, auch wenn er in seinem Bereich lag.

»Ein Verbrechen gegen die Umwelt ist das ja nicht gerade, wenn ein Ermordeter im Watt liegt«, wehrte ich mich noch ein wenig. »Oder sehen Sie das als Umweltverschmutzung, Herr Harms?«

Er lachte und bibberte weiter. »Nee, das nicht. Aber im Schutzgebiet war das ja schon.« Er zog ein Taschentuch aus dem Handschuhfach, reichte mir auch eines und schnäuzte sich. »Und wissen Sie was, ich glaube, ich kenne den jungen Mann, jedenfalls habe ich ihn schon mal auf dem Marktplatz gesehen, bei einer Demo neulich, Ende letzten Jahres. Der ist bei einem dieser Umweltverbände.« Er sah mich traurig an.

»Wissen Sie, wir haben gerade zwei Fälle von Brandstiftung und einen Todesfall bei einer Kneipenschlägerei zu bearbeiten. Jedes Jahr zu Silvester macht da jemand einen warmen Abriss, als ob ein Knaller schuld wäre. – Mir wäre es ganz recht, wenn Sie das übernehmen könnten, Herr Kommissar, nicht zuletzt wegen dem jungen Mann. All meine Instinkte sagen mir, dass es um ein Umweltthema geht. Na?«

Er streckte mir die Hand entgegen. Ich schlug ein. Wenn das stimmte, dass der jüngere Mann ein Aktivist gewesen war, durfte ich mich in der Tat darum kümmern. Zumindest hatten wir beide einen guten Grund oder Vorwand, dass ich und Lisa das übernehmen durften. Lisa sollte zumindest die erste Leiche ohnehin auf ihren Tisch bekommen. Warum also nicht auch diese beiden frischen, wenn das zusammenhing?

»Gut. So machen wir das. Mit ihrer tatkräftigen Unterstützung kann ich doch rechnen, oder?«

Harms nickte. »Aber sicher. Kommen Sie, der Leichenwagen hat schon gewendet, der Van ist dabei. Ich bin der Nächste, dann Sie. Passen Sie auf, es ist eng auf der Deichkrone, und wir dürfen nichts beschädigen, sonst fetzt uns dieser Sturm den Deich weg. Wir sehen uns im Bestattungsinstitut. Bis gleich.«

Ich stieg aus und lief rüber zum Mercedes. Jackie sollte bei mir mit, bevor er sich noch ein weiteres Mal an die Terrierhündin machte und alles aufhielt. Ich riss die Hintertür auf, grinste die Amtsärztin schafsköpfig an, griff mir den glücklichen Hund und machte mich mit ihm auf den Weg. Das Luftküsschen, das mir Gesine van Dyke zuwarf, ignorierte ich.

KAPITEL 5

DER FISCHER UND SEIN FREUND

Ich war froh, der drohenden Gefahr durch die gefährliche Tigerin im Mercedes entronnen zu sein. Jackie hatte sich auf dem Rücksitz zusammengerollt und schnarchte bereits, als wir das Gelände um den Deich verlassen hatten und auf der Greetsieler Straße Richtung Norden fuhren. Er hatte seinen Trieben einfach nachgegeben, der Kleine.

Den Gedanken an die Versuchung schüttelte ich ab. Davon durfte ich mich nicht ablenken lassen, ich musste der Ärztin auf professioneller Ebene begegnen und fertig. Trotzdem war mein Hormonspiegel in Aufruhr und ließ mein Herz schneller schlagen.

Während wir uns nach Norden vorarbeiteten, dachte ich nach. Auf der Karte des Navis hatte ich mir die Gegend angeschaut. Die Ausbuchtungen im Naturschutzgebiet und das Wasserreservoir waren deutlich zu erkennen gewesen. Wir hatten Wind aus Norden, vielleicht Nordnordwest. Dort lagen Juist und Norderney, bei starker Strömung kam vielleicht sogar noch Borkum als der Ort infrage, von wo aus die drei Menschen angetrieben worden sein konnten. Auch die Vogelinsel Memmert lag noch im Bereich des Möglichen.

Feuerwerke gab es auf allen bewohnten Inseln. Die Orte auf den Inseln lagen in der Regel am Westende und im Norden der Inseln, schon aus historischen Gründen. Denn Wind und Wellen trugen im Westen den Sand ab und transportierten ihn nach Osten, wo er angelandet wurde. So waren die Inseln im Laufe der Jahrhunderte immer weiter nach Osten gewandert. Heute waren sie so befestigt, dass die Wanderungen aufgehört hatten. Dadurch lagen jetzt fast alle Siedlungen im Nordwesten der Inseln.

Somit hätten die Feuerwerke an der Nordseite der Inseln stattfinden müssen, damit die Bewohner auch etwas sehen konnten. Das machte für mich keinen Sinn. Ein nach einer Explosion der Feuerwerkskörper havariertes Schiff wäre dann am Inselstrand angespült worden. Oder hatten die Feuerwerke wegen des erwarteten Sturms auf der seeabgewandten Seite im Süden stattgefunden? Dort lag das Wattenmeer, ein Schutzgebiet, in dem kein Feuerwerk abgebrannt werden durfte. Somit blieben nur die schiffbaren Priele und Wasserstraßen für die Fähren übrig, um Raketen in den Himmel zu schießen.

Eigentlich hätte dann jemand ein Wrack sehen und melden müssen. Andererseits war der Fährverkehr wegen des Orkans eingestellt worden, niemand fuhr dort jetzt entlang. Ich musste mit der Suche nach einem havarierten Kutter warten, bis der Sturm sich gelegt hatte.

Vielleicht stimmte meine Theorie auch nicht. Der erste Tote hatte Schwarzpulver und Kohle an sich gehabt und war wie die beiden anderen halb verbrannt angelandet. In der Nacht nach Silvester. Andere Möglichkeiten fielen mir nicht ein. Die drei mussten vor oder bei einem Feuerwerk Probleme bekommen haben.

Aber woher dann die Schusswunde? Hatten die drei Streit bekommen, hatte vielleicht der Mündungsblitz des Schusses das Schwarzpulver entzündet, und denen war die gesamte Ladung um die Ohren geflogen? Stammte die Schusswunde vielleicht von einer Leuchtrakete? Die gleichzeitig die Ladung zur Explosion gebracht hatte? Der Sturm hatte gegen Mitternacht eingesetzt, vielleicht waren die drei – wenn es bei drei Toten blieb – in Seenot geraten und hatten versucht, Leuchtraketen einzusetzen?

Hinter mir sah ich die Lichthupe des Mercedes aufblitzen. Ich hatte in Gedanken versunken nicht aufgepasst. Das Auto von Harms war nicht mehr vor mir zu sehen. Wir waren inzwischen in Norden angekommen, die Kolonne vor mir musste abgebogen sein.

Gesine van Dyke blinkte, sie wollte überholen. Ich fuhr rechts ran, sie an mir vorbei. Ich hängte mich an ihr Heck und sah sie mir zuwinken, bevor sie rechts und dann gleich wieder rechts und wieder links abbog. Ein paar Minuten später standen wir vor dem Bestattungsinstitut. Voss und sein Angestellter hatten die Särge gerade reingetragen, der Bestatter klappte gerade die hintere Tür seines schwarzen Leichenwagens zu und ging zurück zum Haus. Die anderen Wagen standen am Straßenrand. Ich hielt hinter der hungrigen Amtsärztin und stieg aus. Jackie ließ ich schlafen.

Frau Doktor rannte zum Eingang, mit mir im Schlepptau. Eine Frau, die Mühe hatte, die Tür gegen den Winddruck offen zu halten, ließ uns rein und bot uns gleich einen Kaffee und ein paar Krapfen an, die sie noch von Silvester übrighatte.

Jetzt konnte ich mehr erfahren. Ich löste mich aus dem Pheromonmagnetfeld der Doktorin und trat hinüber zu Harms, der gerade die beiden Portemonnaies untersuchte. Folkert Fokken sah die Amtsärztin zögernd an. Die lächelte gerade Voss an und legte den Kopf schief. Der Bestatter errötete und griff zu seinem Werkzeug. »Dann werde ich das mit der Entkleidung übernehmen«, seufzte er. »Im Nebenraum liegen übrigens Handtücher, damit können Sie sich abtrocknen. Sachen zum Wechseln kann ich Ihnen leider nicht anbieten.

Elsa macht Ihnen allen Kaffee, wer will, kann einen Sanddornlikör haben, dann können Sie sich von innen aufwärmen.«

Kaffee und Handtücher konnten auch noch einen Moment warten. Schnaps konnte ich jetzt überhaupt nicht gebrauchen. Erst wollte ich wissen, wer da auf den beiden Tischen lag und freigelegt wurde.

»Fokko Ahrens, aus Greetsiel«, las Harms aus dem Personalausweis der älteren Leiche vor. »Laut Mitgliedskarte des Fischereiverbandes Krabbenfischer von Beruf.«

»Der ist Mitbesitzer des Kutters, der zum Teil auch Ubbo Krull gehört«, konnte ich beisteuern. »Das passt.«

Harms besah sich die anderen Ausweise und Karten und steckte alles wieder zurück an seinen Platz. Er war sorgsam bemüht, die Karten nur an den Rändern anzufassen, obwohl er Handschuhe trug. »Geld hatte er keines dabei. Nur eine Tankquittung und einen Einkaufsbeleg vom Baumarkt.«

»Darf ich?«, fragte ich Harms und nahm ihm die beiden Belege mit behandschuhten Händen ab. Die Tankquittung war aus Greetsiel, was unauffällig war, der Einkaufsbeleg von einem Baumarkt in Norden. Ahrens hatte dort für über dreihundert Euro eingekauft. Mir fiel sofort eine Position Grillkohle ins Auge. Das war Holzkohle, die man fein mahlen konnte, um eine größere Oberfläche zu bekommen. Eine weitere größere Position war ein Unkrautvernichter namens Schwefelit. Auch das passte. Es war ein stark schwefelhaltiges Pulver. Fehlte nur noch Salpeter, dachte ich. Den musste man allerdings nicht kaufen. Er saß oft in riesigen Placken unter Misthaufen und klebte als Mauersalz an Mauern. Den konnte man sich leicht besorgen, wenn man seine Landwirte kannte. Salpeter konnte man ebenfalls mühelos zu Pulver zermahlen.

Also hatte dieser Ahrens tatsächlich selbst Raketen oder Knaller gebaut. Er schien seinen Fähigkeiten aber nicht ganz über den Weg getraut zu haben, denn der Rest seines Einkaufs bestand aus Chinaböllern und anderen Feuerwerkskörpern, wenn ich die Kürzel richtig las.

Ich fotografierte die beiden Belege mit meinem Handy und gab sie Harms zurück. Der legte sie auf einem Tisch ab, weil er gerade die zweite Geldbörse in Händen hielt, die des jüngeren Mannes.

»Jetzt wird's bunt«, sagte er. »Der Mann ist von Greenpeace, laut seinen vielen Ausweisen und Zetteln im Portemonnaie. Der hat auch mehr Geld als die anderen, wartet mal … das sind über sechshundert Euro hier drin.« Er steckte das Geld zurück und fingerte eine Kreditkarte heraus. »Hm. Personalausweis oder Führerschein hat er nicht dabei.

Dafür jede Menge andere Ausweise, Naturschutzverbände, Eintrittskarten für ein Rockkonzert, drei Kreditkarten und eine EC-Karte. Der Mann heißt Hans Joachim Wessels, auf einer der Karten heißt er auch Hajo Wessels.«

»Der hat auch so Kohlereste unter seinen Stiefeln und in den Säumen«, steuerte Fokken bei. »Die gleichen wie bei diesem Ubbo Krull gestern. Irgendwo haben die eine Werkstatt, wo sie die Kohle weiterverarbeitet haben. Da ist noch anderes Pulver, könnte Schwarzpulver sein. Kann ich erst im Labor sagen.« Er sah Voss an. »Oder ich halte hier kurz ein Streichholz dran, Herr Voss.«

Der protestierte. »Sie wollen mir wohl den ganzen Laden hier in die Luft jagen!«

Fokken griente. »War nur ein Scherz. Wir werden das untersuchen lassen, ich schicke das zum KTI nach Hannover.«

»Geben Sie mir bitte mal ein Tütchen mit diesen Kohleklumpen«, bat ich Fokken. Mir war eine Idee durch den Kopf geschossen.

Voss hatte die Leichen inzwischen komplett entkleidet und auf meinen Wunsch davon abgesehen, sie zu säubern. Lisa musste ihre Chance bekommen, auch noch die kleinsten Spuren zu finden. Jetzt trat Gesine van Dyke an die Leichen heran und untersuchte sie, beginnend an den Augenlidern und dem Kinn. Sie arbeitete sich von oben nach unten vor.

»Rigor mortis ist voll ausgeprägt«, sprach sie in einen mitgebrachten Rekorder. »Da die Leichen im Wasser gelegen haben, dürfte der Tod vor mehr als zwölf Stunden eingetreten sein, aber nicht mehr als achtundvierzig Stunden zurückliegen.«

Sie trat an die jüngere Leiche heran und zog mit der Kraft, die ihr zu Gebote stand, am Unterarm, um ihn zu beugen. Dieser gab plötzlich nach, fast wäre die Meisterin des Wohlgeruchs gestolpert.

»Ich werde jetzt beobachten, wie schnell die Starre am Ellbogen wieder einsetzt«, gab sie zu Protokoll. »Körper hat dem Brechen der Starre erheblichen Widerstand geleistet.«

Sie trat einen Schritt zurück, betrachtete dabei den Intimbereich und seufzte. Was ihr wohl durch den Kopf ging, dachte ich. Einer weniger, den sie haben konnte?

»Livores schwach ausgeprägt, lassen sich nicht mehr bewegen, Farbe blauviolett. An den Liegestellen am Ufer sind stärkere Flecken ausgeprägt. Schluss: Körper hat etwa die Hälfte der Zeit seit Eintritt des Todes an Land gelegen«, diktierte sie.

Sie besah sich die Augen und den weit geöffneten Mund aus der Nähe. »Augen und Schleimhäute ausgetrocknet. Mund durch Seewasser ausgespült, larynxseitige Schaumbildung ist schwach zu erkennen«, fuhr sie fort.

Sie trat zurück und sah uns an. »Der Mann ist eindeutig ertrunken, die Verbrennungen waren nicht todesursächlich. Der Zeitpunkt des Ertrinkens liegt anderthalb bis drei Tage zurück, genau lässt sich das wegen der Lagerung im kalten Wasser nicht sagen. Eine Obduktion ist angeraten, um den exakten Zeitpunkt und den Ablauf besser zu bestimmen, meine Herren. Die Verbrennung ist vor dem Ertrinken eingetreten.«

Das hatte ich mir auch nicht anders vorstellen können.

»Ich werde mich jetzt dem zweiten Leichnam zuwenden«, sprach sie in ihr Gerät. »Der Tote weist ähnliche Flecken und Starren auf wie der erste, was ich gleich noch verifizieren werde. Anders als der jüngere Mann weist dieser Tote eine Schusswunde auf, wobei das Projektil im rechten unteren Dorsalbereich eingedrungen ist, etwa im Leberbereich, und vorn neben dem Bauchnabel wieder ausgetreten ist, wie die gezackten Wundränder bezeugen.«

Frau Doktor wandte sich dem Kopf des Toten zu. »Der Mann ist ebenfalls ertrunken, wie der Schaumpilz im Rachen eindeutig zeigt. Die Schusswunde war nicht die Todesursache, wäre aber ohne baldige Hilfe tödlich gewesen.«

Sie besah sich den Rest des Körpers, war von der Körpermitte diesmal allerdings weniger beeindruckt. »Livores ebenfalls allgemein schwach, an den späteren Liegestellen stärker ausgeprägt. Der Leichnam weist wesentlich stärkere Verbrennungsspuren auf als der jüngere. Sie hätten ohne das Ertrinken zu starken Beeinträchtigungen, aber nicht notwendig zum Tode geführt.«

Sie trat zwei Schritte zurück und suchte nach ihrer teuren Handtasche. »Ich werde jetzt die Totenscheine ausfüllen. Todesursache in beiden Fällen Ertrinken, vermutlich in Salzwasser, mit einem Todeszeitpunkt – Moment.«

Sie hielt inne und ging zurück zu dem jüngeren Mann, dem sie jetzt an den Unterarm fasste. Dieser ließ sich wesentlich leichter bewegen als vorher.

»Eigentlich müsste ich damit noch eine halbe Stunde warten«, sprach sie uns alle an. »Die Leichenstarre hat noch nicht wieder eingesetzt, und aus meiner Erfahrung wird sie die frühere Steifigkeit nicht wieder erreichen.« Sie sah mich an und errötete leicht. »Ich setze den Todeszeitpunkt deshalb bei etwa zwei Tagen an, plus minus zwölf Stunden. Genaueres wie gesagt durch die Obduktion festzustellen.«

Jetzt ging sie resolut an einen Tisch, nahm Papiere und einen teuren Füller aus der Tasche und füllte die Totenscheine aus. »Unter Vorbehalt«, sagte sie schließlich und steckte ihren Füller wieder ein. »Frau Seeler wird sicher noch mehr herausfinden können.«

Sie trank von ihrem Kaffee, den Frau Voss vor sie hingestellt hatte, tippte sich mit dem Zeigefinger seitlich an die Schläfe und ging zur Tür.

»Wenn Sie mich brauchen, meine Herren«, lächelte sie, »Sie wissen alle, wo Sie mich erreichen können.«

Als sich die Tür schloss, bemerkte ich, dass ich die Luft angehalten hatte und endlich ausatmete. Auch die anderen Mienen erschlafften. Wir Polizisten waren unter uns, wobei ich den Bestatter, seinen Assistenten und seine Frau großzügig mitrechnete. Frau Doktor hatte einfach viel zu viel Aufmerksamkeit eingenommen. Wie machte sie das nur? Egal, jetzt war sie weg, und ich war erleichtert.

»Sie können die beiden wieder einsargen und nach Wittmund bringen«, trug ich dem Bestatter auf. »Im städtischen Krankenhaus gibt es eine Rechtsmedizin im Aufbau, fragen Sie nach Frau Dr. Seeler. Dort packen Sie die beiden bitte in zwei der vier vorhandenen Kühlfächer. Eins ist ja schon belegt. Und danke, Herr Voss.«

Der Bestatter nickte. »Wir werden das zu Ihrer vollen Zufriedenheit erledigen, mein Herr«, sagte er salbungsvoll. »Soll ich die Angehörigen…?«

Harms und ich sahen uns an. »Nein, das machen wir auf jeden Fall selbst«, erklärte ich dem Bestatter. »Ich informiere Sie anschließend, damit Sie die Formalitäten erledigen können.« Mir fiel noch etwas ein.

»Frau Krull habe ich schon besucht, die Familie erschien mir ziemlich mittellos«, sagte ich in die Runde. »Die Frau wird Unterstützung benötigen, bei der Beerdigung oder Einäscherung. Gibt es da einen Fonds oder andere Mittel, auf die wir zugreifen können? Können Sie Ihr unter die Arme greifen?« Die letzte Frage hatte ich an Voss gerichtet.

»Die Fischer hier bevorzugen meist Seebestattung. Ich kenne die Leute vom Fischereiverband und ein paar Leute, die dabei helfen können. Die Einäscherung und die wasserlösliche Urne, das kostet nicht die Welt.« Er sah mich erleichtert an. »Also ja. Wir können da was machen.«

»Meine Tochter kennt Leute bei einer Stiftung, die bei so was schon geholfen hat«, trug Harms bei. »Ich frage nach und melde mich.«

Ich nickte. »Dann werde ich der Witwe das so mitteilen. Ich denke, wir sollten jetzt die anderen Angehörigen besuchen. Vielleicht finden wir dort mehr über die Hintergründe heraus. Und wir müssen beim Waffenregister nachfragen, ob einer der drei eine Schusswaffe besaß. Krabben werden ja in der Regel nicht geschossen, soweit ich weiß.«

Harms grinste. »Sie legen ja ganz schön los«, sagte er. »Gefällt mir. Okay, ich prüfe das mit dem möglichen Waffenbesitz. Sollen wir eine der beiden Familien aufsuchen, oder wollen Sie das alles selbst reißen, Herr Jansen?«

Mein Hang zur Faulheit leistete eine halbe Sekunde lang Widerstand, dann gab er nach. »Ich denke, die Fälle hängen zusammen. Das würde ich gern selbst übernehmen. Aber ich würde mich freuen, wenn ich jemanden von Ihrem Bereich als Unterstützung bekommen könnte. Dann muss ich Ihnen auch nicht alles selbst berichten.«

»Hm«, sagte der Hauptkommissar. »Ich schicke Ihnen jemand von der Streife. Der kann dann auch gleich den Wagen übernehmen, den Sie gerade fahren, wenn Ihrer repariert worden ist. Das könnte heute Abend oder morgen früh so weit sein. Kommen Sie doch nachher gleich zu uns.«

Damit war auch das geklärt. »Kann ich den Personalausweis von Herrn Ahrens und einen der Ausweise von dem Wessels haben, wegen der Adressen?«

Harms griff sich beide Portemonnaies und reichte sie mir. »Nehmen Sie gleich alles. Werden Sie ohnehin brauchen, ansonsten können Sie die ja auch den Hinterbliebenen zurückgeben.«

Voss drückte mir noch zwei Prospekte seines Bestattungsinstitutes in die Hand. »Hier. Für die Hinterbliebenen. Die schönsten Särge und Urnen ganz Ostfrieslands.«

Ich nahm alles an mich, mummelte mich warm ein und verließ das geheizte Haus. Im Institut waren es zwar auch nur fünfzehn Grad gewesen, dennoch war der Aufenthalt eine Wohltat gewesen. Ich lehnte mich in den Wind und lief hinüber zum Streifenwagen, in dem Jackie inzwischen erwacht war und sich sauberleckte. Er beachtete mich nicht weiter.

Ich hatte einen Plan. Statt zur Polizeiinspektion Norden oder gleich zu den Angehörigen zu fahren, fuhr ich zu einem Supermarkt in der Nähe und packte einen leeren Karton voll mit Nahrungsmitteln, vor allem frischem Obst. Nur mit Suppe konnte die Frau Krull nicht gut über den Winter kommen, dachte ich.

Kurze Zeit später stand ich mit dem Karton vor der Hütte der Witwe, die mich kommen gesehen hatte und bereits an der Tür war, um mich ins Trockene zu lassen. Ich schüttelte mich und übergab ihr den Karton. »Wir hatten auf der Wache noch etwas von unserer Silvesterfeier übrig«, sagte ich der verheult aussehenden Frau. »Bevor wir das wegschmeißen, dachte ich, dass Sie vielleicht noch Verwendung dafür haben, Frau Krull.«

Sie wollte erst nichts annehmen, was ich mir schon gedacht hatte. Ich stellte die Sachen neben ihrem Herd ab.

Frau Krull lächelte dankbar und sagte: »Setzen Sie sich bitte, Herr Jansen. Eine Tasse Tee wird Ihnen guttun.«

Während sie mir alles hinstellte, was ein Ostfriese zum Teetrinken brauchte, berichtete ich ihr.

»Wir haben zwei weitere Personen aufgefunden, einen Hajo Wessels und einen Fokko Ahrens«, sagte ich. »Beide mit Verbrennungsspuren. Sie sind ebenfalls ertrunken, wie Ihr Mann. Wir gehen von einem Unfall aus, vermutlich auf Ihrem Kutter. Vielleicht bei einem Silvesterfeuerwerk. Kannten Sie die beiden?«

Sie setzte sich mir gegenüber, trank von ihrem Tee und stellte die Tasse wieder ab. »Fokko kenne ich gut«, antwortete sie. »Dem gehört ja der Kutter mit. Dieser junge Wessels, das ist so ein Antreiber, so ein Fanatiker. Der stachelt hier immer die Leute auf. Stimmt ja vieles von dem, was er sagt, aber der will immer gleich Taten sehen. Ich mag den nicht. Mochte ihn nicht«, korrigierte sie sich.

»Wissen Sie, ob dieser Wessels oder Fokko Ahrens oder Ihr Mann eine Waffe besaßen? Eine Schusswaffe, meine ich?«

Sie schüttelte den Kopf. »Ganz bestimmt nicht. Wir sind nicht mal im Schützenverein. Schon lange nicht mehr.«

»Aber schießen kann ihr Mann, wenn er Mitglied war?«, fragte ich nach.

»Klar. Er war ja bei der Marine, bis zum Hauptgefreiten hat er es gebracht«, sagte sie stolz. »Der Trubel im Schützenverein war uns irgendwann zu viel, immer dieses viele Saufen, das lag uns nicht. Und Geld hat es ja auch gekostet«, setzte sie nach.

»Und die anderen?«

Frau Krull schüttelte den Kopf. »Keine Ahnung.«

Dann stütze sie den Kopf auf die Arme. »Die arme Luise.«

»Ahrens?«, fragte ich nach. Sie nickte. »Nein, nicht Ahrens. Willms. Seine neue Partnerin, die er vor einem halben Jahr kennengelernt hat. Die hat sich so auf ihren Lebensabend mit Fokko gefreut. Nächsten Monat wollten sie heiraten.«

»Ich werde da jetzt hinfahren und ihr die traurige Mitteilung überbringen. Ach ja, Herr Voss vom Bestattungsinstitut Voss möchte Ihnen bei der Seebestattung Ihres Mannes helfen, wenn Sie das wünschen. Der Fischereiverband und eine Stiftung, die ein Herr Harms von der Polizei aus Norden kennt, werden Ihnen wohl auch unter die Arme greifen, Frau Krull. Machen Sie sich darum nicht so viel Sorgen.

Ihre beiden Söhne haben wir übrigens noch nicht erreichen können.« Das hatte ich gestern nicht mehr geschafft.

»Das macht meinen Ubbo auch nicht wieder lebendig«, seufzte sie. »Trotzdem, vielen Dank.«

Ich trank aus und ließ mich zur Tür bringen. »Ihre Sachen«, machte sie einen schwachen Versuch, »die stehen da hinten noch.«

»Ihre Sachen, Frau Krull. Vitamine brauchen Sie doch, an diesen dunklen Tagen.«

Nach dem Abschied sah ich durch das Fenster, wie sie sich wieder heulend an den Tisch setzte. Ihren Verlust konnten auch Vitamine nicht ersetzen.

* * *

Jackie schlief schon wieder. Ich fuhr von Norddeich zurück nach Norden zur Polizeistation, einem wunderschönen alten Backsteinhaus am baumbestandenen Marktplatz der ältesten Stadt Ostfrieslands. Wie viele Polizeistationen hier oben hatte Norden einen Kriminalermittlungsdienst und einen Streifendienst, also das volle Programm. Anders als Wittmund gehörte es zu Osnabrück, was mir egal war. Ich war beim LKA und damit auch für den Bereich Norden zuständig.

Harms war zurück und stellte mir eine junge Kollegin vor, die »schon öfters mal traurige Nachrichten überbringen musste«, wie er sagte. Wiebke Lürssen war eine pummelige, sommersprossige Streifenpolizistin vom immer fröhlichen Typ, die ich auf Anfang dreißig schätzte. Sie pumpte mir die Hand und brachte ein prächtiges, intaktes Gebiss zum Vorschein. »Wiebke!«, stellte sie sich vor. »Lukas und du, oder?«

Ich nickte. Gut, dachte ich, das Frohsinnspaket konnte Tote zum Lächeln bringen. Das würde uns bei Luise Willms helfen. »Dann lass uns man gleich los, Wiebke, ich möchte heute Abend wieder zu Haus sein«, forderte ich sie auf. »Moment«, sagte sie und stopfte ihre dunkelblonde Strubbelfrisur unter ihre Mütze. »So. Jetzt«, strahlte sie.

Unterwegs erzählte mir Wiebke, was alles in Norden los war, wer mit wem gut konnte und dass eigentlich alle ganz toll wären. Sie arbeitete gern hier. Sie kam von hier, würde hier pensioniert werden und auch hier alt werden. Und zwischendurch wollte sie dafür sorgen, dass in Norden nichts passierte, allein schon durch ihre Strahlkraft. »Lachen steckt doch an, Lukas«, behauptete sie. »Wer lacht, bringt keinen um, glaub mir das! Nix mit Morden in Norden, solange ich hier bin. Damit das gleich mal klar ist«, behauptete sie aus voller Brust.

»Sag mal, kennst du einen von den beiden Toten? Fokko Ahrens oder Hajo Wessels?« Ich wollte zum Thema kommen.

»Beide aus Greetsiel, nicht? Hm.« Sie befühlte ihr Kinn mit der rechten Hand. »Wessels, Wessels… da war mal was. Ach ja, ich hab's. Der hat hier bei uns Demonstrationen angemeldet, mal gegen dies, mal gegen das, von Walfang über den Schutz der Torfmoore und was weiß ich nicht noch alles. Der war auch mal bei einer Besetzung dabei, aber das war in Holland, die niederländischen Kollegen haben sich bei uns nur nach ihm erkundigt. Vorbestraft ist er jedenfalls nicht. Soweit ich weiß. Moment. Ich sehe mal nach.«

Sie loggte sich mit ihrem Smartphone in den Polizeiserver ein. »Greenpeace-Aktivist. Nur kleinere Sachen, Ankleben von nicht angemeldeten Plakaten, eine Straßenblockade, letzter Kontakt mit der Polizei war im Hambacher Forst, da hat er sich an einen Baum gekettet und musste mit dem Schweißbrenner losgemacht werden. Ansonsten wirft er gern Videos und Bilder an Bauwerke, aus Protest. Ich weiß gar nicht, ob das illegal ist.«

So etwas hatte ich schon gesehen. Auf Fotos von einem Kernkraftwerk in Belgien, wo riesige Bilder an die Kühltürme projiziert worden waren.

»Wir sind da«, sagte ich. »Bei Ahrens, dem Krabbenfischer.« Mein Navi hatte mich in eine Seitenstraße des Pilsumer Wegs in Greetsiel geführt. An der Haustür standen zwei Namen. Fokko Ahrens und Luise Willms.

Die ältere Frau, die uns die Tür öffnete, trug bereits Schwarz. »Ich weiß, weshalb Sie kommen«, sagte sie leise. »Fokko ist tot. Ich habe es genau gespürt, dass er nie mehr nach Hause kommt. In der Silvesternacht hatte er mir versprochen, vor zwölf wieder zu Haus zu sein. Ich bin bis fünf Uhr aufgeblieben. Da war es mir bereits klar.«

Sie hatte uns in der Zwischenzeit durch die Haustür ins Innere bugsiert. Hier zwischen den Häusern tobte der Sturm nicht so heftig wie auf dem Deich, trotzdem war es eine Erlösung, in ein warmes, windstilles Haus eintreten zu können.

Frau Willms nahm uns unsere Mäntel, Mützen, Schals und Handschuhe ab, bat uns, die Schuhe auszuziehen und zeigte auf eine Sitzecke in ihrem Wohnzimmer. Sie setzte sich ebenfalls, nachdem sie unsere Sachen weggehängt hatte, und sah uns trübselig an.

»Es hat wohl einen Unfall gegeben«, bestätigte ich ihre Vorahnung. »Ihr Mann, Ubbo Krull und Hajo Wessels haben dabei schwere

Verbrennungen erlitten und sind vermutlich ins Wasser gestürzt. Alle drei sind ertrunken. Tut mir leid, Frau Willms.«

Auch wenn sie mit der Nachricht gerechnet hatte, so richtig hatte sie wohl doch nicht daran geglaubt. Ganz langsam sank ihr der Kopf hinunter. Ihr Blick zuckte ziellos über den Tisch vor ihr. »Ich habe es doch geahnt«, klagte sie.

»Ihr Mann hatte außerdem eine Schusswunde«, setzte ich hinzu. Sie würde das sowieso erfahren müssen. »Wir fragen uns jetzt, ob einer der drei eine Waffe hatte, und ob es eventuell Streit gegeben haben könnte.«

Sie sah wieder auf. »Fokko? Erschossen? Wer war das?« Ihre Lebensgeister waren wieder erwacht.

»Das möchten wir auch gern wissen, Frau Willms.« Wiebke Lürssen sah die Frau sehr freundlich und offen an. »Deshalb die Frage meines Kollegen.«

»Er ist von hinten angeschossen worden«, fuhr ich fort. »Können Sie sich irgendeine Situation vorstellen, wobei das passiert sein könnte?«

»Soll ich Ihnen einen Tee machen, Frau Willms?« Wiebke Lürssen war aufgestanden. »Ich finde mich zurecht!«

Frau Willms nickte abwesend. »Eine Waffe… nee, das tut mir leid, Herr Kommissar. Davon weiß ich nichts. Erschossen.« Sie schüttelte den Kopf.

»Wissen Sie, wo Ihr Partner hinwollte, und was die drei Männer vorhatten? Oder waren sie vielleicht noch zu mehreren? Es war ja Silvester, wollten sie vielleicht ein Feuerwerk vor Borkum oder Juist abfeuern? Sicher ein gut bezahlter Job, denke ich. Hatte der Kutter vielleicht Signalpistolen an Bord?«

»Ach, die Männer«, seufzte sie. »Der erzählt mir nie, was er macht. Normalerweise gehen sie auf Krabbenfang oder fahren mit den Touristen raus. Manchmal bringt er eilige Sachen auf die Inseln, vom Apotheker zum Beispiel. Nein. Keine Ahnung. Von Feuerwerk hat er nichts gesagt. Ostfriesische Fischer, wissen Sie? Die reden nicht viel.« Sie sah mich voller Trauer an. »Von der Signalpistole weiß ich nichts. Ich denke schon, das ist doch Vorschrift, oder?«

Die Frau schien den Verlust ihres Partners viel besser wegzustecken als Frau Krull. »Wovon leben Sie, Frau Willms? Nur von den Einnahmen Ihres Partners?«

Sie schüttelte den Kopf. »Nein. Ich war Arzthelferin, mein ganzes Leben lang. Ich bekomme eine halbwegs anständige Rente, davon haben wir mehr oder weniger gelebt. Die Witwenrente werde ich nicht bekommen, aber seine Ex wenigstens auch nicht«, seufzte sie. Ich machte mir einen Knoten ins Gehirn. Die Friseurin musste ich auch noch über den Tod ihres Exmannes informieren.

Wiebke Lürssen kam mit einem Tablett Tee zurück und servierte. »Herrje, das wäre doch meine Aufgabe gewesen!« Frau Willms sprang auf und nahm ihr alles aus der Hand. »So weit kommt das noch, dass sich die Gäste selbst bedienen müssen!«

Ich sah zu, wie sie meinen Tee zubereitete und wartete, bis die Sahne wieder nach oben gequollen war. »Brauchen Sie Hilfe? Hatte Fokko Angehörige, die wir benachrichtigen sollten?«

Sie schüttelte das graue Haupt. »Danke. Ich bin mein ganzes Leben gut klargekommen. Mit, ohne und auch trotz Fokko. Es war eine schöne Zeit mit ihm. Leider viel zu kurz.« Sie begann leise zu weinen.

»Kennen Sie Hajo oder Hans Joachim Wessels?«, fragte ich trotzdem weiter, auch um sie abzulenken. Sie schüttelte ganz leicht den Kopf. »Nee. Nie gehört. Da müssten Sie Fokko fragen, hätte ich fast gesagt.«

Wiebke Lürssen strich ihr sanft über die Hände. »Tut uns leid, dass wir Sie mit so einer traurigen Nachricht überfallen mussten«, tröstete sie die ältere Frau. »Können wir Sie allein hier lassen, oder soll ich noch ein wenig bleiben?«

Frau Willms sah die lebensfrohe junge Frau an und ließ sich ein wenig anstecken. »Wäre schön, wenn Sie noch zum Tee bleiben könnten«, sagte sie schließlich. »Falls Ihr junger Kollege noch etwas anderes zu tun hat und Sie wieder abholen kann.«

»So machen wir das«, sagten wir wie aus einem Mund und lachten. Frau Willms schmunzelte sogar ein wenig.

»Ich muss sowieso noch eine Runde mit meinem Hund gehen«, sagte ich. »Trotz des miesen Wetters. Mein nächster Besuch wäre in Emden. Das wird eine Weile dauern, bis ich wieder hier sein kann.«

Wiebke wischte meinen Bedenken beiseite. »Kein Problem. Ich leiste Frau Willms gern etwas Gesellschaft. Vielleicht kochen wir zwei uns was Schönes«, schlug sie vor. Recht hatte sie. Die Frau sah aus, als ob sie seit zwei Tagen nichts mehr zu sich genommen hätte.

Jackie war bereits ungeduldig. Ich leinte ihn an, marschierte dick eingemummelt mit ihm zu den Zwillingsmühlen und zurück. Nachdem er sein Geschäft erledigt hatte, wollte er so schnell zurück ins Auto, wie es nur ging. Ein Windstoß hätte ihn fast ins eiskalte Wasser geblasen.

»So, Kleiner«, sagte ich zu ihm. »Du kannst wieder eine Weile schlafen. Jetzt zu unserem letzten Besuch für heute, in Emden. Dann geht's ab nach Haus.«

KAPITEL 6

DER AKTIVIST

Hajo Wessels wohnte mitten in der Großen Straße, einer Fußgängerzone in der Nähe des Emder Neuen Marktes. In der Stadt war es etwas weniger stürmisch als weiter im Norden, trotzdem war es kein Wetter, bei dem man einen Hund vor die Tür jagen würde. Klar, ich hätte mit dem Streifenwagen reinfahren können. Ein Privileg, das mir zustand, das ich trotzdem nicht ausnutzen wollte. Die Fußgängerzone war belebt, nach den Feiertagen wollten viele Leute einkaufen oder etwas umtauschen, trotz des miesen Wetters.

Ich stellte den Wagen auf einem Parkplatz ab und marschierte zu Fuß zu Wessels' Adresse. Die Wohnung lag über einem Supermarkt, das Klingelschild war mit vier Namen vollgeklebt. Ein Aufkleber mit *Schmitt* verdeckte einen anderen mit der Aufschrift *Wess* halb. Das musste es sein. Ich klingelte.

Nach gefühlten zehn Minuten betätigte jemand den Summer. Die Wohnung lag im obersten Stockwerk. Jackie und ich stürmten hinauf; wir nutzten jede Gelegenheit zum Sport. In der offenen Tür stand eine junge Frau im Bademantel, die offenbar gerade aufgestanden war. Vermutlich hatte ihre Silvesterparty länger gedauert. Sie erschrak, als sie uns beide in hohem Tempo die Treppe hochkommen sah.

Gott sei Dank war ich nicht in Uniform, sonst hätte sie womöglich einen Infarkt bekommen. So lächelte ich ihr freundlich zu, als wir angekommen waren und entspannte meine Körperhaltung. »Guten Morgen!«, begrüßte ich sie, obwohl es schon Nachmittag war. »Ist das hier die Wohnung von Hajo Wessels?«

Die Frau zog ihren Bademantel enger um sich, im Treppenhaus war es saukalt. »Hajo ist nicht da.«

Sie machte Anstalten, die Tür wieder hinter sich zu schließen.

»Moment, bitte«, bat ich sie. »Ich bin von der Polizei. Jansen. Lukas Jansen«, stellte ich mich vor. »Ich habe leider schlechte Nachrichten.«

Sie trat einen Schritt zurück. »Polizei?«, fragte sie ungläubig. Was ich von der Wohnung von hier aus erkennen konnte, sah schwer nach WG aus. Die Garderobe quoll über von Parkas und bunten Mützen und Schals, im Flur hingen Bilder von Greta Thunberg und solche mit der Sonne und *Atomkraft – nein danke!*

Dann war die Nachricht angekommen. »Was ist passiert?«, fragte die Frau, die etwas jünger als ich selbst war.

»Hajo Wessels ist ums Leben gekommen, deshalb bin ich hier.«

Sie strich sich die glatten, kastanienbraunen Langhaare nach vorn, um auf einer Strähne herumzukauen.

»Ich dachte, der feiert irgendwo.« Sie sah mich kritisch an, so als ob ich ihr etwas auftischen wollte. »Darf ich mal Ihren Ausweis sehen?«, fragte sie spitz. »Das ist doch nur ein Vorwand, um hier bei uns reinzukommen, oder? Oder haben Sie so einen Durchsuchungsbescheid oder wie das heißt?«

Der Ton gefiel Jackie nicht. Er richtete sich zu seiner vollen Größe auf, sträubte sein Nackenfell und begann zu knurren. Ich nahm ihn hoch und streichelte ihn. »Alles gut, Hund, die Frau ist dir nicht böse, sei ruhig.« Er knurrte trotzdem leise weiter.

Ich griff mit der freien Hand zu meinem Ausweis, der in der linken Gesäßtasche steckte. »Hier. Ich ermittle hier in Ostfriesland bei Verbrechen gegen die Umwelt. Herr Wessels ist heute Nacht in der Leybucht angetrieben worden. Er hat schwere Verbrennungen erlitten, gestorben ist er durch Ertrinken. Tut mir leid. Er war mit zwei Krabbenfischern unterwegs, und wir versuchen, diesen Todesfall aufzuklären.«

Die Frau kaute weiter auf ihrer Haarsträhne herum und sah mich aus weit aufgerissenen Augen verständnislos an. Die Nachricht war irgendwo steckengeblieben.

»Hajo ist tot. Ich wollte seinen Angehörigen die Nachricht überbringen, deshalb bin ich hier, Frau …«, sagte ich so höflich und freundlich ich konnte.

»Oh, Scheiße«, sagte sie leise und strich sich die Haare wieder glatt. »Echt jetzt? Tot?«

Ich nahm mein Handy heraus, suchte das Foto des Toten und zeigte es ihr. »Ist er das?«

Sie nahm mir das Gerät aus der Hand und studierte das Bild. »Ja. Das ist Hajo. Verdammte Scheiße! Diese Schweine! Wer war das?«, fragte sie, tief durchatmend, mit geblähten Nüstern. »Solche Verbrecher! Diese Arschlöcher!«

Ihren Namen hatte sie mir immer noch nicht genannt. Aber dass sie jemanden im Verdacht hatte, mit dem Tod ihres Mitbewohners etwas zu tun zu haben, war weitaus interessanter.

»Von wem sprechen Sie?«, fragte ich nach.

Sie sah mich groß an. »Moment. Ich ziehe mir eben was über. Warten Sie bitte hier. Wir gehen ins *Café Auszeit*. Mir ist das hier zu kalt.«

Bevor ich weitere Fragen stellen konnte, hatte sie die Tür hinter sich geschlossen.

Jackie und ich warteten und froren vor uns hin, bis sie im neuen Outfit rauskam. Sie trug eine riesige bunte Rasta-Strickmütze, einen noch bunteren Schal und eine dicke Jacke, die wie ein Perserteppich aussah, darunter mindestens eine dicke Jeans. Den Abschluss bildeten gefütterte rote Gummistiefel.

»Sein Zimmer kann ich nicht sehen, oder?«, fragte ich.

»Hm. Vielleicht nachher. Erst muss ich wissen, was passiert ist. Ach so. Ich bin Maria.« Sie streckte mir ihre behandschuhte Rechte entgegen, ich schlug ein.

»Und mit Nachnamen?«

»Sommer. Maria Sommer, Herr Jansen.«

Sie blieb auf Distanz.

»Und das ist Jackie«, stellte ich meinen Spürhund vor. Sie beugte sich kurz zu ihm runter und streichelte ihn.

Während wir die Treppe hinunterstiegen, versuchte ich mehr zu erfahren. »Wer wohnt denn noch hier? Das ist eine WG, oder?«

Maria nickte. »Ja. Drei von uns studieren hier in Emden. Ich soziale Arbeit und Umwelttechnik, Roger Reimers psycho-soziale Beratung, und Hajo Medien und Technik. Rogers Freundin Kati jobbt, sie macht alles Mögliche. Roger und Kati sind gerade in Spanien, kommen erst nächste Woche wieder.«

Wir waren draußen und beeilten uns, zu dem Café zu gelangen. Maria steuerte einen Tisch in einer ruhigeren Ecke an und bestellte sich im Vorbeigehen einen Cappuccino. Ich schloss mich ihr an und bat um eine Schale Wasser für Jackie. Sein Futter hatte ich noch in der Tasche, das konnte er anschließend bekommen. Ich selbst bestellte mir noch ein Sandwich. Ich hatte Hunger, bis zum Abendessen, für das Lisa mir etwas Leckeres versprochen hatte, war es noch hin.

»So, Frau Sommer«, sprach ich sie an, als wir uns gesetzt hatten und auf die Getränke warteten. »Hajo Wessels ist vermutlich in der Silvesternacht ums Leben gekommen, zusammen mit zwei Krabbenfischern. Es sieht so aus, als seien sie nach einer Explosion von Feuerwerkskörpern vom Schiff geschleudert worden. Wir können auch einen versuchten Mord oder Totschlag nicht ausschließen. Mehr darf ich Ihnen dazu nicht sagen, da die Ermittlung noch läuft.«

Sie strich sich die langen Haare über die Schulter nach vorn, als sie sich zurücklehnte und mich kritisch ansah. »Und jetzt wollen Sie wissen, wo ich in der Silvesternacht war, oder?«

Ich schüttelte den Kopf. »Nein, unter Verdacht stehen Sie bei mir nicht, Frau Sommer. Ich möchte nur wissen, ob Sie von Herrn Wessels Plänen etwas wissen. Wo er war und was er da draußen gemacht hat. Und ob er eine Waffe besaß. Vielleicht können Sie sich einen Reim auf das Ganze machen.«

Sie hob den Kopf etwas an, während sie mich prüfend ansah. Sie dachte nach.

Die Bedienung kam mit den Getränken für uns drei und meinem Sandwich. Gleichzeitig klingelte mein Telefon. Harms war dran. Ich entschuldigte mich kurz, stand auf und ging ein paar Schritte.

»Zwei Sachen«, sagte er. »Ihr Wagen ist repariert, steht bei uns auf dem Parkplatz, können Sie nachher gleich wieder abholen. Und Waffenbesitz war bei den dreien Fehlanzeige. Vielleicht war ja noch eine vierte Person mit an Bord. Oder noch mehr Leute, der Kutter ist ja noch abgängig.«

Ich bedankte mich und beendete das Gespräch.

Frau Sommer hatte inzwischen fertig überlegt. »Davon weiß ich nichts, von einer Waffe, meine ich«, sagte sie. Ich nickte. Das passte zu Harms' Nachricht. »Dass er mit Krabbenfischern unterwegs war, wusste ich auch nicht. Ich weiß nur, dass er eine Aktion geplant hat. Er hat schon tagelang auf diese Kraftwerksbauer geschimpft, mit denen er sich schon früher angelegt hatte.«

Das war etwas Neues. Kraftwerksbauer. Dazu fiel mir etwas ein. Ich fingerte das Tütchen mit den Kohlestückchen aus der Tasche. »Das hier hatten die drei unter den Stiefeln. Das ist Kohle. Sagt Ihnen das etwas?«

Sie verzog den Mund zu einem spöttischen Lächeln. »Kohle? Na klar. Die haben doch da in Holland zusammen mit einer holländischen Firma dieses Riesenkohlekraftwerk gebaut, trotz aller jahrelangen Proteste aus Ostfriesland und dem Emsland. Die gleichen Leute, die den Hambacher Forst abholzen wollten, was ja Gott sei Dank verhindert werden konnte. Bei dem Kraftwerk, als es noch im Bau war, hat Hajo schon mal eine Schornsteinbesetzung gemacht und andere Sachen.«

Sie trank einen Schluck von ihrem Cappuccino. »Das sind die Leute, die hier unsere Umwelt kaputt machen. Hajo hat da so viel drüber erzählt, schon seit Jahren, dass ich da gar nicht mehr hingehört habe. Ich wohne seit drei Jahren in der WG, und da ist kein Tag vergangen, ohne dass Hajo die verflucht hat. Wie oft wir in Groningen demonstrieren waren, kann ich gar nicht mehr zählen.«

Das war eine neue Information, mit der ich etwas anfangen konnte. Endlich eine Spur, dachte ich.

»In Holland? Wie können die von Holland aus unsere Natur hier kaputtmachen?«, fragte ich zurück, um Zeit zum Nachdenken zu gewinnen, obwohl ich natürlich wusste, von was sie sprach. »Tun wir da nicht schon selbst unser Bestes?«

Sie zog die Augenbrauen zusammen. »Das ist doch wohl klar, ey! Ein gigantisches Kohlekraftwerk. Das bläst doch jede Menge Schadstoffe in die Luft, jeden Tag. Das trägt so was von massiv zur Erderwärmung und zur Klimakatastrophe bei, das weiß doch mittlerweile jedes Kind. Und total gesundheitsschädlich ist der Dreck doch auch noch.«

Wie zur Bestätigung hüstelte sie etwas. »Mit der Fischerei hat das auch was zu tun, was genau, habe ich vergessen. Fragen Sie doch mal bei Greenpeace nach, die wissen das bestimmt. Da war Hajo doch aktiv.«

Ihre Miene hellte sich wieder auf. »Ach ja. In Deutschland durften sie das wohl nicht bauen, deshalb sind die nach Holland. Eemshaven, direkt gegenüber von uns.«

Sie taute richtiggehend auf, je mehr ihr dazu einfiel. »Und nicht nur das. Die haben da auch eine gigantische Kläranlage oder so was gebaut, in Delfzijl, von da stinkt es bis nach hier zum Himmel. Und die leiten ihren Dreck auch in die Ems und die Nordsee. Die machen hier alles kaputt.«

Jetzt strahlte sie, weil hier alles kaputt ging und weil sie dagegen war. Dann wurde sie wieder ernst. »Das wird die Polizei leider kaum interessieren. Sie sind ja zu deren Schutz da, wie wir in Hambach gesehen haben. Da haben Sie die Leute von den Bäumen geholt und Dutzende verletzt, einer ist doch sogar gestorben.« Das klang sehr verbittert.

»Der ist doch aus einem Baum gefallen, das hat mir nicht weniger leidgetan als Ihnen«, entgegnete ich. »Mein Job ist es, Verbrechen gegen die Umwelt aufzuklären. Diese Verbindung hatte ich bisher noch gar nicht ins Auge gefasst, Frau Sommer. Ich denke, Sie haben mir sehr geholfen. Damit kann ich vielleicht Licht in diese Sache bringen. Wirklich, vielen Dank.«

Sie sah mich ungläubig an. Ein Bulle bedankte sich bei ihr?

»Es wäre vielleicht doch ganz gut, wenn ich mir sein Zimmer ansehen könnte«, fasste ich nach. »Vielleicht finde ich da Hinweise, wo der Hajo hinwollte und was geplant war.«

Maria Sommer zog einen Mundwinkel nach oben, wobei sich ihre Stupsnase mit nach links verzog und das Innere ihres Nasenloches entblößte, was ihr nicht gut zu Gesicht stand. Sie mochte die Idee nicht. »Ich weiß nicht. Nee, lieber nicht. Nachher belastet ihn da was, oder andere.«

»Einen Toten wird niemand mehr anklagen«, erinnerte ich sie.

»Trotzdem. Nachher war da was geplant, was der Polizei nicht gefällt, und seine Freunde wandern in den Knast. Lieber nicht, Herr Jansen, auch wenn Sie so nett lächeln. Da müssen Sie sich schon so einen Bescheid besorgen.«

»Und Sie räumen in der Zwischenzeit das Zimmer leer«, warf ich ein.

»Sie bringen einen aber auch auf merkwürdige Ideen.« Maria Sommer konnte sich ein Grinsen nicht verkneifen.

Dann konnte ich mir eine Hausdurchsuchung vermutlich auch sparen, dachte ich. »Na gut, dann lassen wir das«, schlug ich vor. Sie sah mich spöttisch an. Sie würde das Zimmer trotzdem säubern, so viel war klar.

»Hat Hajo nahe Angehörige hier in der Nähe? Wo kommt er her? Ich möchte seine Familie benachrichtigen.«

»Hajo kommt aus Hamburg. Ich war mal da. Seine Eltern wohnen in Eimsbüttel. In der Henriettenstraße, glaube ich. Das müssten Sie finden können. Eine Freundin hat er gegenwärtig nicht. Seine Kumpels von Greenpeace würde ich an Ihrer Stelle auch informieren.«

Maria wirkte etwas aufgetaut. Doch dann, als sie ihren Cappuccino ausgetrunken hatte, kam die Wut wieder hoch. »Da stecken bestimmt diese Schweine dahinter. Würde mich freuen, wenn Sie die kriegen. Viel Hoffnung mache ich mir da aber nicht. War's das?«

Sie stand auf und stemmte die Fäuste in die Hüften, den Kopf zu Seite gelegt.

»Ja, vielen Dank, Frau Sommer«, sagte ich. »Den Cappuccino übernehme ich. Versprechen kann ich natürlich nichts. Sie können mir aber glauben, dass ich mein Möglichstes tun werde, um den Fall aufzuklären.«

Sie nickte, bedankte sich, mummelte sich wieder ein und schob ab. Schließlich hatte sie ein Zimmer aufzuräumen. Vielleicht würde ich sie später noch mal befragen, ob sie Hinweise gefunden hatte. Irgendwann würde neben Wut und Trauer auch die Sorge hochkommen, dass vielleicht noch mehr Schaden entstehen konnte. Vielleicht würde sie sich überwinden und mir etwas sagen.

Jackie hatte ausgetrunken und hechelte mich an. Ich holte sein Futter aus meiner Manteltasche und schüttete ihm das in die Metallschale. Während er fraß, suchte ich mir die Adresse der nächsten Greenpeace-Stelle heraus. Die würde ich anrufen. Für einen weiteren Anruf brauchte ich nichts nachzuschlagen.

»Werner Heim«, meldete sich die Stimme des Essener Hauptkommissars von Interpol, mit dem ich schon öfter zusammengearbeitet hatte. »Jansen! Leben Sie auch noch!«

Er schien gut drauf zu sein. »Jau«, antwortete ich. »Ihnen geht es ja scheinbar ganz gut. Hören Sie, Heim, Sie wohnen doch im Ruhrgebiet. Ich habe hier eine Kohleprobe, aus einem Fall bei uns hier oben. Ich möchte gern wissen, wo die herkommt. Wissen Sie, wohin ich mich damit wenden kann?«

»Sind Sie jetzt unter die Kriminaltechniker gegangen, Jansen?«, lachte er. »Aber klar, hier im Pott finden Sie alles, was mit Kohle zu tun hat. Mülheim an der Ruhr, denke ich. Da gibt es das MPI für Kohle.«

»MPI?«, fragte ich. »Master Patient Index?« Davon hatte Lisa mal etwas erwähnt.

»Max-Planck-Institut«, erklärte er. »Fahren Sie da hin oder schicken Sie Ihre Probe ein. Nein, warten Sie. Wenn Sie das da einschicken, kann es lange dauern, bis Sie eine Antwort bekommen. Schicken Sie mir das, ich fahre hin. Habe gerade nicht viel zu tun. Bis übernächste Woche. Da machen meine Frau und ich Urlaub auf Jamaika.«

Das war ein ganz neuer Werner Heim, dachte ich. Bisher hatte er nur Stress mit seiner Frau gehabt, sich sogar schon getrennt gehabt. Bis sein langjähriger Fall mit meiner Hilfe aufgeklärt worden war. Seitdem war er ein neuer und fröhlicher Mensch.

»Cool. Bringe ich gleich zur Post. Danke, Heim.«

»Keine Ursache, Jansen.«

Das war auf dem Weg. Den schwierigeren Anruf hatte ich mir aufgehoben. Ich rief bei Greenpeace Ostfriesland an. Die saßen hier in Emden, nicht weit vom Café.

»Greenpeace Ostfriesland, Femke Feyerabend. Wie kann ich helfen?«, meldete sich eine junge Frau.

»Moin, Frau Feyerabend. Ich bin Lukas Jansen vom LKA, Abteilung Verbrechen gegen die Umwelt«, stellte ich mich vor. »Ich habe eine traurige Nachricht für Sie. Herr Hans Joachim Wessels, Hajo Wessels, ist doch Mitglied bei Ihnen, nicht wahr?«

»Jaa«, bestätigte sie. »Klar. Wieso traurig? Ist was mit Hajo? Hat er was angestellt?«

Ich atmete aus und wieder ein. »Er ist bei diesem Sturm umgekommen, auf See. Außerdem hat er schwere Verbrennungen erlitten. Er könnte Opfer eines Verbrechens geworden sein, Frau Feyerabend. Ich würde gern bei Ihnen vorbeikommen und mich mit ihren Mitgliedern und besonders den Leuten, die eng mit ihm zusammengearbeitet haben, unterhalten und Licht ins Dunkel bringen.«

Sie brauchte eine Weile für die Antwort. »Hajo ist tot? Habe ich das richtig verstanden?«, sagte sie schließlich. »Das kann nicht sein!«

»Leider doch. Tut mir leid, Frau Feyerabend. Hören Sie, ich bin in Emden, nicht weit von Ihnen entfernt. Ich vermute, Ihr Büro ist nur schwach besetzt nach dem Feiertag, oder? Könnten Sie mir den Gefallen tun und versuchen, die Leute zusammenzurufen, die eng mit Herrn

Wessels zu tun hatten? Ich fahre vorher noch zur Post und komme dann bei Ihnen vorbei.«

Sie seufzte. »Oh, verdammt. Hajo. Na gut, kommen Sie vorbei. Ich schaue mal, wen ich erreichen kann. Bis nachher.« Sie legte auf.

Jackie hatte aufgefressen. Ich leinte ihn an, warf mich wieder in meine warmen Klamotten, bezahlte und machte mich auf den Weg. Die Post lag am Bahnhof; da war es besser, bei dem immer noch wütend auf mich einpeitschenden Sturm das Auto zu nehmen.

Die Probe für Heim schickte ich ihm per Kurier. Sie würde morgen bei ihm sein und mit Glück am Nachmittag schon im Max-Planck-Institut. Ich war gespannt, was das für Kohle war. Dass Kohle nicht gleich Kohle war, war mir klar. Ich hatte schon als Kind von meinem Vater, einem Bäcker, gelernt, dass Mehl nicht gleich Mehl war, dass es zwischen den Sorten himmelweite Unterschiede gab. Das war bei Kohle nicht anders. Mit etwas Glück konnte ich dann vielleicht herausfinden, wo genau diese Kohle herkam, die den drei Toten unter den Schuhsohlen geklebt hatte.

Als ich zwanzig Minuten später das Büro von Greenpeace betrat, staunte ich nicht schlecht. Femke Feyerabend war eine sehr dunkelhäutige junge Frau mit einem mittellangen Afro, mit einem braunen und einem blauen Auge. Sie sah fröhlich und gleichzeitig ziemlich attraktiv aus, nicht zuletzt wegen der unterschiedlichen Augenfarben.

»Wow«, kam es aus mir heraus. Mein Mund war mal wieder etwas schneller gewesen als mein Gehirn. »So hatte ich Sie mir bei dem Namen gar nicht vorgestellt.«

»Dat harren Se sachts nich docht, wat?«, fragte sie lächelnd zurück. »Ik bün Oostfrees dör un dör, wat Se alltied ok denken doont.«

Dass mir das immer noch passierte, dachte ich. Peinlich.

»Sorry«, sagte ich und kramte meinen Ausweis hervor. »Jansen, Lukas Jansen, LKA Niedersachsen. Ich bin zuständig für Verbrechen gegen die Umwelt, Frau Feyerabend. Wir hatten vorhin telefoniert, wegen Hajo Wessels. Sie wollten seine Mitstreiter anrufen und einbestellen. Ist schon jemand von denen da?«

Sie grinste. »Fräten un supen, sachte gahn und pupen, dat sleit an«, zitierte sie einen Spruch, den mein Opa auch immer aufgesagt hatte. »Immer langsam mit den jungen Pferden«, übersetzte sie ins Hochdeutsche. »Ich muss mich auch erst orientieren. Wir sind hier oben über hundert Leute, und wer genau mit Hajo was gemacht hat, da muss ich mich auch erst durchfragen. Was ist denn eigentlich passiert?«

»Er ist ertrunken und hatte starke Verbrennungsspuren«, erklärte ich ihr. »Mehr kann ich Ihnen nicht sagen, laufende Ermittlungen. Eine seiner Mitbewohnerinnen aus seiner WG meinte, das könnte mit einem Kraftwerk in Holland zu tun haben, gegen das er war.«

Sie lehnte sich auf ihrem Stuhl zurück. »Setzen Sie sich doch erst mal, Herr Jansen. Moment, ich hole Ihnen eine Decke für Ihren Hund.«

Während sie das tat, sah ich mich um. Es sah aus wie ein Allerweltsbüro, mit Empfang, Besprechungsräumen, einer kleinen Kaffeeküche, Toiletten. Die Wände hingen voll mit Plakaten. Über die Arktis, Buchenwälder, den Hambacher Forst, Wale, alles in Grüntönen gehalten.

Frau Feyerabend kam mit einer Decke zurück und legte sie Jackie hin, der sich dankbar darauf niederließ. »Ich habe auch einen Hund«, bekannte sie. »Wasser?«

»Nee, hat er gerade im Café gehabt«, sagte ich. Sie holte trotzdem ein Schälchen für ihn und setzte sich, ich nahm ihr gegenüber Platz.

»So. Also das Kraftwerk, Eemshaven. Da waren wir vor ein paar Jahren in der Tat sehr aktiv, Herr Jansen. Wir wollten das verhindern und hätten es auch fast geschafft. Der Betreiber hat natürlich alles unternommen, um unsere Bemühungen abzuschmettern, Klagen gegen unsere Leute hat es auch gehagelt, nach den Aktionen.« Sie seufzte.

»Dann wurde dieses Mega-Kraftwerk doch genehmigt, jetzt läuft es seit zwei, drei Jahren, sehr zu unserem Kummer«, erklärte sie. »Aber die Aktionen, die wir damals gestartet hatten, die Besetzungen, die Unterschriftenaktionen, die Demos, das ist alles schon ein paar Jahre her, damals war ich noch gar nicht dabei. Hajo schon, der war schon damals gegen die Kohle. Also die Kraftwerke. Gegen die dicke Kohle dahinter natürlich auch«, kicherte sie.

Dann wurde sie wieder ernst. »Im Hambacher Forst war er zuletzt aktiv. Immerhin ist das erst mal gestoppt worden, Hajo hat sich sehr über diesen Erfolg gefreut. Und jetzt soll er tot sein? Schwer vorstellbar, so ein aufrechter, unternehmungslustiger Typ wie er, voller Leben. So ein Schiet.«

Sie schüttelte den Kopf. »Von neuen Aktionen weiß ich aber nichts. Tut mir leid. Ich kann weiter versuchen, die anderen zu erreichen, bisher hat sich niemand gemeldet. Wollen Sie hier warten?«

»Haben Sie alle angeklingelt, die mit ihm zu tun gehabt haben könnten? Könnten Sie mir ein paar Namen von anderen Aktiven nennen, die gegen dieses Kraftwerk waren, Frau Feyerabend?«

Sie verzog den Mund und sah durch mich hindurch. »Hm. Eigentlich geben wir keine Namen unserer Mitglieder und Freunde heraus, schon aus Datenschutzgründen, das verstehen Sie sicher. Andererseits möchten wir auch wissen, was da passiert ist, wenn unsere Mitstreiter zu Tode kommen. Tja.«

Sie wuschelte sich ihren Lockenkopf. »Also gut. Einer der Fischer weiß vielleicht Bescheid. Fokko Ahrens aus Greetsiel, der ist doch auch betroffen. Soll ich Ihnen seine Nummer raussuchen?«

Ich schüttelte den Kopf. »Nicht nötig. Fokko Ahrens ist ebenfalls zu Tode gekommen. Und noch ein Krabbenfischer namens Ubbo Krull aus Norddeich. Das darf ich Ihnen eigentlich gar nicht sagen. Sehen wir das mal als gegenseitige Hilfe. Tut mir leid. Waren das auch Mitglieder bei Ihnen?«

Ihr Teint wurde eine Spur grauer; das Blut war ihr aus dem Gesicht gewichen. »Nein. Ich meine, nein, das sind keine Mitglieder, aber Freunde von uns.« Sie runzelte die Stirn. »Nein. Das darf doch nicht sein.«

Sie lehnte sich auf ihrem Schreibtisch nach vorn und sah mir direkt in die Augen. »Wie ist das passiert? Bitte. Das ist doch schrecklich. Was war da los?«

Ich sah ihr erst in ihr blaues, dann in ihr braunes Auge. »Das wüssten wir auch gern. Meine ursprüngliche Vermutung war, dass die drei um zwölf ein Feuerwerk vor einer der Inseln abbrennen wollten, vielleicht für Geld, was schiefgegangen ist. Es könnte eine Explosion gegeben haben, bei der sie ins Wasser gestürzt sind. Bei dem Wetter draußen hatten sie dann wohl keine Chance.«

Sie kaute auf ihrer Unterlippe herum. »Na ja. Okay, Geld hatten die Fischer wohl kaum. Dass sie einen Job annehmen, ist vor allem bei den Krabbenfischern nicht ungewöhnlich. Aber Hajo? Der hat von so was keine Ahnung. Und nötig hat er das auch nicht.«

Sie schaute mir wieder in die Augen. »Das war nicht alles, oder? Das sehe ich Ihnen doch an. Und wieso ermittelt das LKA, und dazu noch das Umweltdezernat, wenn die drei ertrunken sind? Was war da los, Herr Jansen?«

Die Frau war clever. »Das Umweltdezernat deshalb, weil sie in einem Naturschutzgebiet gefunden worden sind, das hat sich dann so ergeben, dass ich das übernehme.« Ich räusperte mich. »Ja. Da war noch mehr. Einer der Fischer hatte eine Schusswunde. Aber bitte behandeln Sie das vertraulich. Besaßen Ihres Wissens Hajo oder die anderen eine Waffe? Hat Greenpeace vielleicht welche?«

»Uns leve Heer«, stöhnte sie. »Nee. Bestimmt nicht. Weder der Verband noch die Jungs.« Sie lehnte sich vor. »Dann sind die beschossen worden? Ist das wahr? Hat jemand auf die geschossen?«

»Tut mir leid, laufende Ermittlungen«, sagte ich. »Ihre Aussage, dass hier niemand Waffen besitzt, genügt mir fürs Erste. Überlassen Sie das bitte uns, auch keine Spekulationen, auch absolut kein Gespräch mit anderen Mitgliedern darüber, bitte. – Wer fällt Ihnen noch ein? Wer könnte wissen, was die drei auf See wollten?«

Sie durchsuchte mit der Zunge ihre beiden Wangen, dann leuchteten ihre Augen auf. »Doch. Da gibt es jemanden, noch einen Krabbenfischer, auch aus Greetsiel. Harms Hinnerks. Der ist eng mit dem Ahrens befreundet, Hajo kennt er wohl auch. Kannte. Warten Sie, ich suche Ihnen Adresse und Telefon raus. Sie haben mir ja auch alles gesagt.«

Noch ein Harms, dachte ich. Das war jahrhundertelang Brauch in Ostfriesland gewesen, den Vornamen eines Vorfahren als Nachnamen für ein Neugeborenes zu verwenden. Deshalb ähnelten sich noch heute die Namen in ganz Ostfriesland. Dass die Nachnamen weitergegeben wurden, war noch nicht allzu lange so.

Femke Feyerabend kramte in einer Schublade. »Und wenn Sie bei Verbrechen gegen die Umwelt ermitteln, sollten Sie sich vielleicht uns anschließen. Das tun wir nämlich auch. Und wir schauen uns das nicht nur einfach an. Wir tun was dagegen.« Sie reichte mir eine Liste und hielt die Namen darunter und darüber mit beiden Händen zu. »Machen Sie doch ein Foto davon.«

Ich tat das. »Noch etwas. Sie würden mir einen großen Gefallen tun, wenn Sie ihn anrufen und mich ankündigen. Wenn das nicht zu viel verlangt ist.«

»Klar«, lachte sie. Die junge Frau wirkte ziemlich unverwüstlich, sie hatte ihren Schock überwunden. »Nehmen Sie sich doch solange einen Kaffee aus der Maschine. Help yourself.«

Kaffee hatte ich schon genug gehabt. Stattdessen zog ich mich wieder an und brachte Jackies Schale zurück in die Kaffeeküche. Als ich zurückkam, legte die junge Frau gerade wieder auf. »Geht klar. Harms ist zu Haus und erwartet Sie. Viel Erfolg.« Sie schüttelte mir die Hand. »Falls die vom Kraftwerk damit zu tun haben, dann legen Sie diesen Riesenkasten doch still. Sehen Sie sich das Wetter draußen an. Wir hatten früher auch schon Stürme, aber das ist eine neue Qualität. Und eine der größten CO_2-Schleudern steht direkt vor unserer Haustür.«

Wir verabschiedeten uns. Im Büro war es schön warm gewesen. Inzwischen hatte ich schon wieder Hunger bekommen, das Sandwich hatte nicht lange vorgehalten. Ich ging mit Jackie zum China-Restaurant, das nebenan lag, und kaufte mir ein paar Frühlingsrollen. Die schmeckten zwar nicht so gut wie die, die ich bei meinem letzten Fall in

Hongkong gegessen hatte, stillten aber fürs Erste meinen Appetit. Jackie bekam von der Besitzerin zwei Streifen Entenbrust. Er wollte gar nicht wieder raus aus dem Lokal.

Wir liefen zurück zum Auto. Noch ein Besuch in Greetsiel, und dann ab nach Hause. Ich freute mich auf Lisa und unser schönes Häuschen.

KAPITEL 7

DE FISCHER UN SIN FRU

Familie Hinnerks wartete bereits auf mich. Harms Hinnerks, seine Frau und eine Tochter im Rollstuhl saßen um den Wohnzimmertisch, auf dem Tee und Zubehör standen. Darunter lag ein Bernhardiner und schlief. Er ließ sich nicht einmal stören, als Jackie ihn erst ankläffte und dann eingehend beschnüffelte.

Wir nahmen Platz, ich bekam meinen obligatorischen Tee. Nach einer Minute Klönschnack kam ich zum Thema.

»Herr Hinnerks, wie Ihnen Frau Feyerabend schon gesagt hat, komme ich wegen des Todes zweier Ihrer Kollegen und von Herrn Wessels von Greenpeace zu Ihnen. Für den Verlust Ihrer Freunde möchte ich Ihnen mein Beileid aussprechen. Ich bin in Ostfriesland für die Verfolgung von Umweltverbrechen zuständig und möchte gern wissen, was da passiert sein könnte. Sie kannten die drei doch alle persönlich recht gut.«

Hinnerks funkelte mich an, als ob er nicht wüsste, was er von mir halten sollte. Dann schnaubte er laut durch die Nase aus.

»Nicht genug, dass die uns diesen Megawatt-Klotz vor die Nase setzen und uns die Fischgründe kaputtmachen«, schimpfte er. »Jetzt legen die auch noch unsere Leute um. Das war kein Unfall. Das war Mord, Herr Kommissar. Da müssen Sie was gegen tun!«

Das ging mir ein wenig zu schnell. »Moment. Wie kommen Sie auf Mord? Die drei sind ertrunken und angespült worden. Aus Nordwesten, am Leyhörn-Sieltief und im Schutzgebiet.«

»Femke hat gesagt, die hatten auch Brandwunden. Und eine Schusswunde. Ertrunken? Dass ich nicht lache! Sie wollen das vertuschen, Sie arbeiten doch für die, kommen Sie mir doch nicht damit! Ertrunken!«

So viel zu der Bitte an die Greenpeace-Mitarbeiterin, Stillschweigen zu bewahren, dachte ich.

Frau Hinnerks goss mir Tee nach. Die Tochter sah mich verständnislos an. »Sie irren sich, Herr Hinnerks«, sagte ich so sanft wie möglich. »Deshalb bin ich ja bei Ihnen, um das aufzuklären. Wenn ich etwas vertuschen wollte, wäre ich nicht zu Ihnen gekommen.«

Hinnerks' Miene hatte sich weiter versteinert.

»Die Todesursache war in der Tat Ertrinken, da gibt es nicht dran zu deuteln. Sie wissen selbst, wie die Nordsee bei Sturm sein kann, wenn man über Bord geht.«

»Da kann ich ganze Arien von singen!«, nickte er. »Aber erfahrene Fischer wie Ubbo und Fokko gehen nicht so einfach über Bord. Hajo, na ja. Trotzdem, da ist was anderes passiert. Da stecken die dahinter.« Er zeigte mit dem ausgestreckten Daumen über seine Schulter, in die gefühlte Richtung Holland.

»Wissen Sie, Herr Hinnerks, ich bemühe mich, mehr zu erfahren. Ob einer der drei eine Waffe hatte. Ob das Fremdverschulden war. Ob die vielleicht ein Feuerwerk veranstalten wollten, woher sonst die Verbrennungen mit Schwarzpulver kommen können. Was die drei bei dem Dreckwetter machen wollten. Aber ich stoße auf eine Mauer des Schweigens. Niemand hilft mir weiter. Sie sind meine letzte Hoffnung. Ich möchte das aufklären. Wenn es Verantwortliche gibt, Dritte, die damit zu tun haben, dann werde ich die zur Rechenschaft ziehen, worauf Sie sich verlassen können.«

»Worauf ich einen lassen kann«, konterte er. »Die Polizei steht doch immer auf der Seite der Großen. Wie im Hambacher Forst, da habe ich den Hajo kennengelernt. Oder auf dem Meer. Ich war auf der *Rainbow Warrior* unterwegs, ein anderes Mal mit Sea Shepherd, gegen den Walfang. Nichts als Ärger haben wir bekommen, obwohl wir im Recht waren. Ein Schiff haben uns die Japaner versenkt. Und wer hat Recht bekommen? Raten Sie mal.«

»Ich mache die Gesetze nicht, Herr Hinnerks. Ich bin auch dafür, dass es gerecht zugeht. Mein Job ist es, das durchzusetzen, was der Gesetzgeber beschlossen hat. Und ich persönlich kann Unrecht auf den Tod nicht ausstehen. Sie haben vielleicht von der Holländerin gehört, die hier vor Borkum umgekommen ist, durch die Hände der Müllmafia. Das ist einer der Fälle, die ich aufgeklärt habe.«

Er nickte anerkennend. »Davon habe ich gehört«, gab er zu. »Sie waren das also. Gut.«

Er stellte seine Tasse beiseite und breitete seine Arme auf dem Tisch aus. »Ich will Ihnen mal was erzählen. Sie wissen ja, was die Kohle mit dem Klima macht, oder? Deutschland hat nun den Ausstieg beschlossen, was gut ist. Fünf Kraftwerke werden in den nächsten Jahren geschlossen, der Rest bis 2038. Das dauert unendlich viel zu lange, aber lassen wir das mal beiseite. In Ostfriesland haben wir so viel erneuerbare Energien, wir bräuchten hier überhaupt keine Kohlekraftwerke, das letzte hier oben ist schon lange weg. Wir haben genug Wind und Sonne als Energiequellen, trotzdem leben wir hier mit dem Mund am Abgasrohr von Holland statt am Weltnaturerbe.«

Die Tochter sah ihren Vater bewundernd an und sabberte dabei etwas. Frau Hinnerks ging hinüber und wischte ihr den Mund.

»Und was passiert? Die gleichen Leute, die Hambach abholzen wollten, setzen uns hier die fetten Megawatt direkt vor die Nase, in Holland, wo es wohl einfacher ist. Trotz unserer Eingaben und Proteste. CO_2, Kohle verbrennen und jede Menge Dreck erzeugen, ist die eine Sache. Wissen Sie auch, dass die gigantischen Pötte, die die Kohle anlanden, bis in Kraftwerksnähe fahren müssen? Wir haben unser schönes Wattenmeer, die haben Tiefgang. Wie wird das gelöst?«

Hinnerks zog ein kariertes Tuch aus seiner Hosentasche und schnäuzte sich. »Die baggern die Fahrrinnen aus. Also richtig tief aus. Was da alles drin liegt, wollen Sie gar nicht wissen. Und den Aushub, den Dreck vieler Jahrhunderte mit giftigem Kram drin, Chemie, Sprengstoffe, Altöl, jeder Dreck, den Sie sich vorstellen können, den dürfen die an ausgewählten Stellen vor Borkum und im Dollart und vor der Leybucht verklappen. In den Fanggründen, wo wir seit Jahrhunderten unseren berühmten Granat rausholen. Wissen Sie, wie viele Krabben da noch leben? Wenn Sie jetzt ›keine‹ sagen, haben Sie recht. Da lebt und wächst gar nichts mehr. Weiter rausfahren dürfen wir nicht, da haben andere die Fischereirechte.«

Er lehnte sich erschöpft zurück. »So. Da haben Sie den Salat. Unsere Existenz ist vernichtet, wegen des größten Kraftwerks in Holland, erbaut durch einen deutschen Konzern. Als kostenlose Dreingabe kriegen wir noch Gift durch die Luft hier rübergeblasen, und die Müllverbrennung stinkt als Beigabe dazu. Und das sollen wir uns gefallen lassen? Einfach so? Nee, mein Herr. Und die Baggerei ist nicht mal freigegeben, die machen das trotzdem. Unsere deutschen Stellen eingeschlossen.«

Hinnerks klopfte mit der Rechten auf den Tisch. »Lever dood as Slav, das war immer unser ostfriesischer Wahlspruch. Von der Kohlemafia lassen wir uns nicht versklaven. So, nun wissen Sie es.«

»Äh…«, antwortete ich. »Nee. Jetzt weiß ich eher weniger.«

»Man muss was dagegen tun, Herr Kommissar, das heißt das! Man darf sich das nicht gefallen lassen! Wenn die Regierung nichts tut, wenn sogar ohne Erlaubnis gebaggert wird, wenn uns die Lebensgrundlage entzogen wird, dann muss gehandelt werden!« Hinnerks haute nun richtig mit der Faust auf den Tisch, dass die Tassen darauf hochhüpften. »Da muss Schluss mit sein!«

Seine Tochter hatte sich erschreckt und fing an zu weinen.

Ich wurde aus seinen Worten immer noch nicht schlau. Oder? Ein ungeheurer Verdacht stieg in mir auf. »Wollen Sie damit sagen, dass die das Kraftwerk in die Luft sprengen wollten? Das wäre ein schlimmer terroristischer Akt, Herr Hinnerks. Unangemessen wäre es auch. Und der Umweltschaden wäre auch irreparabel. Sagen Sie mir, dass das nicht wahr ist.«

Der Fischer sah seine Frau empört an und fasst sich ans Bein. Hatte sie ihm gegen das Schienbein getreten? Er schnaufte und sah wieder zu mir.

»Das habe ich doch gar nicht gesagt! Was wollen Sie mir denn da in den Mund legen! Da weiß ich nichts von, was Sie da sagen. So welche sind das nicht!«

»Trinken Sie doch von Ihrem Tee, bevor Sie wieder losmüssen«, forderte mich seine Frau auf. »Sie haben ihn ja noch gar nicht angerührt.«

»Wovon leben Sie denn, wenn die Fischerei nichts mehr einbringt?«, wechselte ich das Thema, während ich zur Teetasse griff und sie an den Mund führte.

»Ich fische fast gar nicht mehr, nur noch an den Wochenenden. Unter der Woche fahre ich nach Aurich, als Monteur für Windkraftanlagen. Von irgendwas müssen wir ja leben.«

Ich hatte ausgetrunken und stellte die Tasse wieder ab. »Bitte überlegen Sie doch, was Ihnen zu der Aktion noch einfällt. Sie dürfen uns das nicht verschweigen. Das könnte die Staatsanwaltschaft als Vertuschung einer Straftat auslegen. Vielleicht sogar als Mittäterschaft. Das würde ich Ihnen nicht wünschen, in Ihrer Situation.« Ich legte meine Visitenkarte vor ihn auf den Tisch. »Bitte rufen Sie mich dann sofort an, Herr Hinnerks.«

Er nickte nur. »Die sind nicht umsonst ertrunken. Da hat einer nachgeholfen, glauben Sie mir das«, sagte er dann doch noch. Schon halb an der Tür, blieb ich stehen und drehte mich um. Ich hatte das starke Gefühl, dass der Mann mir etwas verschwieg.

»Sie wissen etwas«, schloss ich aus seinen Worten. »Wer soll denn da wie nachgeholfen haben, Herr Hinnerks? Woran denken Sie?«

Der Mann auf der Sitzbank wurde blass. »Ich weiß gar nichts. Ich meine nur. Das sind umsichtige Fischer, Ubbo und Fokko. Dieser Hajo studiert Technik oder so was. Denen passiert das nicht, dass ihnen das Zeug um die Ohren fliegt. Ich meine, das sind doch vorsichtige Leute. Denen ist was angetan worden, Herr Kommissar.«

Ich ging zurück zum Tisch und setzte mich wieder. »Welches Zeug, Herr Hinnerks?«

Er schluckte. Seine Worte konnte er allerdings nicht mehr runterschlucken. »Na, was da explodiert ist. Wie Sie gesagt haben. Feuerwerkskörper oder so was. Und geschossen haben die auf unsere Leute!«

Frau Hinnerks goss mir einen weiteren Tee ein. Sie sah schon, dass das hier länger dauern konnte.

»Herr Hinnerks, Sie verschweigen mir etwas. Auf See wird nicht so ohne Weiteres geschossen. Fokko Ahrens ist an der Schusswunde auch nicht sofort gestorben. Die waren irgendwo, oder? Was war das für Zeug, von dem Sie reden?«

Der Fischer kratzte sich hinter den Ohren. »Tja. Das kann doch überall gewesen sein. Da steht nicht nur dieses Kraftwerk, da steht auch noch eine Aluminiumhütte, die den Strom daraus verbraucht und deren Dreck uns die Fischgründe weiter versaut, in Delfzijl haben die uns eine riesige Müllverbrennungsanlage vor die Nase gesetzt, trotz unserer jahrelangen Proteste. Die können sie bei Westwind bis hier riechen. Wir nennen die Gegend das Klo von Holland, das sagt doch schon alles. Da sollten Sie sich mal drum kümmern, wenn sie für Umweltverbrechen zuständig sind, Herr.«

Er schnäuzte sich erneut. »Wissen Sie eigentlich, was hier alles rübergepustet und in unser Wattenmeer geleitet wird?« Er zählte das mit seinen Händen auf. »Quecksilber, weit jenseits aller zugelassenen Grenzwerte. Fünfzehnmal so viel.« Er warf einen kurzen Seitenblick auf seine Tochter. »Das ist im höchsten Maße gesundheitsschädlich. Und damit nicht genug. Kaufen Sie sich mal ein Lexikon giftiger Substanzen. Chrom, Arsen, Kadmium, Zinn, Thallium, das ist krebserregend, und dann noch all diese Dingens, diese polyzyklischen Sachen, alles giftig für Mensch und Tier. In riesigen Mengen. Da unten lebt nichts mehr, und was wir noch fangen könnten, ist alles verseucht. Wir gehen hier noch alle davon ein.«

Er sah wütend zu seiner Tochter hinüber, die wieder zu sabbern angefangen hatte, und nickte seiner Frau zu. Die eilte hinüber und wischte ihr den Mund ab.

»Sie haben meine Frage nicht beantwortet, Herr Hinnerks«, erinnerte ich ihn. »Was war das für Zeug? Je länger ich darüber nachdenke, desto mehr gelange ich zu der Überzeugung, dass das keine Feuerwerkskörper waren. Sie haben doch selbst gesagt, dass die drei sehr vorsichtige Männer waren. Von Feuerwerkskörpern trägt man vielleicht Verbrennungen davon, aber dass davon drei gestandene Mannsbilder vom Kutter fliegen, das kann ich nach Ihren Worten nicht glauben.«

Er starrte mich trotzig an und schwieg.

»Wir haben Spuren von Pulver in der Kleidung der Toten gefunden. Wir haben außerdem Einkaufszettel gefunden, die haben Holzkohle und Schwefel eingekauft. Die haben in größeren Mengen Schwarzpulver hergestellt.« Je mehr ich darüber sprach, desto klarer wurde mir selbst der Sachverhalt. »Silvesterböller aus China sind heute so billig, das lohnt nicht, die selbst zu machen. Die haben eine Art Bombe gebaut. Und Sie haben Kenntnis davon. Sagen Sie mir, was Sie wissen, sonst machen Sie sich der Mittäterschaft schuldig, Herr Hinnerks.«

Er blähte die Nüstern und schnaubte so wütend aus, dass ihm der Rotz aus der Nase auf den Tisch flog. Er wischte das mit dem Ärmel weg, trotz des hingehaltenen Taschentuches von seiner Frau, und haute mit der Faust des anderen Arms auf die Stelle, die er gerade saubergewischt hatte. Seine Tochter begann zu schluchzen.

»Scheiße«, sagte er schließlich. »Aber ist doch wahr. Jetzt ist der Hambacher Forst gerettet, die Kraftwerke in Deutschland werden eins nach dem anderen abgeschaltet, und dieser deutsche Energiekonzern darf diese Riesendreckschleuder vor unserer Nase weiterbetreiben? Das ist doch ein Hohn, oder?«

Hinnerks gab so etwas wie ein Grunzen von sich. »Also gut. Ja, die drei wollten das stoppen. Jetzt, wo sie tot sind, kann ich das ja sagen. Die wollten nichts in die Luft jagen, das wissen die auch, dass das noch mehr Dreck macht. Die wollten nur so viel Schwarzpulver unter die Kohle mischen, dass die Kessel beschädigt werden und das Kraftwerk zumindest zeitweilig stillgelegt werden muss. Dann hätten wir nachsetzen und den Fall wiederaufnehmen können. Das Ding ist weder wirtschaftlich noch sauber. Wissen Sie, ab wann das wirtschaftlich arbeitet? Ab sechs Cent pro Kilowattstunde. An der Strombörse hatten wir in den letzten Jahren nie einen so hohen Preis. Der niedrigste lag bei unter drei Cent, mit Wind und Sonne geht das auch. Da Ding da drüben ist ein Unding. Es muss weg.«

Er atmete erleichtert auf. Seine Tochter lachte laut. Papa war wieder gut.

»Die wollten nach Eemshaven?«, hakte ich nach.

Hinnerks nickte. »Genau. Denen da ein wenig Feuer unter dem Hintern machen, mehr nicht.«

»Wie viel Schwarzpulver hatten sie denn dabei?«, fragte ich.

»Etwas mehr als hundert Kilo. Hundertzwanzig, hundertdreißig. So viel, wie drei starke Männer transportieren können. In Zehnkilosäcken aus schwarzer Jute, die sie über Tragestangen hängen konnten. Da waren Reißverschlüsse dran. Das auszupacken und auf der Kohle zu verteilen, wäre ganz schnell gegangen.«

Ich konnte mir ein anerkennendes Pfeifen nicht verkneifen. »Das hatten sie also sorgfältig geplant. Für den Silvesterabend, bei schlechtem Wetter, wenn da niemand aufpasst. Alles in Schwarz.«

»Das hätte in Eemshaven ein prächtiges Feuerwerk gegeben«, feixte der große Mann mir gegenüber. »Schön an einer Stelle platziert, wäre das nicht verpufft, sondern hätte nach unseren, äh, ihren Berechnungen einen kleineren Schaden für mindestens ein halbes Jahr angerichtet.«

Hinnerks wurde wieder ernst. »Scheinbar lag da doch jemand auf Lauer. Die haben auf unsere Männer geschossen. Was dann passiert ist, kann ich Ihnen nicht sagen. Ehrlich, keine Ahnung. Irgendwas ist schiefgegangen.« Er patschte auf den Tisch. »Sie müssen da was unternehmen, Herr Kommissar. Klar, die Aktion war vielleicht nicht ganz im Rahmen der Legalität, aber drei Männer deswegen zu erschießen und in die Luft zu jagen, das ist ein Verbrechen. Die bringen uns alle um.«

Er sah mich ernst an.

»Geschossen wurde nur auf einen«, korrigierte ich ihn. »Sie waren da nicht involviert, oder?«, fragte ich nach, obwohl ich mir die Antwort schon denken konnte.

»Nö. Ich habe davon nur zufällig abends beim Bier am Nebentisch was läuten hören, im *Hafenkieker*. Bei so was würde ich nie mitmachen, da sei Gott vor!«

»Ich verstehe noch nicht ganz, wie das funktionieren sollte. Wie wollten die das Schwarzpulver denn in den Dings kriegen, den Boiler? Diese Brennkammer?«

»Mussten die doch gar nicht«, erklärte Hinnerks. »Die Kohle wird direkt an der Mole entladen. Das ist der Kohlebunker. Von da läuft das auf Transportbändern in Kraftwerk rein, durch eine Waschanlage, und dann in den Boiler, soweit ich weiß.«

»Wenn die Kohle gewaschen wird, kann das doch nicht funktionieren. Nasses Schwarzpulver explodiert nicht.«

Hinnerks grinste. »Das bleibt nicht lange nass. Im Boiler herrschen sehr hohe Temperaturen. Das vom Wasser verklumpte Pulver wäre schön dicht. Wenn das dann heiß wird – wumm!«

Er ließ seine Hände ruckartig nach oben in die Luft fliegen. Prompt begann seine Tochter zu heulen. Seine Frau sah ihn strafend an.

»Die Anlage ist doch bestimmt für hohe Drücke ausgelegt«, fand ich.

»Sicher. Aber nicht für plötzliche, ruckartige Druckanstiege. Der Boiler würde vermutlich halten, aber ob die Instrumente und die Dichtungen und der Rest das mitmachen… das werden wir nun nicht mehr erfahren. Das war doch nur ein Dummejungenstreich, Herr Jansen, oder? Außerdem ist gar nichts passiert, da hätten wir doch von gehört, oder? Aber die umzulegen, was immer da passiert ist, das ist bitterer Ernst. Tun Sie was. Dafür sind Sie doch da.«

Wir sahen uns eine Weile in die Augen. Dann stand ich auf, bedankte mich für den Tee und verabschiedete mich. Ich hatte herausgefunden, was ich wissen wollte. Die drei hatten eine Art Anschlag auf das Kraftwerk geplant und vielleicht sogar schon mit der Ausführung begonnen. Da Hinnerks nicht dabei gewesen war, konnte er kaum mehr darüber wissen. Den Rest würde ich in Holland herausfinden müssen. Morgen oder übermorgen. Ich hatte jetzt etwas. Das fühlte sich gut an.

»Eins noch, Herr Hinnerk. Haben Sie noch mit denen telefoniert, vor oder während der Fahrt? Wir können das nachprüfen, wie Sie wissen.«

Er schüttelte den Kopf. »Nee. So eng waren wir auch nicht. In der Kneipe hatte ich so was wie Funkstille gehört. Warum sollte ich da anrufen? Können Sie gern nachprüfen. Mehr weiß ich leider nicht. – Greta, bring den Kommissar zur Tür, bitte.«

Ich ging mit Jackie zum Auto. »Komm, Kleiner. Wir fahren nach Hause.« Ich kraulte meinen treuen Spürhund, der mir dankbar die Hand ableckte. »Für heute haben wir genug erfahren.«

* * *

Im Auto war ich trotz des starken Seitenwindes, der dem Streifenwagen zu schaffen machte, guten Mutes. Ich hatte eine Menge herausgefunden. Weitere Fragen mussten in Holland geklärt werden. Meine Route war klar; als Erstes musste ich Wiebke Lürssen abholen und mit zurück nach Norden nehmen. Sie war lange genug bei Frau Willms gewesen. Ich freute mich wahnsinnig darauf, nach Hause zu kommen. Es war schon jetzt ein langer Tag gewesen. Ich musste Lisa noch erklären, dass sie jetzt drei Tote zu obduzieren hatte. Außerdem hatte ich ein paar Fragen an sie.

Ahrens wohnte nur einen Straßenzug weiter. Wiebke hatte Frau Willms inzwischen wieder ganz auf die Beine gebracht; sie erzählten sich gerade Witze und lachten, als ich reinkam. Es roch angenehm, gekocht hatte auch jemand. Wiebke war nicht im Mindesten sauer, dass sie länger auf mich hatte warten müssen; sie war aber auch nicht enttäuscht, dass ich sie jetzt abholte.

Sie stieg ein und nahm Jackie auf den Schoß. »Tja«, seufzte sie. »So eine nette Frau! Die wird einige Zeit brauchen, um über den Schock wegzukommen. Ich habe ihr Airbnb eingerichtet, sie bekommt in ein paar Tagen für zwei Wochen eine junge Untermieterin. Damit wird sie sich beschäftigen können, das wird ihr guttun. Mit Verpflegung und allem. Sie kann gut kochen. Ich überlege, ob ich ihr eine Stelle in einem

Restaurant besorgen soll, damit sie auf andere Gedanken kommt, die arme Frau.«

»Machst du gut, Wiebke«, lobte ich sie. »Das können viele Polizisten nicht so gut, Bürgernähe und praktische Hilfe.«

Sie freute sich. »Mein Dienst ist gleich zu Ende. Kannst du mich gleich bei mir zu Haus vorbeibringen, nicht auf die Wache?«

»Klar. Gib das doch gleich mal selbst ins Navi ein.«

Hatte der Sturm sich ein wenig gelegt, oder lenkte mich der Frohsinn dieser jungen Kollegin nur ab? Ich sah nach links über den Deich zur Leybucht. Vielleicht waren wir hier nur etwas windgeschützter. Der Schneeregen hatte allerdings massiv zugenommen, die Scheibenwischer liefen auf Höchstgeschwindigkeit und schafften es trotzdem nicht, für freie Sicht zu sorgen. Direkt links neben uns drohte der Störtebekerkanal überzulaufen. Die auf ihn zulaufenden Siele waren ebenfalls proppenvoll.

Ein Stück weiter, an der Abzweigung nach Norddeich, kamen wir an einem Schöpfwerk vorbei, vor dem sich Leute wild gestikulierend gegenüberstanden. Sie schienen ein Problem zu haben.

Ich bretterte weiter, die Straße mehr ahnend als sehend. Jackie knurrte und jaulte ein paarmal, Wiebke quatschte mich mit Details aus ihrem Gespräch mit Frau Willms voll.

»Sag mal, sprichst du vielleicht Holländisch?«, unterbrach ich sie.

»Schon, leidlich«, antwortete sie. »Wieso?«

»Unsere drei Toten waren höchstwahrscheinlich auf dem Gelände des Kohlekraftwerks in Eemshaven. Ich würde gern dort nachfragen, ob es da einen Wachdienst gibt, und ob der bewaffnet ist. Und dann, ob es eine Waffenkontrolle nach der Schicht gibt. Und Protokolle.«

»Das ist ja eine ganze Menge auf einmal«, kicherte sie. »Na gut. Ich versuch's mal. Ich kenne einen Kollegen in Groningen, Mees de Fries. Den ruf ich mal an.«

Während sie sich auf Holländisch durchtelefonierte, sah ich mir die Wasserläufe an der Straße genauer an. Der Dauerregen hatte sie bis an den Rand gefüllt. Wo floss das alles hin? Soweit ich wusste, einmal zu den Schöpfwerken, die es über die Deiche ins Meer hoben, zum anderen über die Siele und Flüsse zum Leysiel, jedenfalls hier in der Gegend, wo es in den riesigen Speicher floss und dann durchs letzte Siel ins Meer, wenn wieder Ebbe war.

»Es gibt einen Wachdienst, ich rufe da gleich mal an, Mees hat mir die Nummer rausgesucht«, informierte Wiebke mich.

Mir fiel wieder etwas ein. Vorgestern hatte ich die Mondsichel in der Nähe der Sonne untergehen sehen. Mir war dabei entgangen, was das bedeutete. Wenn die beiden Gestirne in Konjunktion oder Opposition standen, gab es drei Tage später eine Springflut, einen besonders starken Ansturm des Wassers an die Küsten. Wenn sie in neunzig Grad zueinander standen, eine Nippflut, eine sehr schwache Flut. Es kam also eine Springflut auf uns zu, heute oder morgen, schloss ich daraus.

Wiebke diskutierte aufgeregt mit einem lautstarken Mann am anderen Ende. Ich konnte den einen oder anderen Brocken verstehen, weil das Niederländische mit unserem Platt verwandt war. Sie schaltete zwischen freundlich-süß und schnippisch hin und her. Schließlich klickte sie das Gespräch weg.

»Tja, manchmal ist es einfacher, als man denkt«, berichtete sie. »Die hatten in der Silvesternacht um Viertel nach elf tatsächlich einen Zwischenfall. Ein Wachmann, ein gewisser Jaap van Leeuwen, hat drei Leute gestellt, die sich auf dem Bunker zu schaffen machten. Er wollte sie zur Rede stellen, sie flohen, und er hat Warnschüsse abgegeben. Nach oben. Allerdings ging der Kohlehaufen auch steil nach oben. Er war sich nicht sicher, ob er womöglich jemanden getroffen hat. Er ist hinterher, da war aber niemand mehr. Wegen des starken Regens konnte er trotz Taschenlampe keine Spuren finden. Ordnungsgemäß hat er dann sofort berichtet und dokumentiert. Aus seiner Waffe fehlten vier Patronen. Damit ist wohl klar, woher diese Schusswunde stammte, Lukas.«

»Dürfen die denn überhaupt Waffen tragen? Normalerweise haben die doch bestenfalls Stöcke und Pfefferspray«, überlegte ich.

Wiebke sah mich stolz an. »Das hatte ich mir auch schon überlegt und danach gefragt, stell dir vor. Nach den vielen Demonstrationen und Einbrüchen vor zwei, drei Jahren hat der Wachdienst das zu seinem eigenen Schutz beantragt. Und es wurde auch bewilligt, ist also rechtens. Trotzdem ist es ein Fall von versuchtem Totschlag. Oder Körperverletzung mit billigend in Kauf genommener Todesfolge, irgend so was. Darum werden sich die holländischen Kollegen kümmern, laut Mees. – Halt mal da vorne an, wir sind da.«

Damit ist der Fall ja so gut wie erledigt, schoss es mir durch den Kopf, während ich so nah wie möglich am Haus hielt, damit Wiebke ohne Vollbad hineinlaufen konnte. Sie verabschiedete sich, nicht ohne auch Jackie seine Streicheleinheiten zu gönnen. Der fiepte glücklich, er mochte sie.

Ich fuhr weiter zum Marktplatz und hielt an der Wache. Direkt neben meinem kleinen Kia, dessen Fronthaube fast wie neu aussah. Ich schnappte mir den Hund, schloss den Streifenwagen ab und stürmte ins Haus.

Wie es aussah, hatten bereits viele Kollegen Feierabend gemacht. Der erste Arbeitstag des Jahres hatte sich hingezogen. Jesko Harms war noch im Dienst, und schon von Weitem sah ich meine Autoschlüssel auf seinem Tisch liegen.

»Ah, Jansen, da sind Sie ja endlich«, begrüßte er mich. »Sie waren ja lange unterwegs. Gibt's was Neues?«

»Allerdings«, bestätigte ich. »Der Fall ist so gut wie gelöst. Die drei Toten waren gemeinsam unterwegs, und zwar nach Eemshaven. Dort hatten sie einen Anschlag auf dieses riesige, neue Kohlekraftwerk vor. Sie sind vom Wachdienst gestellt worden. Der hat zur Warnung scharf geschossen, und hat dabei vermutlich Ahrens getroffen. Die drei sind geflohen, ihr Sprengstoff ist dann wohl hochgegangen. Vielleicht wegen eines Zeitzünders, vielleicht durch einen Unfall. Das müssten wir noch klären, wenn wir das Boot finden und bergen können, Herr Harms.«

Er nickte wohlwollend. »Dürfen die das denn da in Holland? Scharf schießen, meine ich?«

»Ja. Hat Wiebke bereits geprüft. Die habe ich gerade nach Haus gebracht.«

»Gute Frau, die Wiebke«, lobte er sie. »Die macht ihren Weg. Ich wollte auch nach Haus, habe wegen der Schlüssel auf Sie gewartet. Dann haben wir hier ja wieder Ruhe.« Er stand auf und pumpte mir die Hand.

»Dann noch eine gute Fahrt und weiter viel Erfolg, Herr Jansen. Und vielen Dank für Ihren Einsatz. War nett, mit Ihnen zusammenzuarbeiten.«

Ich bedankte mich auch und machte mich auf den Weg. Ich wählte die sichere Route über Aurich. Der kleine Wagen, den die Nordener freundlicherweise aufgeladen hatten, schlingerte und krängte trotzdem im Sturm auf der Straße hin und her, und mehrmals musste ich, ohne den Boden zu sehen, nur mit den Straßenbäumen als Orientierung, über lange Strecken durchs Wasser fahren, das auf der Straße stand.

Das tat meiner guten Laune keinerlei Abbruch. Der Fall war so gut wie gelöst, und das in weniger als zwei Tagen. Ich klopfte mir auf den Schenkel statt auf die Schulter. »Gut gemacht, Lukas Jansen!«, lobte ich mich.

Jackie bellte freudig mit.

Jetzt wollten wir nur noch nach Haus, mit Lisa und den beiden Kurzen zu Abend essen und dann früh ins Bett. So gut hatte ich mich schon lange nicht mehr gefühlt.

Die Meldung im Radio, dass auf Grönland geschmolzenes Oberflächeneis unter einen Gletscher geflossen war, dort einen Fluss gebildet und den riesigen Gletscher zum Abrutschen gebracht hatte, nahm ich gar nicht mehr richtig wahr.

KAPITEL 8

LÖWENMÄULCHEN

Als ich Jackie vor der Haustür abgetrocknet hatte und eintrat, schlug mir ein verführerischer Geruch nach Essen entgegen. Ich hatte seit dem Frühstück nur Kleinigkeiten zu mir genommen, und so leckere Sachen wie zu Hause gab es anderswo nicht.

Die Leckerste von allen stand mit in die Hüfte gestemmten Fäusten vor mir und funkelte mich an.

»So! Der feine Herr kommt auch schon! Hättest ja ruhig mal anrufen können, oder? Mir ist alles verbrannt!« Sie trat einen Schritt auf mich zu. Allerdings nicht, um mich zu küssen oder in den Arm zu nehmen, sondern um mich mit der Faust vor die Brust zu stoßen.

»Ich muss arbeiten, du Vollidiot! Du kommst nicht, und ich habe mit den Kleinen zu tun! Das ist doch jetzt eigentlich dein Job. Und du? Du schickst mir gleich drei Leichen ins Krankenhaus, fährst selber aber in der Weltgeschichte rum, anstatt mit den Lütten zu Haus zu bleiben. Du hast doch Elternteilzeit, nicht ich! Und anrufen, wann du kommst, tust du auch nicht. Wie stellst du dir das eigentlich vor?«

Ich hatte alles erwartet, nur das nicht. »Was ist denn los, Lisa?«, fragte ich. »Mensch, ich war den ganzen Tag unterwegs, in diesem Orkan, und trotzdem habe ich den Fall so gut wie gelöst! An zwei Tagen! Ich dachte, du freust dich über die anregende Arbeit, außerdem möchte ich genau wissen, was den drei Leuten zugestoßen ist. – Das riecht aber lecker, was du da gekocht hast. Ich habe einen Mordsschmacht, das kannst du dir gar nicht vorstellen!«

»Saubergemacht hatte ich auch gerade! Stundenlang musste ich hier Dreck raustragen und schrubben und putzen, du hast überhaupt keine Ahnung, wie das hier aussah! Und du? Kuck doch nur, was ihr beide wieder angerichtet habt!« Sie zeigte auf den Boden. Jackie und ich hatten nur ganz minimale Spuren hinterlassen. Für unsere Verhältnisse, nicht jedoch für eine professionelle Spurensicherungs-Expertin.

»Ist ja schon gut«, versuchte ich sie zu beschwichtigen, »mein Löwenmäulchen.«

Lisa trat einen Schritt zurück und erbleichte. »Wie – ist ja schon gut? Hast du geputzt oder ich? Und was war das gerade? Löwenmäulchen? Wer hat dir davon erzählt?«

»Gesine. Die kennt dich angeblich vom Studium in Hannover. Was gibt es denn? Sollen wir nicht in die Küche gehen?«

Lisa versperrte mir weiter den Weg. »Gesine? Gesine?« Dann fiel es ihr wie Schuppen aus den Haaren. »Ach, die liebe Frau Amtsärztin, die sich in Emden so schnell hochgevögelt hat. Klar. Und jetzt duzt ihr euch also auch schon. Gesine! Ich hoffe doch sehr, dass sie ihre schlüpfrigen Finger von dir gelassen hat. Was hat sie dir erzählt?«

»Die wollte mir ans Leder, ich musste flüchten, damit du gar nicht erst glaubst, da wäre was gewesen, Lisa. Sie hat mich als Schlappschwanz beschimpft. Was denn das Löwenmäulchen an mir fände oder so. Damit hat sie dich gemeint. Was soll das alles bedeuten? Erklär mir das doch bitte mal.«

Jetzt verschränkte ich die Arme und machte ein trotziges Gesicht. »Die versucht mich anzumachen, ich bleibe so standhaft, wie's nur geht, und zum Dank werde ich zu Hause angeranzt?«

»Standhaft, so so. Hoffentlich verstehe ich das nicht falsch.« Lisa kniff die Augen zusammen und zog eine Schnute.

»Nee, tust du nicht. Also, was war da? Wieso nennt sie dich so? Löwenmäulchen? Warst du verfressen, oder was?«

Lisa sah seitlich an die Wand, als ob da gerade interessante Insekten vorbeiwanderten. »Das Essen wird kalt. Wir können da auch noch später drüber sprechen. Ich habe auch Hunger.«

»Ich weiß gar nichts von dir«, stellte ich verblüfft fest. »Was du vorher gemacht hast. Du hast mir nie etwas von dir erzählt. Wie kommst du zu so einem Namen?«

»Wegen meines Aussehens.« Lisa studierte nach wie vor die Tapete.

Ich wunderte mich. Früher war Lisa schrecklich eifersüchtig geworden, wenn ich mit anderen hübschen Frauen Kontakt gehabt hatte. Ich dachte an ihre Kollegin Juliane Bitburger. Diesmal war ich den Klauen der sehr attraktiven Amtsärztin gerade so entronnen; ich hatte Mühe gehabt, nicht schwach zu werden.

Das schien Lisa diesmal trotzdem kaum zu interessieren. Ich hatte den Eindruck, sie hätte es sogar fast erwartet, dass die mannstolle Frau mich vernascht hätte, wie eine Naturgewalt, die kam und ging, gegen die man nichts tun konnte. Sie verschwieg mir da etwas, das war mir als Kommissar sofort klar geworden.

»Du siehst weder aus wie eine Löwin noch wie die gleichnamige Blume«, sagte ich und griff ihr unters Kinn. Sie drehte den Kopf weg.

»Was war da mit dieser Gesine? Hattet ihr ein Verhältnis während des Studiums? Warst du mal anders gestrickt?«

Lisa drehte sich weg und ging in Richtung Küche. »Mach erst mal die Diele wieder sauber, dann reden wir weiter. Ich decke den Tisch. Jackie braucht sicher auch etwas zu fressen.«

Ich hatte Hunger, es roch gut, und ich hatte drängende Fragen. Trotzdem griff ich zu Besen, Kehrblech und Schrubber und machte den Dreck weg, den Jackie und ich hinterlassen hatten. Jackies Trockenfutter stand in der Besenkammer im Flur, das gab ich ihm ebenfalls. Wasser war noch in seinem Näpfchen. Der Hund war hungrig und stürzte sich auf sein Essen.

Ich ging auf die Gästetoilette, setzte mich hin und dachte nach. Zwischendurch betätigte ich die Spülung. Was hatte Gesine noch gesagt? Irgendetwas von einem Dreiergespann, sie, Lisa und ein Vogel. Ein Papagei? Nein. Irgendetwas Unanständiges, dachte ich. Es lag mir auf der Zunge. Etwas mit einem Sittlichkeitsverbrechen? Nein.

Dann war das Wort einfach wieder da. Der Sittich, genau das hatte sie gesagt. Ich, der Sittich und dein Löwenmäulchen. Wer war das, fragte ich mich. Ein Mann mit einer Hakennase wie ein Papagei?

Ich stand auf und wusch mir die Hände. Lisa saß bereits am Tisch und wirkte äußerst unbeteiligt. Sie las etwas auf dem Handy und sah nicht auf.

Ich setzte mich. Auf dem Tisch stand eine Platte mit Beef Wellington, ringsum von Prinzesskartoffeln umgeben. Dazu gab es grünen und weißen Spargel in Butter. Neben meinem Teller stand ein Tellerchen mit Rucola und ein frisch eingegossenes Bier, Lisa hatte sich einen Prosecco eingegossen. Auf der Anrichte sah ich eine Schüssel mit selbst gemachtem Tiramisu stehen.

Lisa sah mich immer noch nicht an. Mir knurrte der Magen. Was war das jetzt? So etwas Gutes und Kompliziertes kochte sie sonst nur an Festtagen. Aber heute, an einem normalen Arbeitstag? Das sah ganz so aus, als ob sie froh darüber war, dass der Sturm vorbei und ich wieder zu Haus war. Warum dann dieser Flunsch?

Einfach ›guten Appetit‹ sagen, zu Messer und Gabel greifen oder einen Schluck vom Bier nehmen, wollte ich auch nicht. Ich stand wieder auf. Bockig konnte ich auch.

»Ich sehe noch mal nach den Lütten«, sagte ich in ihre Richtung. Sie nickte nur.

Die beiden schliefen. Ich setzte mich wieder an den Tisch.

»Sag mal, was ist? Wollten wir nicht essen?«, fragte ich sie.

»Iss doch! Steht schon alles vor dir! Wird doch kalt, fang einfach an.«

Ich nahm mein Glas und hielt es ihr entgegen. Jetzt musste sie eigentlich ihres nehmen und mir in die Augen sehen, bevor wir tranken. Sonst gab es sieben Jahre lang schlechten Sex. »Zum Wohl«, sagte ich.

»Prost«, erwiderte sie und las weiter. »Moment. Ich bin gleich so weit.«

Ich stellte mein Glas wieder ab, ohne getrunken zu haben. Dann griff ich zum bereitliegenden Messer und schnitt das Rindfleisch an, das unter der Teigkruste einen Schuss Fleischsaft abgab, zartrosa leuchtete und wunderbar duftete. Ich legte ihr das Randstück auf den Teller und schnitt mir selbst eine weitere dicke Scheibe ab, nahm mir von den Beilagen und begann zu essen.

»Super gekocht, Lisa«, sagte ich. »Wirklich. Warum isst du nicht? Lass das doch nicht kalt werden!«

Lisa warf mir einen sehr merkwürdigen Blick zu, den ich nicht deuten konnte. So, als ob ich ihr gerade erklärt hätte, dass ich eine hoch ansteckende, eklige Krankheit hätte und sie deshalb nicht in einem Raum mit mir essen könnte.

»Ich habe keinen Appetit«, sagte sie schließlich. Sie stand auf, streichelte Jackie und ging in Richtung Schlafzimmer. »Stell bitte nachher alles in den Backofen und räum auf. Ich habe heute keine Lust mehr auf ein Gespräch.«

Ich unterdrückte den Impuls, aufzuspringen und ihr nachzugehen. Irgendetwas Ungutes kräuselte gerade die Luft zwischen uns. Stattdessen aß ich auf, packte mein Geschirr in die Spülmaschine und räumte Lisas Essen wie aufgetragen in den Backofen. Schade, dachte ich. So etwas Leckeres, und dann isst sie nicht? Was um Himmels willen hatte ich falsch gemacht?

Aus dem Schlafzimmer hörte ich Fernsehgeräusche. Irgendein Sternchen-Casting, das mich nicht die Bohne interessierte.

Lisa jetzt anzusprechen, würde nicht viel bringen. Der latente Streit, der aus unerfindlichen Gründen in der Luft lag, würde richtig ausbrechen. Nichts, worauf ich Lust hatte.

Jackie und ich sahen uns fragend an, dann rollte er sich mit einem lauten Seufzen in seinem Körbchen zusammen. Menschen!

Ich nahm mir ein Bier und setzte ich vor die Wohnzimmer-Glotze. Die Nachrichten waren gerade durch. Jetzt kam das Wetter.

Es sah nicht gut aus für Ostfriesland. Der Gletscher, den von einem Fluss unter ihm ins Rutschen gebracht worden war, hatte ein gigantisches Kalb in den Atlantik entlassen und eine zehn Zentimeter hohe Welle verursacht. Das klang nach gar nichts. Die Moderatorin erklärte, warum das doch wichtig war. Sobald diese Welle in seichteres Wasser gelangte, die flache Nordsee zum Beispiel, würde sie sich aufstauen und an Höhe gewinnen, ähnlich wie bei einem Tsunami. So schlimm sollte das zwar nicht werden, aber zusammen mit dem Skagerrak-Tief, das uns schon äußerst viel Regen und Sturm beschert hatte, war das eine ernst zu nehmende Bedrohung.

Es gab eine weitere Gefahr. Wenn Wind und Wellen aus derselben Richtung kamen, konnte der Wind, wenn seine Geschwindigkeit und die Wellengeschwindigkeit zusammenpassten, durch Resonanz die Wellen weiter aufschaukeln. Dabei entstanden Monsterwellen, die sich durch die Trichterwirkung der Deutschen Bucht noch verstärken konnten.

Ich war mal auf einem Schiff der Gesellschaft zur Rettung Schiffbrüchiger mitgefahren, und einer der Matrosen an Bord hatte mir von solchen Kaventsmännern erzählt. Ich hatte das bisher für einen Witz oder Seemannsgarn gehalten. Aber diese Riesenwellen gab es wirklich.

Nach dem Wetter folgte ein Krimi. Ich sah ihn mir an, konnte der Handlung aber nicht richtig folgen. Immer wieder kam ich auf meinen eigenen Fall zurück. Ich wusste jetzt, wer auf Fokko Ahrens geschossen hatte; den Wachmann würde ich mir morgen vornehmen, wenn ich Amtshilfe von den holländischen Kollegen bekam. Worüber ich noch nichts wusste, war die Explosion oder der Brand, der die drei Männer ins Wasser geworfen hatte. Und der Ort, wo das geschehen sein musste. In Eemshaven war das nicht passiert, und vor den Inseln auch nicht. Irgendwo entgegen der an Silvester herrschenden Windrichtung vor der Leybucht.

Ich wachte von einer Berührung auf. Der Fernseher war aus. Das machte er automatisch, wenn man nicht alle zwei Stunden eine Taste drückte. Ich musste nach dem Krimi eingeschlafen sein.

Neben mir kniete die nackte Lisa auf dem Sofa und zupfte mich am Arm. Ich war sofort hellwach. Auch wenn ich sie schon Tausende von Malen gesehen und in den Armen gehalten hatte, der Anblick ihrer Marmorgestalt brachte mich immer noch auf Touren.

»Komm ins Bett, das war doof von mir«, flüsterte sie, obwohl die Kleinen nachts inzwischen tief schliefen. »Nachher erzähle ich dir alles.«

Jackie machte ein Auge auf, schloss es aber sofort wieder, als er Lisa ohne ihr übliches Fell erblickte.

Nachher war mitten in der Nacht. Ich hatte das Gefühl, dass gerade ein zweiter Sturm, stärker als der draußen, über mich hinweggebraust war, und entließ all meinen angesammelten Stress und alle Sorgen mit einem langen und lauten Seufzer. Lisa kicherte.

»So, Löwenmäulchen, ich bin ganz Ohr«, sagte ich schließlich.

Sie grinste. »Ohr? Da hatte ich aber einen anderen Eindruck.«

Ich seufzte noch mal. »Jetzt spann mich nicht auf die Folter. Ich kann dir auch erst dein Essen warm machen, du musst doch sterben vor Hunger, Lisa.«

Als Antwort knurrte ihr Magen.

»Okay«, gab sie zu. »Ich könnte einen Ochsen vertilgen. Pass auf, du machst mir was warm, wir ziehen uns unsere Morgenmäntel über, setzen uns mit einem Glas Wasser in die Küche und ich … äh …«

Eine halbe Stunde später saßen wir in der Küche. Ich hatte den Backofen angestellt und saß ihr gespannt gegenüber.

»Tja. Also, damals in Hannover. Die beiden wohnten mit mir in einer WG, und wir waren damals alle im Prinzip ähnlich gestrickt. Diese Bezeichnungen waren unsere Namen auf einer Dating-App. Gesine hieß Venusfliegenfalle, ich hieß Löwenmäulchen, und Nina war der Nymphensittich. Das war alles. Nur Namen.«

Ich sah meine Frau erstaunt an. »Das war alles?«

Sie druckste herum. »Na ja. Das hatte schon eine Bedeutung. Wir waren damals so was wie *bekannt* in der Stadt. Irgendwie waren wir auch ganz schön stolz darauf.«

Ich trank einen Schluck. »Venusfliegenfalle? Das ist doch eine fleischfressende Pflanze, oder?«

»Genau«, grinste Lisa. »Gesine hat die Männer vernascht wie nichts Gutes. Du hast sie ja sicher erlebt. Eine Naturgewalt, die kann gar nicht anders. In Anatomie war sie übrigens nicht zu schlagen, die kannte sich aus. Ich bin froh, dass du ihr entkommen konntest, Kleiner. Das können die wenigsten von sich behaupten. Sie behält zwar ihre Beute nicht, aber wen die Fliegenfalle verdaut hat, der ist danach ein anderer.«

»Kann ich mir gut vorstellen«, gab ich zu. »Sie sieht gut aus, sie riecht gut, sie ist, ja, was soll ich sagen? Echt sexy? Attraktiv? Und sie geht geradewegs auf ihr Ziel los, ohne große Umschweife. Ich fand's sogar etwas bedrohlich, ehrlich.«

Lisa lachte. »Das hast du schön gesagt mit den Umschweifen. Darum geht es ihr doch. Halt dich bloß fern von der«, empfahl sie mir. »Die hat mich damals auf Sachen gebracht, die mir nicht im Traum eingefallen wären.«

»Und wieso Nymphensittich?«, fragte ich nach. »Das ist doch ein Vogel, ein Papagei, oder? Hat die so viel geplappert, oder wieso hieß die so?«

»Nina? Na ja. Anfangs hat sie immer mit den Typen geschnäbelt, aber damit hörte die Ähnlichkeit zu einem Vogel auch schon auf.«

Ich machte ein fragendes Gesicht und nippte an meinem Glas.

»Sagt dir die erste Silbe nichts?«, grinste Lisa.

»Ach so.« Jetzt hatte ich das verstanden. »Sie sah so jung und schön aus wie eine Quellnymphe.«

»Nee, du Hirni«, lachte Lisa. »Sie war ausgesprochen nymphoman. Sie hatte auch ein Becken, das anscheinend dreimal so viele Hormone produzierte wie bei anderen Frauen. Und sie war die Lautstärke in Person. Nicht nur am Schluss, sondern die ganze Zeit. Sie hat immer die ganze WG, ach Quatsch, das ganze Haus zusammengestöhnt, zwei Minuten, nachdem ihr jeweiliger Typ mit ihr auf ihr Zimmer verschwunden war. Gesine und ich sind dann immer nach draußen Kaffee trinken gegangen.«

»Und was macht sie heute, diese Nina?«, fragte ich. »Die ist doch nicht etwa auch hier oben in Ostfriesland, oder?«

Lisa legte den Kopf schief. »Lass mich nachdenken. Nee, die lebt in Konstanz, sie ist verheiratet und hat schon vier Kinder. Glücklich verheiratet. Und bei den vier wird es wohl nicht bleiben. Eine ganz liebe, du würdest sie mögen, so als Person, meine ich. Sie ist jetzt auch quasi entschärft, keine Gefahr mehr.«

Ich musste schon wieder seufzen. »Und wer wohnte da noch? Der Bockshornklee und die Saugschmerle?«

Lisa konnte sich ein Grinsen nicht völlig verkneifen und drohte mir mit dem Zeigefinger. »Du und deine Männerphantasie. Nee. Nur wir drei. Das war schon anstrengend genug, kann ich dir sagen.«

Ihr Gesicht wurde wieder ernst. Irgendwas war da noch. Sie legte die Hand auf den Magen.

»Da war doch noch was. Etwas Düsteres. Seh ich dir an der Nasenspitze an, Lisa.«

Sie zog die Stirn in Falten. »Na ja. Kleine Mädchen teilen Sticker, als Studentinnen was anderes.« Sie zog ihre Unterlippe nach links und lutschte darauf. Ein Zeichen von Betretenheit, das ich sofort erkannte. Ich legte den Kopf schief und hob meine Augenbrauen.

»Na ja. Wir hatten so eine Abmachung. Wenn eine durch war mit ihrem Typen, hatten die anderen so eine Art Vorkaufsrecht, bevor er wieder auf dem Markt durfte. Wenn sie wollten. Ich hab das aber nie wahrgenommen«, sagte sie treuherzig.

»Ach nee.«

»Ach doch. Aber Gesine schon. Und sie dachte wohl, sie dürfte dich auch mal ausprobieren, um der alten Zeiten willen. Ich werde der die Leviten lesen müssen, die soll mal langsam runterkommen. Du, jetzt habe ich wirklich Hunger. Hol bitte das Essen aus dem Backofen, das müsste jetzt warm sein.«

Das tat ich. Und während Lisa mit Appetit aß, erzählte sie mir leise von sich selbst und ihrer Geschichte. Ich staunte und staunte und bekam den Mund gar nicht mehr zu. Einerseits befremdete und irritierte mich das sehr, was sie alles auf die Beine gestellt oder von denselben geholt hatte, auf der anderen Seite empfand ich so etwas wie Ehrfurcht und

Bewunderung. Und es war ja alles lange vor unserer Zeit passiert, in Kiel war Lisa schon eine andere Frau gewesen, ohne die Anregungen ihrer WG-Mitbewohnerinnen Gesine und Nina.

»Hat's dir denn geschmeckt?«, fragte ich sie, als sie fertig war.

Sie stand auf und gab mir einen sehr intensiven Kuss. »Meinst du das Essen oder das, was ich dir gerade alles erzählt habe?«

Ich grinste nur. »Das Essen war lecker«, sagte sie und unterdrückte ein Bäuerchen. »Und alles andere ist längst verdaut und abgeklungen, die radioaktive Halbwertszeit von all diesen Dingen liegt schon lange hinter mir. Mach dir keine Sorgen, Kleiner.«

»Ist ja noch genug für mich übrig geblieben«, sagte ich mit schiefem Grinsen. »Und jetzt komm wieder mit ins Bett. Ich habe dir auch das eine oder andere zu erzählen. Und dann ist das alles vergessen und vergeben.«

Mit gemischten Gefühlen ging ich wenig später ins Bett. Es war, als ob mir die ganze Zeit ein ganzes Bücherregal gefehlt hätte, das ich jetzt auf einen Rutsch inhaliert hatte. Da waren Seiten an Lisa, von denen ich niemals etwas geahnt hatte. Auf der anderen Seite war damit alles wieder komplett und ganz, es gab keine Lücken mehr. Ich schlief ein, bevor die Süßeste von allen sich an meine Seite schmiegte.

KAPITEL 9

WASSER

Lisa hatte mir empfohlen, Frau Krull auf dem Weg nach Holland ein paar frische Blümchen und vor allem Schokolade oder Kakao mitzubringen. »Schokolade macht glücklich«, hatte sie mir nach dem Frühstück gesagt, als sie mir ein Stück in den Mund gesteckt hatte, gefolgt von einem schokoverschmierten Kuss. Das hatte ich zwar vorher auch schon gewusst, aber auf diese Weise ließ ich mir das gern noch mal erklären.

Ich wollte nach Holland und die genauen Umstände des Schusses auf Fokko Ahrens abklären. Zwischen der Schusswunde und der mutmaßlichen Explosion musste es einfach einen Zusammenhang geben. Es ging mir darum, irgendwie den weiteren Verlauf der Ereignisse zu rekonstruieren. Wie, das wusste ich noch nicht. Vielleicht hatten die holländischen Kollegen dort schon etwas. Mit den Kollegen aus Norden hatte ich abgemacht, dass Wiebke Lürssen mich begleiten würde.

Da die Krippe wegen des grimmigen Sturms, der draußen wütete, geschlossen hatte, sollte Lisa mit den Kleinen und Jackie zu Hause bleiben. Den Arbeitstag konnte sie später nachholen. Im Krankenhaus lagen vor allem die Opfer einer Grippewelle, damit würden die Schwestern und diensthabenden Ärzte auch so fertig werden. Die Obduktion musste eben einen Tag warten. Ich erwartete davon ohnehin kaum neue Erkenntnisse. Lisa war ganz froh über einen faulen Tag mit den drei Kleinen.

Somit konnte ich dem Sturm mit unserem besser gerüsteten SUV trotzen. Damit sollte ich besser durchkommen als mit dem Elektro-Winzling. Dachte ich.

In der Nacht hatte es geschneit und gefroren, die Temperatur war auf minus zehn Grad gefallen. Gegen Morgen hatte es einen erneuten Wetterumschwung gegeben, Schnee und Eis waren wieder getaut, bevor das Skagerrak-Tief wieder an Einfluss gewann und es erneut kalt und extrem windig geworden war. Vor dem Haus stand das Wasser knöcheltief, hier und dort mit einer dünnen Eisschicht bedeckt.

Ich drehte um, zog mir Gummistiefel an und kämpfte mich zur Garage durch. Selbst mit dem hochrädrigen Auto würde ich viel länger als gewöhnlich brauchen. Wenn die Kälte anhielt, hätten wir hier bald eine durchgehende Eisschicht von Wilhelmshaven bis Emden, und Schlittschuhe wären wie früher das Hauptverkehrsmittel der Leute, wie auf den Bildern von Breughel. Dann konnte ich mit wehendem Schal direkt bis Holland Schlittschuh laufen.

In Wittmund kaufte ich ein paar Sachen für unterwegs, damit ich den Tag notfalls auch im Auto überstehen konnte. Außerdem packte ich einen weiteren Karton mit Nahrungsmitteln für Frau Krull voll. Einschließlich einer größeren Menge an Schokolade.

Vor dem Laden blieb ich mit dem Karton unterm Arm stehen. Etwas war anders. Der Wind hatte sich gelegt, und die Luft fühlte sich schlagartig wärmer an. War das jetzt nur die gefühlte Temperatur? Nein, das Tief hatte nach zweieinhalb Tagen aufgegeben. Mein Mut stieg. Die Wolkenfetzen, die eben noch tief über den Himmel gestürmt waren, machten Pause, an einer Stelle war sogar ein Loch aufgerissen, durch das die Sonne mit ihren Strahlen am eingefrorenen Ostfriesland leckte.

Wenn das so war, konnte ich auch über kleinere Straßen nach Norddeich weiterfahren. Ich freute mich nach den letzten zwei Orkantagen darüber.

Zehn Minuten später drehte ich die Wetternachrichten im Radio lauter. Der Tiefausläufer hatte sich tatsächlich verzogen und wurde kurzfristig von einem Zwischenhoch aus Südwesten abgelöst; allerdings zog der nächste Tiefausläufer bereits über Großbritannien hinweg und hatte dort große Schäden hinterlassen. Ob er uns erreichen würde, war die Frage, da von Osten her ein sibirisches Tief zu uns wollte.

Dann waren die wenigen Sonnenstrahlen wohl nur die Ruhe vor dem nächsten noch größeren Sturm, dachte ich. Trotz des anscheinend besser werdenden Wetters brachte der Sender eine Hochwasserwarnung. Die nächste Flut, die gerade eingesetzt hatte, war, wie ich schon vermutet hatte, eine Springflut, die zeitgleich mit der Grönland-Welle einlief. Diese Welle hatte der massive Gletscherabbruch verursacht. Zudem waren in der nördlichen Nordsee die ersten Kaventsmänner gesichtet worden, riesige Wellenberge, ein Schiff war ihnen bereits zum Opfer gefallen.

Die Deiche waren auf der ganzen Linie von der Ems bis an die Jade gefährdet. Sie waren zwar für Springfluten geplant und hatten noch einen halben Meter Reserve obendrauf, für ein solches Zusammentreffen von Faktoren war die Lage dennoch kritisch.

Die folgenden Kommentare im Radio trugen nicht zu einer weiteren Aufhellung meiner Stimmung bei. Der Deich auf Langeoog, den die beiden Container angeschlagen hatten, war soeben gebrochen. Die Stadt selbst war noch nicht akut gefährdet, die Insel drohte jedoch in zwei Teile zu zerbrechen, wenn die unablässigen Wellen sich ihren Weg durch Deich und Dünen hindurch nach Süden bahnten. Der Durchbruch im Deich funktionierte nun wie ein Siphon; an einer Stelle konzentrierte sich der Druck des Wassers derart, dass ein gigantischer Strahl den Boden wegriss. Der Deich hatte keine Chance, die Bruchstelle dehnte sich rapide nach beiden Seiten aus.

Hätten wir doch bloß höhere Sommerdeiche und Polder angelegt, klagte ein Wissenschaftler aus Bremen, der gerade interviewt wurde. Denn eine weitere, vielleicht noch größere Gefahr kam von Land, nicht von See. Die gewaltigen Regenmengen, die über Ostfriesland niedergegangen waren, verstärkt von geschmolzenem Schnee und Eis, fanden keinen Weg ins Meer. Das Hochwasser hatte historische Stände bereits überschritten, und das Süßwasser konnte nicht ins Meer abfließen. Der Leysiel-Speicher war gefüllt bis an den Rand, die Schöpfwerke standen still.

Der Lebensspender Wasser war zur tödlichen Bedrohung geworden. Die fehlenden Polder, die große Wassermengen hätten aufnehmen können, waren aus Kostengründen nicht gebaut worden, die warnenden Stimmen waren nicht gehört worden, beklagte der Wissenschaftler im Radio. Nun würden wir die Rechnung präsentiert bekommen.

Ich musste den Weg nach Norddeich und von dort nach Holland so schnell wie möglich schaffen, dachte ich. Das Wasser auf der Strecke stieg und stieg, man konnte es zwar nicht direkt sehen, aber die Reifen schwammen immer häufiger auf, der SUV geriet ins Schlingern. Ich wollte schneller ans Ziel kommen, musste dabei aber immer langsamer fahren. Es war zum Verzweifeln.

In Holland war die Lage vielleicht besser, dachte ich. Die Holländer hatten einfach mehr Erfahrung mit dem Polderbau und der Wasserwirtschaft. Dort lag das Land sogar sechs Meter unter dem Meeresspiegel, und sie hatten die Fluten dennoch unter Kontrolle.

Hier in Ostfriesland hatten wir nach den vielen Sturmfluten der Vergangenheit, in denen das Meer weit hinein ins heutige Land gereicht hatte, dem Blanken Hans das Land immer wieder abgerungen. Heute war jeder Quadratmeter genutzt, für echte Polder war wenig Platz geblieben. Lediglich die Städte und Ortschaften hatten noch ihre eigenen Deiche, das Land dazwischen war nicht vor dem Meer geschützt, wenn die Hauptdeiche brechen würden, und auch nicht vor dem Binnenwasser. Gott sei Dank hatten wir die Inseln und vorgelagerte Sandbänke als natürliche Wellenbrecher vor der Küste. Wenn jetzt aber schon so große Inseln wie Langeoog zerbrachen und der Flut Platz machten, waren die Seedeiche als Nächste dran.

Ich hatte vor Kurzem in einer Zeitschrift eine Karte gesehen, wo die Küstenlinie verlaufen würde, wenn der Meeresspiegel tatsächlich wie von den Warnern angekündigt immer weiter steigen würde. Die Landeshauptstadt Hannover hätte dann einen eigenen Strand, und das Steinhuder Meer hätte eine Verbindung zur Nordsee.

Im Radio ging es nur noch um dieses Thema. Ich hatte langsam genug davon und suchte nach einem Musiksender. Der einzige, den ich fand, brachte Schlager aus den Sechzigern. Der nächste Sender sprach wieder über die Erderwärmung und über die deutschen Ziele zum Klimaschutz. Das Land war mit erneuerbaren Energien lange Vorreiter gewesen, heute geriet es durch die immer noch in Betrieb befindlichen Kohlekraftwerke wieder ins Hintertreffen. Was mich an mein Ziel erinnerte, das größte Kohlekraftwerk Hollands, erbaut von einem deutschen Konzern. Das trug ebenfalls massiv zum Kohlendioxidausstoß bei.

Während ich nach Musik suchte, dachte ich das durch. Klar, dieses Kraftwerk war nicht direkt ursächlich für diesen Sturm verantwortlich. So kleinmaßstäblich funktionierte das nicht. Und es waren nicht nur die Kraftwerke, es waren auch die vielen Flugzeuge und Autos, unser eigenes eingeschlossen, brennende Regenwälder und nicht zuletzt über eine Milliarde Kühe, die ihr Methan in die Atmosphäre pupsten, die zur Erwärmung beitrugen.

Dennoch machte die Kohle- und Ölverbrennung einen sehr großen Teil aus. Sie trug maßgeblich dazu bei, dass das Gletschereis auf Grönland und in der Antarktis abschmolz, dass der Permafrost in Sibirien und Kanada auftaute und unglaubliche Mengen von Methan freisetzen würde, dass sich der Jetstream veränderte und für Extremwetterlagen sorgte. Das war wie eine Kette aus Dominosteinen. Wenn die ersten erst fielen, würde bald alle fallen, es würde nicht einfach nur schlimmer werden, sondern die Welt, wie wir sie kannten, auf Jahrtausende zu großen Teilen unbewohnbar machen. Auf die Naturkatastrophen würden wirtschaftliche Desaster folgen, und auf sie Verteilungskriege für die letzten brauchbaren Ressourcen. Dann gute Nacht, Marie, dachte ich.

Im Radio lief nichts anderes mehr, deshalb schaltete ich auf eine CD von Lisa um. Die Backstreet Boys waren nicht gerade meine Lieblingsmusik, besser als Katastrophenmeldungen waren sie aber allemal.

Dennoch ging mir das Thema nicht aus dem Kopf, zumal ich es am eigenen Leib erleben durfte. Es war jetzt zwar schöner draußen, gerade hatte mich ein Sonnenstrahl gestreift. Das Wasser ging jedoch nicht zurück, im Gegenteil. Es stieg langsam, aber unaufhaltsam. Ich vertraute auf unser Auto, das schon mehrere Gefahren durchgestanden hatte, und fuhr weiter, so schnell es ging.

Immer wieder musste ich durch Senken fahren, die ich an normalen Tagen gar nicht wahrgenommen hätte. Jetzt war das anders. An einigen Stellen fuhr ich bis zur Unterkante der Türen durch schlammiges Wasser. Flächen, auf denen ich die Straße noch gut sehen konnte, waren kaum noch vorhanden. Trotzdem kam ich vorwärts, es war auch kaum noch Verkehr auf den Straßen.

An einigen Stellen waren bereits Leute in Booten und Kanus unterwegs.

Ich hatte inzwischen Dornumersiel erreicht. Am Dornumersieler Tief, wo sich das Wasser in den Mahlbusen ergoss, ein weiteres Speicherbecken vor der Küste, war die Straße für die Weiterfahrt gesperrt. Ich sollte ausweichen oder zurückfahren, erklärte mir ein geduldiger Polizeimeister. An der Strandstraße von Nessmersiel hätte es einen Durchbruch gegeben, der dahinter liegende Osterdeich würde nicht mehr lange halten und Nessmersiel würde eventuell evakuiert werden müssen, erklärte er. Die Lage wäre überkritisch.

Mist. Ich musste von der Störtebekerstraße runter und über den Oll Deep und die Butenhusener Straße nach Süden Richtung Dornum fahren, der Stadt mit dem schönen Wasserschloss.

Das ging ein paar Kilometer lang gut. Dann wurde mir immer klarer, warum die Straße Oll Deep hieß. Sie führte durch in ein altes Tief, einen ehemaligen Entwässerungsgraben zum Dornumer Siel, der weit unter dem Meeresspiegel lag. Das Gebiet zu beiden Seiten lag ebenfalls bis zu drei Metern unter dem Meeresspiegel. Ich war im Blindflugmodus unterwegs; die Reifen waren zu zwei Dritteln unter Wasser, hatten aber noch Bodenhaftung.

Als ich eine Minute später um eine Ecke bog, war es bereits zu spät zum Bremsen oder Umkehren. Das Siel war über die Ufer getreten, die Straße war weg. Ich war in eine mit Wasser gefüllte Senke geraten, die mindestens einen Meter tiefer als das Umland lag. Ich hörte noch, wie es blubberte, als das Wasser in den Auspuff des aufschwimmenden Autos eindrang. Ein paar Sekunden lang drängte das Abgas aus dem Motor das Wasser noch zurück, als ich aufs Gas trat. Dann hatte das Wasser den Motor erreicht, und ich blieb mit einem lauten Zischen stehen.

Ende Gelände.

Was nun? Weit und breit war niemand zu sehen, der mir aus der Patsche helfen konnte. Auch im Binnenland musste ein Deich gebrochen sein oder ein Wehr nachgegeben haben. Ich konnte das Wasser fast steigen sehen, es drang langsam, aber sicher durch alle vier Türen in den Innenraum ein. Was hätte ich jetzt für ein Elektroauto gegeben, das keinen Auspuff brauchte. Doch auch damit wäre ein Weiterfahren wohl nicht lange möglich gewesen.

Das Skurrile an der Situation war die Sonne, die gerade zwischen den Wolken hervorgekommen war und die Szene beleuchtete. Der Wind hatte sich gelegt, und vor mir lag ein eigentlich wunderschönes Bild. Wasser überall, dazwischen Bäume in Reihen, weiter hinten ein Kirchturm und Hausdächer. Es fehlten nur noch ein paar Schwäne, und die Idylle wäre perfekt gewesen.

Die Backstreet Boys sangen gerade das Lied »Drowning«. Nichts, was meine Stimmung enorm erhöhte, weshalb ich das Radio wieder anstellte. Die Katastrophenmeldungen waren nicht besser geworden und ließen sich in drei Worten zusammenfassen: zu viel Wasser. Einige Seedeiche waren vom enormen Hochwasser der Springflut überströmt worden, und die Fluten hatten auf der seeabgewandten Seite, die wesentlich steiler war als auf der Seeseite, sofort Erde und Klei fortgespült, was die Deiche ausgekolkt und zum Brechen gebracht hatte. Hinter dem Deich hatte es sich mit dem lange aufgestauten Süßwasser aus drei Tagen Dauerregen vereint, Ostfriesland war jetzt Land unter.

Die Region wies nur wenige erhöht liegende Gebiete auf. Hier entschieden schon ein paar Meter mehr oder weniger, ob man fortgespült wurde, wie ich jetzt, oder ob man weiter im Trockenen saß.

Mein Wagen hatte beim steigenden Wasserspiegel inzwischen abgehoben und trieb langsam Richtung Osten. Die Heizung war aus, es wurde kalt. Ich hatte die Füße hochgenommen. Was nun, Lukas Jansen, dachte ich. Wie kommst du jetzt nach Holland?

Wenn das Wasser weiter steigen würde, musste ich den Wagen irgendwann verlassen und aufs Autodach klettern oder zum nächsten Baum schwimmen oder waten. Nichts, was mir verlockend erschien.

Der Nachrichtensprecher berichtete gerade, dass das kurze Zwischenhoch von einem aus Sibirien kommenden Tief abgelöst werden würde. Das hatte also über das Skagerrak-Tief gewonnen. Ein völlig anderes Wetter, kein Regen und kein Sturm mehr, dafür zehn Grad minus oder noch weniger, und zwar in ein paar Stunden. Wenn ich dann noch hier im Auto saß, würde der SUV in einer geschlossenen Eisdecke stecken. Immerhin hatte ich dann eine Chance, übers Eis zu fliehen. Es sei denn, der Salzgehalt wäre zu hoch, dann müsste ich durch Eiswasser schwimmen und würde nach wenigen Minuten an Unterkühlung sterben.

Irgendjemand musste mich hier rausholen. Mein Handy hatte noch Ladung, ein Netz war auch noch da. Ich rief Lisa an. Sie ging sofort ran.

»Endlich, Lukas! Wo steckst du denn bloß! Ich saufe hier zu Hause ab, wir haben uns schon nach oben verzogen, das Wasser steht draußen bis zum Küchenfenster. Die Kleinen habe ich eingemummelt, die Heizung ist wieder aus. Du musst uns hier rausholen.«

»Schiet«, antwortete ich. »Dass das so schlimm kommen würde, hätte ich nicht gedacht. Ich sitze selbst fest. Die Straßen sind überschwemmt, ich treibe irgendwohin ab und kann nicht raus. Immerhin habe ich genug zu essen dabei. Habt ihr genug zu essen und trinken? Wir müssen uns beide evakuieren lassen, Lisa. So ein Kackwetter! Das haben wir nicht verdient!«

»Wir haben bestimmt noch genug für drei, vier Tage, Lukas. Aber wir haben kein warmes Wasser, nur den Wasserkocher. Strom ist noch da. Aber ich weiß nicht, ob ich noch in die Küche kann.«

»Hol dir alle Geräte nach oben«, empfahl ich ihr. »Warte. Ich rufe meinen Vater an. Der hat ein Motorboot, der kann euch abholen. Er könnte euch ins Krankenhaus fahren, das liegt erhöht, Wittmund liegt sowieso höher. Ich melde mich.«

Angesichts der Lage vergaß mein Vater die Animosität, die sonst zwischen uns herrschte. Klar, er würde sofort nach Burmönken fahren und meine Familie abholen. Anschließend konnte er auch mich retten; er würde den SUV mit dem Motorboot abschleppen, bis er wieder Land unter den Rädern hatte, oder mich zum nächsten Ort bringen.

Mir wurde immer kälter. Der Wasserspiegel stieg zwar im Auto nur langsam an, der Auftrieb hatte aber bereits nachgelassen. Noch ein paar Zentimeter mehr, und der Wagen würde wieder absinken. Wenn er dann einen Meter oder mehr absank, hatte ich keine Chance mehr, im Auto zu bleiben. Ich musste aufs Dach klettern und auf Hilfe warten.

Zehn Minuten später stand ich bibbernd auf dem Autodach. Der SUV war inzwischen bis zu den Außenspiegeln abgesoffen. Ich hatte aus dem Fenster klettern müssen und war dabei auf dem Rücken und mit beiden Beinen total nass geworden. Der Rest des Körpers war nur halbnass. An der Brust hatte ich sogar noch eine trockene Stelle. Ich fror wie die gesamte Schneiderhandwerkskammer.

Ich rechnete mir aus, ob ich es schwimmend bis zum nächsten Baum schaffen würde. Gut standen die Chancen nicht. Komplett nass und bei den niedrigen Temperaturen würde ich auch auf dem Baum binnen weniger Minuten so stark abgekühlt sein, dass ich mich nicht mehr würde halten können.

Was für ein beschissener Tod, dachte ich.

Doch damit wollte ich mich nicht abfinden. Ich dachte plötzlich an die drei Toten aus der Leybucht, die in solch kaltem Wasser umgekommen waren. Sie waren ertrunken, bevor sie erfrieren konnten, was ihren Tod nicht besser machte. Der Gedanke an meine Aufgabe, den Tod der drei Männer aufzuklären, gab mir ein wenig neue Energie. Sie hatten sich dafür eingesetzt, dass so etwas nicht eintrat, zumindest hatten sie daran geglaubt, dass solche Dreckschleudern wie in Eemshaven für den Klimaumschwung mitverantwortlich waren.

Ich rief Wiebke Lürssen an.

»Lukas! Gut, dass du anrufst!«, freute sie sich. »Ich warte schon auf dich. Wo steckst du?«

»Auf meinem Autodach, Wiebke«, stotterte ich durch meine klappernden Zähne. »Die Karre ist abgesoffen, im wahrsten Sinne des Wortes. Das Wasser war zu tief. Ich bin komplett durchnässt und brauche Hilfe. Kannst du mir einen Hubschrauber besorgen? Dann fliegen wir damit gleich weiter nach Holland. Ich erfriere hier bald. Mein Vater will mich mit einem Boot abholen kommen, das kann aber locker noch eine Stunde dauern. Ich weiß nicht, ob ich so lange durchhalte, Wiebke.«

Während ich ihr das erklärte, wurde mir der Ernst der Lage erst richtig bewusst. Mein Vater konnte durchaus zu spät hier sein, wenn die Aktion in Burmönken länger dauerte.

»Hm. Tja. Das hört sich verdammt ernst an, Lukas. Dieses blöde Binnenhochwasser! Wat dem eenen sin Uhl, is dem annern sin Nachtigall«, zitierte sie. »Vorhin habe ich auf der Ems gerade das neueste Kreuzfahrtschiff runterfahren sehen, die brauchen so viel Wasser unter dem Kiel. Aber das kann ich dir wohl kaum schicken. Leg auf, ich sehe mal, was ich machen kann. Ich werde alle Hebel in Bewegung setzen und rufe zurück.«

Schon hatte sie aufgelegt. Ich sah auf mein Handy-Display. In der Kälte sank die Batterieladung rapide. Hoffentlich hielt das Gerät noch so lange durch.

Ich sah dem Wasser beim Steigen zu. Die Spiegel waren bereits verschwunden, bald würde das Wasser das Dach erreichen, und ich würde nasse Füße bekommen. Was sich für mich anfühlte wie zwei Stunden, waren tatsächlich nur sieben Minuten gewesen. Wiebke rief zurück, kurz nachdem mein Handy mich auf meinen schwächelnden Akku hingewiesen hatte.

»Du hast ein Riesenglück, Lukas«, beglückwünschte sie mich. Sie klang so, als ob ich im Lotto gewonnen hätte.

»Ja, ich weiß«, antwortete ich. »Tiefgekühlt halte ich mich länger frisch, nicht?«

Sie lachte. »Ja, das auch. Also, die Staffel in Rastede hat in zehn Minuten einen Schrauber, der zu dir kommen könnte. Der kann in einer Viertelstunde bei dir sein, höchstens zwanzig Minuten. Cool, oder?«

»Sehr cool«, bibberte ich zurück. Ich fühlte mich wie ein Todkranker, der die Nachricht bekommen hatte, dass er den Sarg mit der schönsten Maserung bekommen würde. »Wenn ich bis dahin durchhalte. Ich kann das Handy kaum noch halten, Wiebke.«

Sie klang zum ersten Mal besorgt. »Du musst deine Kerntemperatur halten, Lukas«, erläuterte sie. »Iss' etwas, das schnell Energie bringt. Traubenzucker. Schokolade. Fruchtsaft. Und zieh dir alles über, was du hast. Deine Position habe ich übrigens bereits geortet, mach dir keine Sorgen.«

Ich sah wehmütig auf das Autodach unter mir. Dort unten lag mein Parka, dort stand ein Paket mit sehr energiereichen Fressalien, einige davon wasserdicht verpackt. Null Chancen, da ranzukommen.

»Okay«, klapperte ich zurück. »Mache ich. Die sollen sich beeilen.«

Ich hatte bisher immer nur die Zahlen wahrgenommen, wie viele Leute bei Sturmfluten umgekommen waren. Jetzt hatte ich eine erste Ahnung davon, wie sich das anfühlte. Lass die restlichen Deiche halten, flehte ich alle mir bekannten Götter an.

Die Flut würde noch zwei, drei Stunden anhalten, bevor das Wasser zurückging.

Als der Chopper endlich zu hören war, saß ich zusammengekauert auf dem schon nassen Autodach. Um mich herum bildete sich bereits eine dünne Eisdecke. Irgendwas in mir fand den Gedanken beruhigend, dass das um mich herum Süßwasser sein musste.

Ich war zu steif, um direkt aufstehen zu können. Immerhin schaffte ich es, einen Arm halb anzuheben. Was, wenn die jetzt über mich hinwegfliegen würden? Ich würde bald umkippen und klaglos im Wasser versinken, direkt neben dem Wagen.

Der Hubschrauber stand über mir in der Luft. Gott sei Dank, dachte ich. Aber klettern würde ich jetzt nicht mehr können.

Schließlich spürte ich, wie jemand mir ein Geschirr umlegte und mich festhielt. Noch bevor ich angehoben wurde, schlief ich vor Erschöpfung ein. Oder ich wurde ohnmächtig. Der Unterschied war mir egal. Meine letzte Empfindung war eine große Erleichterung.

Als ich wieder zu mir kam, fand ich mich in einem Bett liegend, mit einem Tropf im Arm. Und einem zweiten auf der anderen Seite.

Beim zweiten Erwachen fühlte ich mich schon wieder frischer, hatte aber immer noch das Gefühl, ich könnte gar nicht aufhören zu zittern, so kalt fühlte ich mich.

Irgendetwas piepte. Eine Schwester stürzte herein und sah mich an. »Ah! Sie sind wach geworden, Herr Jansen.«

»Hat es deshalb gerade gepiept?«, fragte ich. Sie nickte. »Ja. Wir lassen Sie permanent überwachen. Sie waren ganz schön weit weg, einen ganzen Tag lang.«

»Schiet«, entfuhr es mir. »Was ist heute für ein Tag? Wo sind wir? Haben Sie mein Handy?«

»Freitagnachmittag«, sagte die Schwester. »Regionalmedizinischer Dienst West in Oldenburg, Notfallmedizin. Sie waren schwer unterkühlt und dehydriert und brauchten Soforthilfe. Ihr Vater war vorhin kurz hier. Wegen Ihres Zustandes haben wir Sie aber lieber nicht geweckt, sondern schlafen lassen.«

»So lange war ich doch gar nicht draußen«, meinte ich. »Kann ich telefonieren?«

»Sie waren nass und hockten im kalten Wind, zehn Minuten länger, und wir hätten Sie nur noch tot geborgen«, informierte sie mich. »Ein Handy hat der Wärmebildtechniker, der Sie rausgezogen hat, nicht gesehen. Vielleicht ist es Ihnen aus der Hand gefallen. Sie können aber hier von dem Apparat aus telefonieren, nur keine Auslandsgespräche, bitte.« Die Schwester zeigte auf einen Festnetzapparat auf dem Nachttisch.

»Was haben wir für ein Wetter? Ist das Wasser wieder weg?«

Die ältere Frau sah aus dem Fenster. »Immer noch kalt und windig. Die größten Wassermassen sind abgezogen, mit der Ebbe gestern Abend. Die meisten Deiche haben das THW und die Deichrichter inzwischen repariert, die Bundeswehr war ebenfalls im Einsatz. Schäden in Milliardenhöhe, sagt das Fernsehen.«

Sie sah auf die Monitore über mir. »Ich denke, ich bringe Ihnen was zu essen, Herr Jansen. Sie müssen Hunger haben.«

Wie zur Bestätigung begann mein Magen zu knurren, und die Schwester verließ den Raum.

Lisas Handynummer hatte ich im Kopf.

»Seeler«, stöhnte sie. Im Hintergrund hörte ich beide Kinder schreien und den Hund bellen. Und meine Mutter, die auf Jackie einschimpfte.

»Ich bin's«, sagte ich, leiser als geplant. So fit war ich noch nicht wieder.

Lisa ließ etwa einen Kubikmeter Luft entweichen. »Puh! Endlich, Lukas. Wir haben uns solche Sorgen um dich gemacht, deine Mutter ist auch hier, wir sind alle in Panik, Mensch! Es sind bei uns hier oben über dreißig Leute ertrunken.«

Sie seufzte. Und seufzte noch mal. »Du hast uns einen ganz schönen Schrecken eingejagt.«

Ich erzählte ihr, was vorgefallen war.

»Und wo ist unser Auto jetzt?«, war das Erste, was sie mich fragte, als ich fertig war.

»Und wie es mir geht, interessiert dich wohl gar nicht, was?«, schnaubte ich.

»Gerade kam noch ein Brief für dich an, vom Gericht.« Lisa schien im Angriffsmodus zu sein. Vermutlich stand ihr das Adrenalin bis zum Haaransatz. »Von diesem Renken. Jackie hätte seine Rassehündin vergewaltigt, die wäre jetzt zuchtunfähig. Das ist eine Abmahnung über zehntausend Euro. Was soll ich damit machen, Lukas Jansen?«

»Ich habe die Pudeldame nicht nein sagen hören, als wir bei Renken waren«, sagte ich matt. »Die war doch läufig, die hat ihn verführt. Hätte er besser drauf aufpassen sollen.«

»Da steht, wir hätten uns Zugang zum Haus verschafft, das wäre die Schutzzone der Hündin gewesen, auch wenn sie läufig war. Das wäre ein hoher materieller Verlust und so.« Lisa war jetzt kurz vorm Heulen, wie ich hörte.

»Gib das einfach einem Anwalt«, schlug ich vor. »Wir waren dienstlich da. Renken sitzt wegen Totschlags in U-Haft. Der hat wohl im Knast nichts Besseres zu tun. Mach dir da keine Sorgen, Süße.«

Sie seufzte wieder. »Mensch, gut, dass du noch lebst, komm bloß bald wieder nach Haus, du fehlst mir sehr«, sagte sie nach einer Pause. »Wir waren über Nacht bei Deinen Eltern. Heute ganz früh habe ich übrigens die erste Obduktion durchgeführt. Nichts Auffälliges, außer dem, was wir schon wussten. Tut mir leid.«

Das klang schon viel versöhnlicher.

»Macht nichts, Lisa. Wir zwei werden die schon kriegen. Und um das Auto kümmere ich mich auch noch. Eigentlich muss ich immer noch nach Holland.«

»Es ist bald Wochenende. Ich bezweifle, dass du da noch jemanden findest, Lukas. Und ich hätte dich auch gern mal wieder in meinen Armen.«

Ich dachte nach und schwieg.

»Lukas?«

»Ja. Der Wachdienst läuft doch rund um die Uhr. Der Betrieb bei so einem Kraftwerk auch. Und an einen holländischen Kollegen komme ich auch noch, diese Wiebke aus Norden kennt da einen. Ich weiß allerdings nicht, ob sie kann. Ich war ja einen Tag lang unter der Grasnarbe, wie es aussieht.«

»Komm doch erst mal wieder nach Haus. Das läuft dir doch nicht weg, Lukas. Und wer ist diese Wiebke?«

»Kollegin aus Norden. So ein Strahlepöter, die versteht es, Angehörige zu trösten. Schwach entölter Frohsinn in Vollmilch. Und sie spricht Holländisch und kennt da Leute.«

»Hoffentlich sieht sie nicht auch noch gut aus, wenn sie schon so fröhlich ist.« War Lisa etwa prophylaktisch eifersüchtig? Oder waren das die Nachwirkung der Gesine-Dosis?

»Nee. Und wenn, wäre das auch egal. Hör zu, ich schau mal, was ich machen kann, Lisa. Ich will die Spuren nicht kalt werden lassen, das kennst du doch. Wenn nichts geht, komme ich sofort nach Haus. Okay? Du fehlst mir übrigens auch sehr«, versicherte ich ihr.

»Okay. Und beeil dich. Du wirst hier dringend gebraucht, Kleiner.« Meine Frau hauchte mir noch ein Küsschen durchs Telefon, während hinter ihr die Kleinen nach ihr schrien. Hatte Ella gerade ›Mama‹ gerufen?

Nach dem Gespräch checkte ich meinen Körper durch. Ich konnte alles bewegen. Ich zog die Haut auf meiner Handrückseite hoch; sie schnellte sofort wieder zurück. Dehydriert war ich also auch nicht mehr.

Ich musste hier raus, die Täter finden und verhaften.

KAPITEL 10

WIE SIE SEHEN, SEHEN SIE NICHTS

Nachdem die Klinik mich nach einigem Zögern entlassen hatte, ging ich hinüber zur Einsatzleitstelle. Von hier aus war es näher nach Burmönken als nach Holland oder nach Dornumersiel, wo mein Auto stecken musste. Fragte sich nur, wie ich an einen dieser Orte gelangen sollte. Meine Sachen waren immerhin wieder trocken, nur mein Handy war weg. Die restlichen Dinge aus dem Auto hoffte ich später wiederzubekommen.

Auf meiner Pulsuhr war es zehn nach elf. Noch früh am Tag. Irgendwas konnte ich doch noch reißen, dachte ich. Lisa hatte heute schon einiges geleistet; ich durfte nicht untätig abhängen.

»Tja, Herr Jansen, *Phönix 98* ist schon wieder unterwegs, falls Sie sich bei der Besatzung bedanken wollen«, erläuterte mir der diensthabende Beamte. »Kann ich Ihnen sonst noch helfen?«

Das war sicher rhetorisch gemeint. »Doch, Herr Rumpel«, nahm ich ihn beim Wort. »Ich war auf dem Weg nach Holland, als mich die Flut überrascht hat. Da müsste ich immer noch hin, ich weiß bloß nicht wie. Mein Auto ist ja bei Dornum liegen geblieben. Wie komme ich jetzt von hier weg?«

Mit einer hochgezogenen Augenbraue sah er mich an. »Moment. Da war was.«

Er blätterte in einem Papierstapel, der vor ihm lag. »Der Flugtechniker hat die Bergung veranlasst. Guter Mann, der Onno Behrens. Lachen Sie nicht, der heißt wirklich so. Hat nichts mit dem Tee zu tun. – Moment.«

Er blätterte weiter. »Ihr Auto müsste jetzt in Dornum stehen, bei einem Abschleppdienst. Die sind da wohl gestern noch hingefahren. Ich gebe Ihnen die Nummer. Warten Sie.«

Er schrieb mir etwas auf einen Notizzettel und gab ihn mir.

»Äh - mein Handy ist bei der Rettungsaktion verloren gegangen.«

»Macht nichts, Sie können vorne im Büro bei der Autobahnpolizei telefonieren, gleich nebenan. Schönen Tag und viel Erfolg, Herr Jansen.«

Er brachte mich zur Tür. Eine Minute später hing ich am Telefon.

Mein Auto stand in einer Lackieranlage und wurde fremdbeheizt, damit es auch von innen richtig trocken werden konnte. Das konnte noch dauern, außerdem würde die Kfz-Werkstatt auch noch alle Dichtungen überprüfen und schmieren. Die Beulen, die der SUV beim Aufprall auf ein paar Bäume bekommen hatte, als er führerlos durch den Sturm getrieben war, würden sie auch entfernen. Nein, ein Handy hätten sie nicht gefunden. Ich würde das Auto am Montag wieder abholen können.

Das war schon mal nichts. Ich ließ mir von einer freundlichen Kollegin einen Mietwagen bestellen. Das würde zehn Minuten dauern, die Firma saß in der Stadt, während sich die Autobahnpolizei und die Hubschrauberstaffel am Autobahnkreuz Oldenburg-Nord befand.

Es war nur noch ein Auto vorhanden gewesen, ein Opel Mokka. Das Teil, das Jürgen Klopp in der Werbung immer total verdreckte. Gut, das konnte ich auch.

Als Nächstes brauchte ich ein neues Handy. Das gab es auch in der Stadt. Ich nahm ein gebrauchtes und instand gesetztes iPhone 6s, das günstig zu haben war, und eine Prepaid-Karte. Die Hoffnung, mein eigenes Gerät noch wiederzufinden, hatte ich noch nicht aufgegeben. Vielleicht konnte ich auf dem Rückweg von Holland danach suchen. Wasserdicht war das Teil ja.

Nach einer Viertelstunde Programmieren hatte ich meine komplette Adressenliste aus der Cloud heruntergeladen und auch die wichtigsten Apps installiert. Meine entgangenen Rufe konnte ich natürlich nicht sehen.

Ich rief Heim an. Der musste inzwischen die Analyse des Kohleinstitutes vorliegen haben.

»Heim.«

»Jansen. Ich war eine Weile außer Gefecht, Heim. Hatten Sie mich angerufen? Mein Telefon ist im Sturm verloren gegangen.«

»Nein, aber wollte ich gerade. Halten Sie sich fest: Die Kohleproben, die Sie mir geschickt hatten, waren gar nicht von hier. Sondern aus Kolumbien. Südamerika. Hilft Ihnen das?«

Dann war das vermutlich keine Kohle aus dem Baumarkt, dachte ich. »Ja, ich denke schon. Danke. Heim, ich muss los. Wir können später noch mal telefonieren.«

Er lachte bloß. »Gern. Bin auf dem Weg ins Hallenbad, ich gehe jetzt täglich zwei Stunden schwimmen. Bis bald mal.«

Dann legte er auf. Was nun? Sollte ich zuerst nach Hause fahren? Wie Lisa schon gesagt hatte, es war so gut wie Wochenende. Da musste sie auch nicht arbeiten, und meine Eltern waren auch bei uns und konnten helfen, das Haus wieder in einen bewohnbareren Zustand zu bringen, wenn sie auch während meiner Bewusstlosigkeit im Krankenhaus sicher schon das Gröbste geschafft hatten. Die Zeit konnte ich doch nutzen, dachte ich.

Ich schickte ihr eine WhatsApp-Nachricht. *Bin noch unterwegs. Kann etwas dauern*, mit einigen passenden Emojis. Es war jetzt Mittagszeit und wenig los auf der Autobahn. In anderthalb Stunden würde ich in Eemshaven sein können. Wenn ich den Wonneproppen noch aus Norden abholen musste, würde es fast doppelt so lange dauern. Vielleicht konnte sie selbst von dort aus nach Holland fahren. Oder sie konnte mir die Adresse von ihrem Freund bei der niederländischen Polizei geben, denn als ausländischer Beamter konnte ich beim Wachdienst nicht gut allein aufkreuzen.

Wiebke war sofort am Apparat, als ich anrief. »Mein Gott, Lukas, du lebst«, freute sie sich. »Ich hatte gestern den ganzen Tag auf dich gewartet. Ans Telefon bist du auch nicht gegangen.« Sie lachte. »Vermutlich hast du dich zu Haus im Bett gut erholt, oder?«

»Nee, leider nicht, ich lag in einer Unfallstation und war länger ohne Bewusstsein. Mein Telefon liegt außerdem irgendwo im Hochwasser-Schlamm, du konntest mich gar nicht erreichen. Mein Auto ist ebenfalls irgendwohin abgetrieben«, erklärte ich. »Aber jetzt bin ich wieder einigermaßen mobil. Du, wir haben wenig Zeit vor dem Wochenende. Können wir uns direkt in Eemshaven treffen? Am besten gleich zusammen mit der holländischen Polizei, deinem Freund, diesem Friesen?«

»Mees de Fries«, korrigierte sie mich. »Betrachte das als erledigt, Lukas. Wir treffen uns auf dem Besucher-Parkplatz vor dem Kraftwerk. Und fahr man bloß vorsichtig!«

Damit war das klar. Vor dem Wochenende würde ich wieder zu Hause sein und konnte mich endlich etwas ausruhen. Hoffte ich.

Die Fahrt nach Eemshaven dauerte fast zwei Stunden; eigentlich hatte ich es in knapp neunzig Minuten schaffen wollen. Aufs Gelände durfte ich nicht so ohne weiteres rauf. Ich musste erst Wiebke anrufen, die Mees de Fries ans Telefon holte. Schließlich stand ich mit meinem Mokka auf dem Parkplatz und hatte riesigen Durst auf einen Kaffee. In der Klinik hatte ich nur Tee bekommen.

Der Grund, weshalb ich es nicht ganz in neunzig Minuten geschafft hatte, waren die Schilder auf Holländisch, die mich verwirrt hatten. Es gab vier Kraftwerke auf der künstlichen Halbinsel, alle von verschiedenen Betreibern. Um diese Kraftwerke – Kohle, Gas und Öl – herum standen ältere und neuere Windkraftanlagen, wie um zu zeigen: Seht her, Erneuerbare können wir auch. Passenderweise hieß die Straße um das Gelände auch noch Synergieweg.

Weitere Schilder hatten mich auf die Terminals hingewiesen, von denen Kreuzfahrtschiffe und eine Fähre nach Borkum abfuhren. Auf den Kais davor und dahinter lagen Teile für Offshore-Windkraftanlagen, die von hier aus verschifft wurden. Der Ort war in der Tat ein Zentrum für Energiewesen.

Vor mir ragten in Blau die Blöcke des Kohlekraftwerkes auf. Das einzige Kraftwerk, das noch mit dieser fossilen Energie arbeitete, und zugleich das größte und neueste hier. Eigentlich war es wirklich ein Unding gewesen, es hier zu bauen. Ich hatte inzwischen nachgeschlagen und geprüft, was der Krabbenfischer mir erzählt hatte. Das Kraftwerk wurde tatsächlich erst ab einem Strompreis von sechs Cent rentabel, und diesen Preis hatte es schon seit vielen Jahren nicht mehr gegeben. Trotzdem hatte der Betreiber es bauen lassen. Vielleicht kriegten die bessere Preise von der Aluminiumhütte, dachte ich.

Hier oben war also ein Energiezentrum Osthollands. Oder das Klo von Holland, wie Harms Hinnerks es bezeichnet hatte. Ich konnte es schon durch die geschlossene Scheibe riechen. Trotzdem stieg ich aus, als ich Wiebke und einen hübschen, langhaarigen Polizisten neben einem Auto stehen sah. Nah beieinander, so als ob sie gerade noch Händchen gehalten hätten.

Der Mann war mindestens so groß wie ich und trug Uniform. Nur echt mit den gelben Streifen, dachte ich. Irgendwie auch schick. Er kam mir entgegen und streckte mir die Hand entgegen. »Hoofdagent Mees de Fries, Dienst Nationale Recherche. Sag einfach Mees.« Er sprach perfekt Deutsch.

Ich stellte mich ebenfalls vor und nahm sein Angebot an, ihn zu duzen.

»Ich weiß so gut wie nichts über das, was ihr hier rausgekriegt habt, Mees. Kannst du mich mal auf Stand bringen?«

Er nickte. »Am besten fahren wir hier mit dem Auto rum, die Erlaubnis habe ich. Die Sache ist nicht ganz so einfach.«

Wir stiegen ein. Mees fuhr als Erstes an den Kai, an dem gerade ein Frachter anlegte. Unter einer gelb-blau-roten Flagge, deren obere Hälfte komplett gelb war. Rumänien? Ich war mir nicht ganz sicher.

»Dieser kolumbianische Frachter entlädt hier die Kohle. Die geht von hier aus über Transportbänder über verschiedene Stationen. Eingangskontrolle, eine Waage, Analyse, solche Dinge. Zum Schluss landet sie auf dem Bunker. Da fahren wir später hin. Wir fahren jetzt mal um das Gelände rum.«

Ich saß vorn neben Mees, Wiebke saß hinten und unterhielt sich auf Holländisch nett mit ihm. Ich sah mir derweil die Umgebung an. Das Gelände war umzäunt, oben auf dem Zaun lief Stacheldraht. Überall standen Lampen, ich ging davon aus, dass das Gelände ständig gut ausgeleuchtet war. Da und dort sah ich Kameras. Gut.

Rechts von uns ragten geometrische schwarze Berge auf: Kohle. Sicher dreißig Meter hohe Hügel. Mees bemerkte meinen Blick. »Hier kommt die Kohle danach hin. Der Kranarm da lagert sie hier ab.« Er zeigte auf eine Stelle weiter vorn. »Und der Portalkran da hinten nimmt sie dann wieder auf, wenn sie gebraucht wird. An so einer Stelle waren die Leute. Das zeige ich euch noch.«

Wir fuhren um eine Ecke. Rings um uns war alles voll mit Windkraftanlagen, man sah den Himmel vor lauter Türmen nicht.

Mees hielt an. »So. Hier war das Loch im Zaun.« Wir stiegen aus, und für eine Sekunde lauschte ich dem *Wuusch-wuusch* der Rotorblätter über mir. »Hier. Das ist jetzt repariert worden, du siehst das an dem helleren Draht. Da war ein Loch von zwei mal zwei Metern reingeschnitten, wo die durch sind. Er zeigte auf ein Betonbauwerk am Deich. »Dort ist der Auslass für das Kühlwasser, wo das Geländer rübergeht. Die sind von dort gekommen und nach da geflohen, das konnten wir rekonstruieren, trotz des Sturms an dem Tag. Die müssen dort ein Boot gehabt haben.«

Wir gingen zwischen den Windkraftanlagen hindurch auf den Damm. Vorstellbar, dachte ich. Mit einem Kutter mit wenig Tiefgang konnte man da durchaus während der Flut vor Anker gehen und mit einer Planke an Land kommen. Oder mit einem Beiboot.

Wir sagten nichts und sahen dem Fährschiff aus Emden zu, das vor uns Richtung Borkum fuhr. Dort war die Fahrrinne, dort musste es tiefer sein. Weit war das nicht, in Wurfweite. Mir kam es immer wahrscheinlicher vor, dass die drei hier an Land gegangen waren. Dafür sprach alles, das Loch im Zaun und die Spuren über die Straße.

Mees sah mich an. »Da habt ihr eure Terroristen. Immer diese deutschen Überfälle auf Holland«, scherzte er.

»Das kann nicht alles gewesen sein, Mees«, warf ich ein. »Okay, die Leute sind hier lang und hatten ihren Sprengstoff dabei. Die wollten hier ein Feuerwerk veranstalten, das haben Wiebke und ich inzwischen auch rausgefunden.« Meine pummelige Kollegin strahlte mich an.

»Trotzdem, die sind dann auch gewaltsam gestorben. Als Erstes hat einer einen Schuss abbekommen. Das möchte ich gern als Nächstes besser verstehen. Können wir zu diesem Wachdienst fahren? Und ist der Wachmann, der geschossen hat, da?«

Mees kratzte sich im Nacken. »Tja. Der war nun gestern den ganzen Tag da und hat auf dich gewartet, Lukas. Der hatte eigentlich frei.« Er hörte auf zu kratzen und grinste. »Ja, er hat heute wieder Dienst. Du willst ihn sprechen, oder?«

Wir fuhren zum Dienstraum des Sicherheitsdienstes. Wir wurden zum Leiter der Wachmannschaft geführt, dem wir erklärten, dass wir nicht die Sicherheitsstandards prüfen, sondern mit dem Wachmann sprechen wollten, der geschossen hatte, einem Jaap van Leeuwen. Wir behandelten den Leiter wie einen Kollegen von der Polizei, was ihm sichtlich gefiel.

Van Leeuwen sprach nur sehr wenig Deutsch. Der Kraftwerksbetreiber und Erbauer war zwar eine deutsche Firma, das Tagesgeschäft betreute allerdings der holländische Partner, auch ein Energieversorgungsunternehmen. Mees übersetzte, als wir den Mann zum Erzählen gebracht hatten. Er hatte das zwar schon mal ausgesagt und es gab auch ein Protokoll, ich wollte trotzdem ein Gespür dafür bekommen, was genau passiert war. Selbst wenn die drei einen terroristischen Anschlag im Sinn gehabt hatten, auch ihr Tod musste aufgeklärt werden.

»Ja. Also, das war so«, begann der Wachmann. »Der Zaunalarm ging an. Das kommt schon mal vor. Da war es Viertel nach elf. Ich bin da dann mit dem Rad hin, das geht schneller. Ich fahre viel Rad, und der Wind kann mir nichts anhaben. Ich fahre ja auch zum Dienst immer mit dem Rad und bin gut trainiert. Aber in so einem Wind wie an Silvester, na ja, da war selbst ich gefordert, wissen Sie.«

Dass er »fietsen«, das holländische Wort für Fahrrad oder Radfahren, gesagt hatte, war auch mir nicht entgangen. »Und dann?«, fragte ich so freundlich wie möglich. Ich wollte heute Abend noch wieder nach Hause.

»Ja, dann war da dieses Loch im Zaun. Richtig groß, mit einer Drahtschere oder einer Flex rausgeschnitten oder so. Also Einbrecher. Ich bin dann abgestiegen, habe meine Waffe gezogen, man weiß ja nie bei Einbrechern, und bin hinterher. Dass da welche kommen, die Kohle klauen wollen, das passiert schon mal. Fischer, Arbeitslose, Besoffene hatten wir auch schon mal.«

»Haben Sie die gesehen? Ich meine, da sind doch Lampen, Straßenlaternen. Und was ist mit Kameras? Gibt es welche?«

Der Mann drehte den Kopf zur Seite. »Kameras? Ja, wir haben welche. Aber nicht da. Also, ich bin dann ins Gelände, und dann sah ich die da in der Nähe des Kraftwerks, auf der Kohle, ganz oben drauf. Ich meine, das ist doch gefährlich, das ist weiches Material, da kann man einsinken, und hoch ist es doch auch. Ich habe dann gerufen, halt, kommen Sie da runter, Sie dürfen da nicht rauf, runter sofort, in der Art. Ganz genau weiß ich das nicht mehr. Aber so in der Art.«

»Auf Holländisch?«, ließ ich nachfragen. »Natürlich«, übersetzte Mees. Wiebke machte sich Notizen und schnitt das Gespräch mit.

»Und? Haben die Sie verstanden? Oder geantwortet? Was war dann?«

Der Mann war jetzt ganz aufgeregt, er stand auf und lief im Zimmer herum, während er sprach. »Die haben mich schon verstanden, denke ich, oder einer von denen. Einer rief mir zu, auf Platt, dass ich mich verpissen soll, wenn mir mein Leben lieb ist. Er hat dann so eine dicke Pistole gezogen und mir gedroht. Also nicht mir direkt, sondern er hat damit in die Luft gezeigt und gewackelt. Und noch mal gesagt, dass ich mich verpieseln soll, und zwar sofort.«

Er blieb stehen und wischte sich Schweiß von der Stirn. »Die sind noch ein paar Schritte weitergegangen, mit ihrem Gepäck, das mir erst dann aufgefallen ist. So mit Tragestangen über den Schultern, wie so Wasserträger von früher. Ich habe dann gerufen: Halt, oder ich schieße. Ich darf das, seitdem wir immer diese Demonstrationen hier haben. Natürlich hätte ich nie auf einen Menschen geschossen.«

Jaap van Leeuwen seufzte und setzte sich wieder. »Irgendwas haben die da gemacht. Zwei haben ihr Zeug da irgendwie abgeladen oder so und mich völlig ignoriert. Richtig sehen konnte ich gar nicht, es war ja dunkel auf dem Kohlehaufen, die hatten so dunkle Sachen an, und im Regen kam das Licht von den Straßen und vom Kraftwerk gar nicht richtig durch.«

Er wischte sich erneut die Stirn. »Ich bin abgestiegen und habe dann in die Luft geschossen. Viermal. Als Warnung. Das habe ich alles schon zu Protokoll gegeben. Die Waffe wurde mir auch abgenommen und untersucht. Die Leute sind dann abgehauen, einen haben sie gestützt, einer hat noch was getragen.«

Dem Mann trat eine Träne ins rechte Auge. Mees hatte erzählt, dass er mal Polizist gewesen war, im Dienst zu trinken angefangen hatte und dann beim Wachdienst gelandet war. Irgendwie tat er mir leid.

»Zeigen Sie mir das mal«, verlangte ich. »Wie Sie viermal in die Luft geschossen haben.«

Er nickte und stand wieder auf, die Hand hoch in die Luft gestreckt. »Also etwa so. Peng!«

Er tat so, als ob er schösse, seine Hand flog dabei nach hinten. Er brachte sie wieder nach vorn und schoss erneut. »Peng!« Eins fiel mir bei seiner Vorführung auf, und ich sagte ihm das.

»Herr van Leeuwen, ist Ihnen aufgefallen, dass Sie Ihre Hand nach jedem Rückstoß weiter nach vorn gebracht haben als beim Schuss davor? Beim letzten haben Sie nicht mehr auf zwölf Uhr gezielt, sondern auf halb zehn oder zehn.« Ich zeigte ihm, was ich meinte. »Beim letzten Schuss könnten Sie parallel zum Hang des Kohlehügels geschossen und den Mann getroffen haben.«

»Ich darf meinen Job nicht verlieren«, sagte er leise. »Ich habe doch nur nach Vorschrift gehandelt.«

»Gegen Sie richten sich die Ermittlungen doch im Moment gar nicht, soweit ich weiß«, beruhigte ich ihn. »Das kann passieren, dass sich die Schussbahn beim mehrmaligen Schießen so verändert. Eine Absicht unterstellt Ihnen auch niemand. Trotzdem, fahrlässige Körperverletzung könnte dabei schon rauskommen. Das liegt in den Händen meiner Kollegen hier.« Ich nickte mit dem Kinn zu Mees, der meine Worte übersetzte.

»Da Sie mit einer Waffe bedroht worden sind, würde ich mir darüber keine großen Sorgen machen, aber das ist meine private Meinung.«

Er seufzte.

Wiebke sagte etwas auf Holländisch zu ihm, und er musste grinsen. Jetzt schien er wieder der Alte zu sein.

»Haben Sie die Männer verfolgt?«, fragte ich weiter.

»Ja, natürlich«, übersetzte Mees. »Die haben zwei Säcke fallengelassen und sind mit dem Rest getürmt, zurück durch das Loch im Zaun. Ich war mit meinem Rad vorher da und wollte die aufhalten. Ich habe mich vor das Loch gestellt und *halt!* gerufen. Aber die haben mich einfach umgestoßen. Als ich mich wieder aufgerappelt hatte, waren die schon weg.« Er zeigte mir seine aufgeschürften Handflächen.

»Ich bin dann auf den Damm hoch, habe aber nur noch einen Motor gehört. Sehen konnte ich nichts, das Licht von den Straßenlampen auf der anderen Seite hat mich geblendet. Ich bin dann zurück und habe den Vorfall gemeldet.«

Jetzt griff Wiebke auch ins Gespräch ein. Mir zuliebe stellte sie ihre Fragen auf Deutsch und dann auf Holländisch. »Jaap, diese Säcke. Die die fallengelassen haben. Hast du die geborgen, oder wer? Wo sind die jetzt? Können wir die sehen? Was war da drin?«

Eine Frage nach der anderen, dachte ich, nicht alle auf einmal, Wiebke. Den Wachmann hatte das nicht irritiert, er antwortete.

»Na ja. Ich bin also zurück ins Büro. Da musste ich erst jemanden finden, die waren alle auf der Silvesterparty oben und haben da aufgepasst. Das hat so zwanzig, dreißig Minuten gedauert, bis ich wieder mit einem Kollegen unten war. Ich habe ihm erst das Loch im Zaun gezeigt und dann die Säcke. Die lagen jetzt aber nicht mehr oben auf der Kohle, sondern unten. Vielleicht sind sie runtergerollt oder was. Die haben wir dann in unser Büro geschleppt, die waren ganz schön schwer, die Dinger. Wir hätten uns besser ein Cargobike geholt, das haben wir ja. Aber wir haben es auch so geschafft. Ach ja, vorher hatte ich vorschriftsmäßig meine Waffe abgegeben, weil ich ja damit geschossen hatte. Dann habe ich mich hingesetzt, ich musste ja einen Bericht schreiben. Die anderen haben oben weitergefeiert, da war ganz schön was los. Ich hatte ja sowieso Nachtschicht.«

»Können wir die Säcke sehen?«, fragte Wiebke weiter. Das hatte er noch nicht beantwortet.

»Die liegen bei uns auf der Wache«, sagte Mees. »In der Asservatenkammer, zur Beweismittelsicherung.«

»Die müssen wir uns dann als Nächstes ansehen«, sagten Wiebke und ich wie aus einem Mund. »Nachher«, fuhr ich fort. »Was war das für eine Party, von der Sie sprachen, Herr van Leeuwen? Wie viele Leute waren da, und wer war das? Hat von denen womöglich einer was mitgekriegt?«

»Na ja, so eine Silvesterparty eben«, erklärte er. »Um die zweihundert Leute, Deutsche, Holländer, hauptsächlich von den Betreibern, und viele eingeladene Gäste. Richtig was los. Nur ohne Feuerwerk, wegen der Kohle. Aber sonst? Mein lieber Scholli«, übersetzte Mees. Ich fragte mich, wo er diese Redewendung wohl aufgeschnappt hatte, und wie das auf Holländisch hieß.

»Wo war das? Gibt es da Fenster nach draußen, kann man von dort aus die Kohlebunker sehen?«

Jaap schüttelte den Kopf. »Nee. Das ist eine Industrieanlage, es gibt da einen großen Raum, wo die Party war, der hat aber ganz hohe Fenster, also oben an der Wand, da kommt tagsüber Licht durch, raussehen kann man da nicht. Glaube nicht, dass da einer was gesehen oder gehört hat. Die waren doch alle am Saufen, Tanzen und Flirten und haben nix mitgekriegt.«

Der Mann schluckte. Die verbrieten da oben die Verluste, die das Kraftwerk machte, in Saus und Braus, und er musste unten sitzen, Säcke schleppen und Kohlediebe verfolgen, sagte sein Ausdruck. Nur weil er mal einen über den Durst getrunken hatte und bei der Polizei rausgeflogen war.

»Was ist mit der Kameraüberwachung?«, wollte ich wissen. »Sind die Aufnahmen noch da? Können wir die sehen?«

Mees antwortete direkt. »Die haben wir schon eingesehen. Die Kameras waren zu weit weg. Wir haben nichts gefunden, aber auch gar nichts. Wir haben uns das dreimal angeschaut, mit drei Leuten. Ihr könnt aber gern noch mal kucken.«

Ich schüttelte den Kopf. Das würde nichts bringen. Dann waren wir hier wohl durch, dachte ich.

»Sie haben sicher schon mitbekommen, dass Sie einen der Männer getroffen haben, Herr van Leeuwen.« Einen hatte ich noch. »In die

Leber. Daran ist er nicht gestorben, ich denke, das wird Sie erleichtern. Obwohl der Schuss auf die Dauer auch zum Tode hätte führen können. Der Mann hat anschließend schwere Verbrennungen erlitten und ist dann ertrunken. Können Sie sich vorstellen, wie das passiert sein kann?«

»Das tut mir leid.« Der Wachmann sah zu Boden. »Das wollte ich nicht, dass da jemand stirbt.« Er sah wieder auf und mir direkt in die Augen. »Was dann passiert ist, echt keine Ahnung. Tut mir leid.«

Der Mann log nicht, das sah ich ihm an.

Wir ließen uns noch den Raum zeigen, in dem die Party stattgefunden hatte. Es war ein großer, leerer Betonsaal, in den später neue Transformatoren und Schaltanlagen kommen sollten, wenn die Anlage auf neue Brennmaterialien erweitert werden sollte. Wir bedankten uns und verließen den unwirtlich erscheinenden Ort. Auf dem Weg nach draußen lief uns ein Techniker über den Weg, dem ich ein paar Fragen stellen wollte. Mees hielt ihn für mich auf.

»Was würde passieren, wenn im Kessel eine kleinere Explosion erfolgen würde, sagen wir mal, mit hundert Kilo Schwarzpulver?«, fragte ich, nachdem wir uns vorgestellt hatten.

Der Techniker lachte. »Gar nichts. Das ist ein sogenannter ultrasuperkritischer Kessel, der kann in Sekunden von null auf hundert hochgefahren werden und auch genauso schnell wieder runter. Der ist dafür konzipiert, die Schwankungen aus der Windindustrie zu kompensieren. Wenn der Wind nachlässt, rumms, fährt der Kessel hoch. Das ist neueste Technik, mein Herr. Der steckt Druckschwankungen weg wie nichts. Dem kann so schnell keiner was.« Der etwas korpulente Mann strahlte, als ob er den Kessel selbst geboren hätte.

Also hätte die Aktion wohl gar nichts gebracht, schloss ich daraus. Das Pulver und die Mühen wären einfach verpufft.

»Noch was. Wo kommt die Kohle eigentlich her, die Sie hier einsetzen?«, fragte ich nach.

»Hauptsächlich aus Kolumbien. Manchmal auch aus Australien.« Das hatte ich mir schon gedacht. Wieder hatte sich ein Kreis geschlossen.

Mir war noch etwas anderes aufgefallen. Die Leute von Greenpeace hatten es verstanden, das Kraftwerk als das allerletzte Übel darzustellen, sehr glaubhaft. Aus der Sicht des Technikers sah das nun ganz anders aus. Da stand dieses freundliche Kraftwerk nur dazu da, damit die Windkraft besser funktionierte. Wie der eigene Standpunkt doch die Sicht auf die Dinge veränderte, dachte ich.

Bei dem Wort Windkraft klickte etwas im Klapparatismus zwischen meinen Ohren. Ich wusste nur nicht, was.

Wiebke zupfte mich am Ärmel. »Schlaf nicht ein, Lukas. Wir wollen auf die Wache, und du wolltest doch heute noch zu Hause sein, oder?«
Knapp zwanzig Minuten später waren wir auf der Polizeistation von Uithuizen, die für Eemshaven zuständig war. Mees führte uns zur Asservatenkammer, und nachdem wir etwas unterschrieben hatten, durften wir rein. Die beiden Säcke standen ganz hinten in einer Ecke eines Sonderraumes, wo sie nichts schmutzig machen konnten. Und wo keine Explosionsgefahr bestand.
Ich nahm mir Handschuhe aus meiner Jackentasche und zog sie an. Sicher ist sicher, selbst wenn alles voller Kohlenstaub war. Die Säcke waren mit einem Seil verbunden, das sich leicht öffnen ließ. Viel zu leicht, fand ich. Wie schnell hätten die drei das verlieren können. Seitlich waren tatsächlich Reißverschlüsse an den schwarzen Säcken, wie Harms Hinnerks berichtet hatte.
Als ich das Seil entfernt hatte, staunte ich nicht schlecht. Oben auf dem schwarzen Pulver kuckte etwas heraus. Etwas mit einer Zündschnur. Silvesterknaller zum Entzünden? Aber das passte doch nicht, dachte ich. Die wollten das doch nur auf der Kohle verstreuen, nicht entzünden. Oder hatte Harms Hinnerks mir Quatsch erzählt?
Ich zog den Knaller vorsichtig heraus. Es war ein richtiger Knaller. Einer, den man nicht im Baumarkt bekam. Eine Stange Dynamit. Dann noch eine. Und noch eine. Im zweiten Sack nicht anders. Auch dort steckten zwei Stangen Dynamit im Schwarzpulver. Das hätte dann doch einen anderen Knall verursacht. Wenn in allen Säcken so viel Dynamit gesteckt hatte, dann wäre das Kraftwerk wohl doch massiv in Mitleidenschaft gezogen worden. Mit dem Zeug sprengte man anderswo Felsen.
Harms Hinnerks hatte nichts von Dynamit erzählt. Hatte er mir Wesentliches verschwiegen? Dann hatte er sich mitschuldig gemacht.
»Wenn ihr davon Fingerabdrücke genommen habt, hätte ich die gerne, für alle Fälle«, bat ich Mees. »Lässt sich das machen?«
Mees nickte und gab entsprechende Anweisungen. Das hatten wir.
»Ich denke, wir sind hier durch, Wiebke«, ließ ich meine fröhliche Begleiterin wissen. »Das erklärt vielleicht alles. Wenn die an Bord des Kutters an eine Zündschnur gekommen sind, wenn einer sich eine angesteckt hat oder so, dann macht das jetzt alles Sinn. Die sind eilig geflohen und haben nicht mehr richtig aufgepasst.«
»Na siehst du«, strahlte sie. »Dann haben wir das ja aufgeklärt, ich und du!«
Mees de Fries brachte uns zur Tür. Wir waren ja jeder mit einem eigenen Fahrzeug hergekommen, er brauchte uns nicht zurückzufahren.

Irgendwas klackerte noch durch meine Gehirnwindungen und machte dort Wind.

Wind. Windmühlen. Windkraft. Ich kam nicht drauf.

Als ich gerade aufgeben wollte, war der Gedanke da, trotzig, als ob er sagen wollte: *Mensch, wenn du mich nicht findest, muss ich mich eben selber melden.*

Windkraftanlagen hatten ihre eigenen Überwachungskameras. Mir war schleierhaft, warum mir das nicht früher eingefallen war. Es gab immer wieder Vandalismus, Leute, die die Anlagen beschädigen wollten, die etwas klauen wollten, oder die einfach nur Kunst im Sinn hatten, in Form von Sprühflaschen. Das alles fanden die Betreiber nicht so toll, deshalb waren fast immer auch Überwachungskameras an den Anlagen.

Die Windmühlen standen im ganzen Hafen. Überall, nicht nur um das Kohlekraftwerk herum.

»Warte, Wiebke. Ich habe da so ein Gefühl.«

»Ich habe schon einen Freund«, lächelte sie.

»Nein, das meine ich nicht«, sagte ich. »Die drei Leute waren auf der Flucht, sie hatten noch Säcke über den Schultern und womöglich auch noch auf dem Kutter. Sie mussten einen Verletzten stützen und ihn aufs Boot bringen. Es kann sein, dass sie nicht aufgepasst haben, dass er vielleicht vor dem Tod noch eine letzte Zigarette wollte. Oder so was. Nur dass ich nicht daran glaube. Mein siebter Sinn sagt mir, das wäre denen nicht passiert.«

Sie legte den Kopf in den Nacken. »Hm. Weißt du, ob dieser Fokko Ahrens geraucht hat?«

»Gute Frage«, fand ich. »Ruf doch mal bei Luise Willms an. Du konntest doch gut mit der.«

Wiebke tat das. Währenddessen googelte ich, wer der Betreiber der Windmühlen im Hafen war. Es waren mehrere, nicht nur eine Firma. Blöd.

»Der hat sein ganzes Leben lang nicht geraucht«, teilte mir Wiebke mit.

»Hör zu. Wenn mich mein Gefühl nicht täuscht, haben wir irgendwas übersehen. Der Tatort lag ja außerhalb des Kamerabereiches des Kraftwerks, nicht?«

Sie nickte.

»Aber nicht außerhalb der Sichtweite der Kameras in den Windkraftanlagen«, grinste ich. »Eine davon steht direkt dort am Auslass vom Kühlwasser. Mit etwas Glück finden wir da was.«

Wir gingen wieder rein zu Mees, der gerade Feierabend machen wollte. Wiebke erklärte ihm gleich direkt, was wir wollten.

»Das weiß ich«, freute er sich. »Es gibt nicht weit von hier eine Leitzentrale für die ganzen Windräder, die sammeln da alle Daten, wie bei anderen Kraftwerken auch. Wollt ihr da hin?«

Wir nickten beide heftig. So viel Holländisch verstand ich auch noch.

»Okay. Lasst mich da vorher anrufen.«

Die Leitzentrale lag in Groningen, eine halbe Autostunde entfernt. So langsam sah ich meinen Tag dahinschwinden. Es wurde immer später.

Wir fuhren wieder Kolonne. Schließlich wollten wir anschließend alle zu anderen Zielen.

Die Leute dort waren verständlicherweise nicht begeistert über unseren Besuch. Sie hatten drei Tage Sturm hinter sich, mit extremen Windstärken und vielen Überwachungs- und Wartungsarbeiten. Etliche hatten vierundzwanzig Stunden am Stück gearbeitet und sahen auch so aus. Eine junge Ingenieurin, die deutsch sprach, nahm sich unser an. Wiebke erklärte ihr, dass wir einem Mörder auf der Spur waren und die Aufzeichnungen sehen wollten. Das machte Eindruck.

»Nicht alle Anlagen haben Kameras, das ist heute nicht mehr unbedingt nötig«, gähnte die Frau. »Aber wir haben schon noch etliche in Betrieb, auch und gerade in Eemshaven. Bei dem Fährbetrieb und den vielen Leuten dort im Hafen weiß man nie.«

»Und? Können wir die sehen?«, flötete ich so höflich ich konnte.

Sie sah mich an, als ob sie eine Inschrift auf meiner Schädelinnenseite lesen wollte. Fast durch mich hindurch.

»Tja. Das ist schlecht. Wenn nichts vorfällt, werden die Aufzeichnungen nach zwei Stunden wieder automatisch gelöscht. Wir sehen das ja online, ob da was vorfällt oder nicht.«

»Und Silvester? Hatten Sie da auch Party, oder kann es sein, dass jemand mal nicht aufpasst? Was machen Sie dann?«, fragte Wiebke.

Mees tippte ihr auf die Schulter. Er wollte nach Hause. Der Wonneproppen sah mich fragend an. Ich nickte. Mees nickte freundlich zurück und zog ab.

Die Ingenieurin war fertig mit Überlegen. »Von wegen Party. Wir hatten Volllast, wir mussten höllisch aufpassen, dass uns die Pitchsysteme und die Bremsen nicht verrecken«, berichtete sie. »Da haben Sie alle Augen auf den Bildschirmen.«

Ich stellte mir das gerade vor. Vielleicht konnte man Spinnen für solche Jobs trainieren, schoss mir durch den Kopf. Die hatten acht Augen. Bienen immerhin noch fünf. Mein Fahrlehrer fiel mir auch noch ein. Der hatte gesagt, ich solle immer ein Auge auf der Straße halten. Mir hatte immer ein Bild vorgeschwebt, wie ich dann mein eigenes Stielauge überrollte, das ich auf die Straße hielt.

Die Frau sah mich fragend an. Ach ja. Ich hatte gerade mit ihr gesprochen.

»Dann gibt es für Silvester keine Aufzeichnungen mehr?« Ich sah meine letzte Hoffnung dahinschwinden.

Sie zog eine Schnute und lutschte an ihrer Oberlippe. »Hm. Da muss ich nachfragen, ob es ein Backup gibt. Und wenn ja, für wie lange. Moment.«

»Warum willst du das eigentlich alles wissen?«, fragte Wiebke mich. »Der Fall ist doch klar.«

»Mein siebter Sinn«, sagte ich gedehnt.

»Vielleicht solltest du damit zum Verkehr gehen«, schlug sie vor. »Da gab es doch mal eine Sendung, die so hieß, hat mir mein Vater erzählt.«

»Nee, echt. Wir haben da eine Lücke im Ablauf, etwas, das wir noch nicht verstehen. Das passt mir nicht. Irgendwas war da noch.«

Wiebke zuckte mit den Achseln, während die Frau zurückkam. Ich sah auf ihr Namensschild, das an ihrem Busen steckte.

»Und, Frau Hundertmarck, wie sieht es aus?«

»Sie könnten Glück haben«, meinte sie. »Bei über zehn Metern Windgeschwindigkeit pro Sekunde zeichnen wir alles auf, für eine Woche. Falls etwas bricht, brennt oder sonst wie rummuckelt. Und wir hatten Beaufort zehn, also fünfundzwanzig Meter pro Sekunde. Das ist die Geschwindigkeit, bei der wir abregeln müssen. Alles darüber wird kritisch.«

»Da haben wir mit dem Sturm ja noch mal Glück gehabt«, fand ich.

»Wenn Sie so wollen«, fand sie. »Kommen Sie. Ich zeige Ihnen das.«

Das wird jetzt ein Spaziergang, hatte ich anfangs gedacht. Dann sah ich die erste Viertelstunde lang einen Flügel nach dem anderen durchs Blickfeld sausen und sonst nicht viel, außer Regen und Plastiktüten und anderen flugfähigen Dingen. Mir tat bereits der Kopf weh.

»Gibt es da keinen Vorlauf?«, fragte ich Frau Hundertmarck.

»Ach so, natürlich. Ich dachte, Sie wollten das alles genau sehen. Moment.«

Jetzt war es an Wiebke und mir, uns entnervt anzusehen. Warum nicht gleich so. Wir beschlossen, uns aufzuteilen. Jeder sah sich die Aufzeichnungen aus dem fraglichen Zeitraum an. Von 22 Uhr bis Mitternacht. Auch im Schnelllauf brauchten wir für jede Mühle eine halbe Stunde.

Nach einer Weile kam die Ingenieurin zurück und hatte noch etwas für uns. Wir könnten uns das auch im Splitscreen-Modus ansehen, mit vier Bildern auf einmal.

Der nächste Grund, uns entnervt anzusehen.

Eine Stunde später rief Wiebke »Halt!« und drückte auf einen Knopf. Sie hatte etwas gesehen. Ich drückte bei mir auf Pause und ging zu ihr hinüber. Sie hatte die Maschine erwischt, die neben dem Kühlwasserablauf stand. Da hätten wir gleich schauen sollen, schalt ich mich.

Wiebke schaltete ein Bild auf groß, spulte zurück und sah mich an. »Jetzt schau mal.«

Das Bild war schlecht, es war dunkel, der Regen schien horizontal zu fallen, und doch war zu erkennen, was sich tat. Drei Männer mit Stangen und Säcken kamen ins Bild gehastet. Vage war der Umriss eines Bootes zu erkennen; die Anlage wackelte im Sturm, das Auge konnte der Bewegung kaum folgen. Ein dunkles Wackelbild im Schnee, und doch sah man, dass die drei sich am Zaun zu schaffen machten.

Dann kam eine Weile nur Gewackel, und Wiebke stellte auf Fast Forward. Als wieder etwas ins Bild kam, stellte sie auf Zeitlupe.

Eine weitere Person kam ins Wackelbild, anscheinend mit einer Mütze bekleidet und auf einem Fahrrad. Der Wachmann. Man sah die Figuren nur von oben, wie in einem billigen Handyspiel, keiner schaute nach oben zur Kamera. Erkennen konnte man niemanden, nur erahnen.

Der Neuankömmling inspizierte das Loch im Zaun und radelte wieder davon.

Wiebke drückte auf *Fast Forward*, dann stoppte sie und stellte auf langsam.

Die drei kamen zurück. Zwei hatten keine Tragestangen mehr auf den Schultern, dafür hatte der dritte Mann jetzt zwei davon, je links und rechts. Er ruckelte als erster durchs Bild. Der zweite Mann stützte den Dritten, jedenfalls gingen sie dem Anschein nach sehr eng zusammen.

Parallel erschien der Radfahrer wieder. Er schien sich zu beeilen, vor den dreien am Loch im Zaun zu sein. Wie beschrieben wurde er umgestoßen und blieb liegen. Während die drei den Damm hochkletterten, stand er langsam wieder auf, klopfte sich die Klamotten sauber, sah dem Anschein nach Richtung Damm und fuhr wieder weg. Seine Sicht reichte nur bis zum Deich, unsere schloss alles dahinter mit ein.

Die drei bestiegen mit Mühe ihr Boot, das sich jedoch nicht in Bewegung setzte. Ob Kroll und Wessels Ahrens medizinisch versorgen wollten?

»Warte noch, ich will sehen, ob sie abfahren oder ob schon hier etwas passiert ist«, bat ich Wiebke. Die nickte und stellte wieder auf Vorlauf.

Am Boot tat sich nichts. Weder bewegte es sich, noch explodierte es. Ich wollte schon aufgeben, als sich plötzlich und sehr schnell ein Auto, also eine längere helle Fläche aus drei Teilen, ins Bild schob. Es hielt an, eine Tür öffnete sich, wenn wir das richtig deuteten, und ein Mensch stieg aus. Er blieb stehen, ging in jede Richtung ein paar Schritte und bewegte sich dann Richtung Damm. Auf der Krone verharrte die Person. Aus dem kleinen Kreis, aus dem vorher immer längliche Teile herausgekommen waren, die Arme und Beine beim Gehen und Armeschlenkern, kamen nun zwei parallele Teile; die Arme? Es blitzte. Die Person hatte offenbar ein Foto gemacht. Auf dem Boot war keine Reaktion zu erkennen.

Dann bewegte sich das dreiteilige Rechteck wieder, die Person, die das Foto gemacht hatte, wendete und fuhr zurück.

»Davon hat uns Jaap nichts gesagt«, kommentierte Wiebke. »Oder er hat das nicht mitgekriegt, dass da noch jemand war.«

»Hatte das Auto Licht an? Kann man das sehen? Spul mal bitte zurück.«

Sie tat das, bis das Auto erneut ankam. Es war hell, wenn es unter den Lampen durchfuhr, und dazwischen dunkel, ohne Lichtkegel davor. Der Fahrer oder die Fahrerin hatte das Licht ausgeschaltet.

»Dann hat van Leeuwen das vielleicht gar nicht gesehen, wenn er gerade auf der Kohlenhalde war«, schloss ich daraus. »Ruf ihn doch bitte noch mal an, Wiebke.«

Sie hatte seine Nummer und tat das. Ich sah mir währenddessen das Video weiter an. Es dauerte eine geraume Weile, bis jemand die Planke einzog und der Kutter losfuhr. Vermutlich hatten die beiden anderen Fokko Ahrens so weit stabilisiert, dass er transportfähig war. Gesehen hatten wir davon jedoch nichts, weder Binden noch Pflaster noch Einstichstellen von Spritzen. Vielleicht hatten sie ihm auch nur die Beichte abgenommen, wenn er gläubig war. Er hatte auf jeden Fall noch gelebt.

»Jaap meint, kann sein, muss nicht, da fahren immer irgendwelche Autos lang«, ließ Wiebke mich wissen.

Ich hatte mit dem Handy ein Foto an der Stelle des Videos gemacht, als das Auto am besten zu erkennen war. »Kannst du erkennen, was das für ein Auto ist?«, fragte ich die fröhliche Frau neben mir.

»Hm. Mercedes Baujahr 2011, Wuppertaler Kennzeichen mit einer Sieben hinten, Klorolle und Wackeldackel im Fond, Außenspiegel rechts leicht verschmutzt, und Fliegenschiss auf der Stoßstange ...«, zählte sie auf. »Nee.«

Ich vergrößerte das Bild etwas. »Vorne ist er sehr hell. Vermutlich weiß oder cremefarben. Dann kommt die Frontscheibe, muss ja. Dann was Dunkles. Entweder ein Verdeck, oder eine dunkle Lackierung, oder ein Panoramaglas. Dann wieder Glas und hinten hell.«

»So sehen aber viele aus«, fand sie. Zu Recht. Das brachte noch nichts.

»Wir müssen sehen, was für Autos vor dem Kraftwerk standen, vor und während der Party«, schlug ich vor. »Wir müssen da noch mal hin.«

Wiebke rief Mees an, der rief den Chef von Jaap van Leeuwen an, und der versprach ihm, die Bilder und Videos vorzubereiten. Mees rief zurück und erzählte es Wiebke, die es mir weitergab. »Chinese fluistert«, grinste sie.

»Wie? Das gehört einem Chinesen?« Ich konnte das gar nicht glauben.

»Nee. Das ist Holländisch für *Stille Post*«, erklärte sie mir und lachte laut los.

»Gibt es vielleicht auch noch eine Gästeliste von der Party, die wir einsehen können?«, fragte ich sie.

Das chinesische Flüstern ging weiter. »Vielleicht. Kommt die Sicherheitstruppe aber nicht ran, das liegt beim Management. Von denen ist keiner mehr da. Wochenende.«

Ich sah auf meine Uhr. Es war schon nach fünf Uhr nachmittags. Draußen war es bereits dunkel.

»Steht vor dem Parkplatz vielleicht eine dieser Windkraftanlagen?«, fragte ich Frau Hundertmarck, die sich etwas weiter weg von uns an einen Tisch gesetzt hatte und einen Kaffee trank. Ich musste schlucken. Ich hatte seit Ewigkeiten nichts mehr getrunken, und Kaffee schon seit Äonen nicht mehr.

»Können wir auch Kaffee haben?«, fragte ich. »Ich bin am Verdursten, Wiebke sicher auch.«

»Oh, sorry«, sagte die Frau. Sie sprang auf, lief raus und rief jemandem etwas auf Holländisch zu. »Kommt gleich. Zusammen mit etwas Gebäck. Tut mir leid, hätte ich dran denken können.«

In Ostfriesland hätte ich längst einen Tee vor mir stehen gehabt, dachte ich.

Wiebke hatte inzwischen selbst nachgesehen. »Nee, Lukas. Jeweils links und rechts vom Parkplatz, aber zu weit entfernt. Sorry.«

Mist, dachte ich. Dann brauchten wir die Aufnahmen vom Kraftwerk selbst.

Der Kaffee kam. Das war schnell gegangen, ein paar Donuts gab es auch.

»Jetzt machen wir Pause, Wiebke. Lass den Jungs ruhig etwas Zeit. Das Koffein muss erst mal in meine Synapsen eindringen, ich kann langsam nicht mehr geradeaus denken, und sehen schon gar nicht, nach all dem Geruckel und Geflimmer.«

KAPITEL 11

HABEN WIR DICH!

Brachte das eigentlich was mit dem Auto, fragte ich mich. Vom Fotoblitz war der Kutter schließlich nicht hochgegangen, er war heil davongefahren. Ich lehnte mich zurück; der Kaffee und etwas zu essen hatten mir gutgetan. Was war passiert?

Im Geiste legte ich einen Schalter um und war jetzt der Typ oder die Frau im Auto. Ich hatte das irgendwie mitgekriegt, dass da was los war, und hatte gesehen, dass die auf ihrem Boot waren, bereit, jede Minute abzudampfen.

Ich fuhr zurück. Warum? Vielleicht um Meldung zu erstatten. Das hätten wir erfahren, dachte ich. Vielleicht hatte ich selbst ein Boot, wollte die Typen zur Rede stellen?

Das war eine Idee. Ich sah mir den Hafen noch einmal auf Google Maps an. In der Tat, da gab es einen privaten Hafen, neben all den industriellen und touristischen Anlegern. Der Ort hieß Emmahaven, eine spielerische Variante von Eemshaven. Dort lagen Rettungskreuzer, ähnlich denen der DGzRS, die ich gut kannte, ich war mal auf einem mitgefahren. Dort lagen aber auch private Yachten und Schnellboote, auch einige Segelboote. Ich stieg wieder aus meiner Vision aus und wandte mich meiner Helferin zu.

»Wiebke, ich checke mal den Hafen. Kannst du in der Zwischenzeit versuchen, Aufnahmen vom Kraftwerk zu bekommen, vom Parkplatz? Vielleicht haben die ja welche.«

Ich selbst sah auf den Bildschirm vor mir, auf dem der private Teil des Hafens zu sehen war.

Praktischerweise standen auch dort zwei Windturbinen, auf die ich jetzt Zugriff hatte. Ich ließ mir von Frau Hundertmarck die Nummern der Anlagen geben und rief aus der Sicherungs-Festplatte deren Aufzeichnungen auf. Das gleiche Spiel, alles wackelte und vibrierte und war von Regen und Schneegestöber gestört wie ein schlechtes Fernsehbild. Inzwischen wusste ich, wie ich damit umzugehen hatte.

Ich legte beide Videos nebeneinander auf den Schirm und ließ sie schnell durchlaufen.

Und dann, Bingo! Ein dreiteiliges Rechteck fuhr erst durch das eine, dann durch das andere Sichtfeld. Als ich das erste Bild anhielt, meinte ich sogar einen doppelt nierenförmigen Kühlergrill erkennen zu können. Ein Auto von den Bayerischen Motorenwerken also.

Das Auto bog ab und hielt vor dem Anleger. Leider war die Aktion recht weit weg von der Windkraftanlage, und eine Person, die ausstieg und irgendwo hinging, konnte ich mehr erahnen als sehen. Ich verfolgte sogar eine Minute lang den falschen Pixeln.

Dann fuhr eines der größeren Boote los und ließ eine Gischtwelle hinter sich. Im Nu war es aus dem Blickfeld verschwunden. Ich schaute wieder auf meine Karte. Rechts und links der Ausfahrt aus dem Hafen standen ebenfalls Turbinen. Die Ausfahrt war allerdings so breit wie zwei Fußballfelder. Das Boot würde hier schon Fahrt aufgenommen haben und noch weniger zu erkennen sein als vorher.

Das konnte ich mir schenken. Nicht aber die genaue Zeit, als das Auto vorbei und das Boot losgefahren war. Die anderen Zeiten bei den Aktionen rund ums Kraftwerk hatte sich Wiebke notiert. Dachte ich.

»Du hast dir die anderen Zeiten doch aufgeschrieben, oder?«, fragte ich sicherheitshalber.

Sie lachte ihr charmantes Lachen. »Und nicht nur das. Ich habe alle für uns interessanten Sequenzen auf einen Stick gezogen.« Sie zog das Teil aus ihrer Handtasche und hob es hoch in die Luft.

»Beim Sicherheitsdienst habe ich angerufen. Fehlanzeige. Keine Aufnahmen vom Parkplatz. Das Management parkt da auch und möchte sich nicht überwachen lassen.«

»Vielleicht brauchen wir das auch gar nicht«, fand ich. »Ich brauche stattdessen den Hafenmeister. Da ist ein Boot rausgefahren, schnell, eine private Yacht oder ein Schnellboot. Das hat vorher am Emmahaven gelegen. Da muss es doch Aufzeichnungen geben.«

Wiebke telefonierte schon wieder. Diesmal auf Englisch; da hätte ich auch selbst drauf kommen können.

»Anmeldungen gibt es auch. Brauchen wir aber gar nicht«, informierte sie mich. »Es gibt das Hafenradar, das erfasst automatisch jedes Schiff und sagt dir genau, wo es liegt und lag. Gib mir mal ungefähr die Zeit und die Koordinaten.«

»Silvester, zwischen elf Uhr und zwölf, Emmahaven, rechter Pier Südseite. Da lagen genau vier Boote. Eines davon ist es.«

Sie telefonierte weiter, freundlich und überzeugend wie immer. Dann hielt sie ihr Handy hoch. »Ich habe die Liste, Lukas«, freute sie sich.

Auf der Liste stach mir ein Name ins Auge, die *Power Queen IV*. Ich zeigte drauf. »Kannst du bei diesem Hafenradar nachfragen, ob die *Power Queen IV* um elf Uhr zweiundvierzig rausgefahren ist?«

Das war der Fall, wie Wiebke sehr schnell herausfand. Jetzt brauchten wir den Besitzer. Den fand man im Schiffsregister, entweder unter Binnen- oder Seeschifffahrt. Das funktionierte ähnlich wie beim

Grundbuchamt; die Frage war nur, wo war die *Power Queen* registriert? Das erfolgte beim Amts- oder Registergericht des Heimathafens. War das so? Ich machte ja neben meiner Tätigkeit noch mein Studium im letzten Semester, als Fernstudium. Über Neujahr und Silvester natürlich nicht, die FHS in Kiel hatte noch zu. Die Registrierungsvorschriften hatte ich gerade vor ein paar Monaten vor der Brust gehabt, die waren mir noch frisch im Gedächtnis.

Ich kramte in meinem Kopf. Und da war es: Ein Schiff über fünfzehn Meter Länge oder mit mindestens zehn Tonnen Verdrängung musste eingetragen werden, die darunter konnten. Das Boot, das ich gesehen hatte, war größer als das gewesen, schätzte ich.

Wo ich schon mal in meinem Kopf unterwegs war, kramte ich weiter. Wenn das jemand von der Party gewesen war, kam das Schiff entweder vom holländischen oder vom deutschen Betreiber. Oder auch nicht, es konnte ja auch ein Politiker oder Freund oder was auch immer gewesen sein. Der BMW sprach irgendwie für einen Deutschen, fand ich. Der Betreiber des Kraftwerkes kam aus Nordrhein-Westfalen. Wer war da zuständig? Die Kölner, die über Jahrhunderte den Verkehr über den Rhein kontrolliert hatten?

Ich sah nach. Nein. Das Amtsgericht Duisburg-Ruhrort. Oder das in Münster. Ich sah auf meine Uhr. Beide Ämter waren um diese Zeit schon geschlossen. Die großen Energiefirmen saßen alle im Ruhrgebiet und Umgebung. Duisburg war somit meine erste Anlaufstelle.

Für Otto Normalbürger gab es jetzt keinen Zugang. Für die Polizei schon, und zwar online. Das ging sogar mit dem Handy. Allerdings nicht mit dem Ersatzteil, das ich in der Hand hatte.

Ich konnte Werner Heim in Essen anrufen. Der war Hauptkommissar beim BKA und kam da locker sofort ran. Ganz im Bilde mit dem Abzählen war ich nicht mehr, wer jetzt wem noch einen Gefallen schuldete; dieses Konto würde sich schon langfristig ausgleichen, dachte ich.

Zehn Minuten später hatte ich meine Auskunft.

Als Besitzer der *Power Queen IV* war ein Heinz-Werner Wichtel aus Essen gemeldet. Er wohnte in einem der besseren Viertel der Stadt, in Bredeney, in der Nähe des Baldeney-Sees. Als Beruf war selbständig/Berater angegeben.

Wo ich schon mal dabei war, sah ich mir mit Wiebkes Hilfe den Mann genauer an. Er besaß in Deutschland drei Firmen. Eine davon schien eine Tochterfirma eines ausländischen Unternehmens mit Sitz in Abu Dhabi zu sein. Die beiden anderen waren Beraterfirmen, alle drei hatten mit Energie und Finanzen zu tun.

Der Mann war unverheiratet, wohnte aber in einer Villa, die gut und gerne zwei Millionen wert war. Ein Auto hatte er sicher auch. Sogar zwei, wie Wiebke nachgeprüft hatte. Einen BMW M4 F8X, ein getuntes Monster, und einen i8, also ein Elektroauto, mit dem er vermutlich bei umweltbewussten Kunden vorfuhr.

Ich sah mir sein Haus auf Google Maps an. Davor stand exakt das Auto, das wir auf dem Wackelvideo gesehen hatten. In der 3D-Sicht von der Seite wurde uns klar, dass dies der M4 war.

Strahlepöter und ich holten uns weitere Kaffees und Donuts und suchten uns eine ruhige Ecke, wo niemand mithörte.

»Was meinst du, sollen wir den gleich anrufen und fragen, was er da gemacht hat, oder wecken wir damit schlafende Hunde?«, fragte ich sie.

Wiebke rührte ihren Kaffee um und goss sich aus einem Plastikbehälter Milch dazu. Dann nahm sie einen kleinen Schluck. »Hm. Was glaubst du denn, was passiert ist? Ich habe noch kein klares Bild von dieser Sache.«

»Versuchen wir das mal in chronologischer Reihenfolge«, schlug ich vor und nahm auch einen Schluck. Der Kaffee war gut. »Also. Die drei gehen an Land, schneiden ein Loch in den Zaun, marschieren auf den Kohlebunker. Gleichzeitig geht ein Alarm los, der Wachmann fietst zum Zaun, sieht das Loch, sucht nach den Leuten und findet sie auf der Kohle. Er schießt in die Luft, sein Arm wird lahm dabei und sinkt immer weiter nach vorn, er trifft Ahrens. Die drei ziehen sich zurück, treffen am Zaun auf den Wachmann, einer haut ihn um, sie gehen aufs Schiff. Der Wachmann fährt zurück, sucht nach Zuständigen und schreibt seinen Bericht.«

Ich kratzte mich am Ohr. Hatte ich was vergessen? »Dann, eine halbe Stunde später, holt er mit einem Kollegen die Säcke. Die lagen nicht mehr oben auf der Halde, sondern unten davor.«

»Sind vermutlich runtergerollt, schwer, wie die waren«, vermutete Wiebke.

»Mag sein. Und da sitzt mir was quer. Hinnerks hatte uns berichtet, und ich fand, es war sehr glaubhaft, dass die nur Schwarzpulver dabeihatten. Aber hier steckten Dynamitstangen drin.«

»Wann war das Auto am Zaun? Wo der Fahrer nach dem Kutter gekuckt hat?«, fragte sich Wiebke. Ich hatte mir gerade dasselbe gedacht. Sie sah in ihre Notizen. »Das war, bevor der Wachmann die Säcke abgeholt hat.«

»Und während er das gemacht hat, oder kurz darauf, ist der BMW zum Emmahaven gefahren und mit der Yacht raus in die stürmische Nordsee. Und das hat der doch nicht ohne Grund gemacht, Wiebke. Bei dem

Wetter, vermutlich noch von der Party alkoholisiert. Und nachdem er gerade den Kutter beobachtet hatte. Da ist was oberfaul.«

Sie nickte. »Finde ich auch. Meinst du, der hat die gefunden und versenkt?«

Ich schnaufte angesichts solcher Wut, wie sie dieser Mann gehabt haben musste. »Möglich wäre das. Vielleicht hat er das mitgekriegt, dass da geschossen worden ist. Ist ja laut, und zu Silvester nicht ungewöhnlich, aber im Kraftwerksbereich verboten. Er ist raus, hat beobachtet, was passiert ist, hat die Säcke gesehen und sie runtergeholt und inspiziert, hat gekuckt, womit die Leute abhauen, einem langsamen Krabbenkutter, ist hin zu seiner schnellen Yacht und hinterher, und auf See hat er die gefunden und gestellt und denen was Brennbares reingeworfen. Eine Silvesterrakete oder ein Böller hätte schon gereicht, um das Schwarzpulver zu entzünden.«

»Und das Dynamit«, warf sie ein.

Ich sah sie mit offenem Mund an. Irgendwie stimmte was nicht.

»Hör zu, Wiebke, ich habe eine Idee. Das Dynamit ist ein neuer Faktor. Das passt nicht rein. Ich meine, klar, das passte schon in den Sack, aber wozu sollte jemand sich die Mühe machen, schwere Säcke mit Schwarzpulver zu schleppen, wenn eine Handtasche voller Dynamit den gleichen Zweck viel besser erfüllen würde? Das ist Nitroglyzerin in Kieselgur, wenn ich mich nicht irre. Das könnte man aus den Stangen pulen und einfach auf die Kohle kippen, genau wie das Schwarzpulver. Macht keinen Sinn.«

Ich merkte, wie ich mich am Ohrläppchen zupfte, wie so oft, wenn ich nachdachte. »Pass auf. Du rufst noch mal im Kraftwerk an, oder bei der Firma, die es gebaut hat, oder beim zuständigen Bauamt oder wer auch immer so etwas wissen könnte. Ich will wissen, ob es auf dem Gelände Dynamit gab, wozu es diente, und wo es lag, wer Zugang dazu hatte, du verstehst schon.«

Die fröhliche Frau zog eine Schnute. »Lukas, es ist Freitagabend, da arbeitet kein Mensch mehr, weder in den Ämtern noch beim Management. Ich will auch langsam nach Hause. Da wartet jemand auf mich.« Sie strahlte wieder.

»Versuch es trotzdem. Ich werde was anderes machen. Jedes Schiff auf See sendet Signale aus, auch die Yacht. Ich hatte mit solchen AIS-Signalen schon mal bei einem früheren Fall zu tun. Ich möchte mir ansehen, ob die beiden Schiffe zur selben Zeit am selben Ort waren. Das käme einem Indizienbeweis schon ziemlich nahe.«

»Mach das«, sagte sie etwas unwillig. »Ich versuche mal mein Glück.«

Ich ging zu einem Mann, den uns Frau Hundertmarck vorher vorgestellt hatte. Er wachte über einen Offshore-Windpark. Ich hatte gesehen, dass er auch auf vorbeifahrende Schiffe achtete, die dem Windpark zu nahe kamen. Jedes Schiff sendete ein Signal aus, AIS genannt, das von Satelliten aufgefangen und verarbeitet wurde. Damit können alle Positionen von Schiffen auf dem Meer verfolgt werden. Ich hatte das in der Tat bei meinem Fall »Nordseekiller« schon mal gesehen, aber so fit, wie ich Wiebke angedeutet hatte, war ich doch nicht.

Der Mann, Fred Heuer, erfüllte mir meinen Wunsch. Er zeigte mir den Bereich um Eemshaven und was dort gerade fuhr. Gerade. Nicht Silvester. Erst nach einer Weile verstand er, was ich von ihm wollte. Ja, historische Daten konnte man aufrufen, das kostete aber. Ob die Polizei das übernehmen würde. Klar doch, versicherte ich ihm, ohne eine Ahnung zu haben, ob das ging.

Nach einer Stunde Suche hatten wir die Daten. Die *Power Queen IV* fanden wir sofort; die *EGMONT II* dagegen nicht. Vermutlich hatten Ahrens und Krull das AIS-System ausgeschaltet, auch wenn das verboten war. Blöd.

Ich sah mir den Weg der *Power Queen* an. Sie war zunächst geradeaus Richtung Nordosten gefahren, und zwar sehr schnell. Dann war sie im Zickzack Richtung Juist weitergefahren. Hatte sie dort nach dem Kutter gesucht? Dann Richtung Memmert, und von da aus nach Süden. Direkt verfolgen konnte sie die *EGMONT* nicht, wenn die ihr AIS ausgestellt hatte. Dann, auf halber Strecke zwischen Memmert und der Leybucht, hatte sie kurz Halt und dann kehrtgemacht und war schnurgerade zurück nach Eemshaven gefahren.

Am Wendepunkt hatte ein anderes Signal zu blinken begonnen, das kein AIS darstellte. Ich fragte Heuer, was das war.

»Ein EPIRB«, erklärte er.

»Ach so«, sagte ich. »Und was ist das bitte?«

»Ein Notrufsignal. Das wird entweder manuell aktiviert oder durch den Wasserdruck, wenn ein Schiff sinkt.«

»Und was passiert dann?« Das musste vom Kutter gekommen sein. Ich war wie elektrisiert. Die Schiffe waren in nächster Nähe zueinander gewesen, und im nächsten Moment sendete der Kutter einen Notruf.

»Das geht dann an andere Schiffe, über ein schwächeres Signal, und an die DGzRS. Wenn möglich, kommen die dann zur Rettung.«

Die Gesellschaft zur Rettung Schiffbrüchiger kannte ich gut. Die hatten mir bei einem früheren Fall sehr geholfen. Da konnte ich später anrufen.

»Die Signale können aber bei so einem Wetter auch falsch anzeigen und verspätet ankommen, so genau ist das nicht unbedingt. Oft passiert gar nichts, oder die Leute kommen zu spät.«

»Dann läge nur noch das Wrack dort unter Wasser«, schloss ich daraus.

»Genau.«

Heuer schrieb mir die genauen Koordinaten auf, druckte ein paar Screenshots aus und zog die Datei auf einen Stick. Das waren jetzt Beweise.

Ich ging zurück zu Wiebke, die genüsslich einen weiteren Donut anbiss. »Ich hab was«, rief ich ihr zu. »Ich auch«, grinste sie zurück. »Ich habe einfach die Wachmannschaft angerufen, die müssen doch da auf alles Gefahrgut aufpassen.«

»Und? Sind übrigens noch Donuts da?«, fragte ich.

»Ja. Sind. Da hinten. Bevor das Ding gebaut worden ist, standen hier alte Betonbauwerke. Die mussten vorher gesprengt werden. Aus der Zeit lagerte hier noch ein Vorrat, den der Sprengmeister zur Sicherheit dagelassen hatte. Der sollte demnächst abgeholt werden und zurück nach Oberhausen in ein Lager gebracht werden.«

Ich pfiff durch die Zähne. »Sieh mal einer kuck. Und wer hatte Zugang?«

Sie grinste, wurde dann aber ernst, fast traurig. »Der Sicherheitsdienst. Da gibt es einen gesicherten Raum hinter dem Büro, für die Waffen. Ich musste Jaap sehr lange gut zureden. Den Schlüssel hat er nämlich stecken lassen, als er raus zum Zaun ist. Das kann ihn den Job kosten. Wir sollen das nicht sagen, wenn es irgend geht.«

Ich überlegte. Wenn Jaap das Lager nicht abgeschlossen hatte, hätte jemand das Dynamit dort entwenden und in die Säcke stecken können. Der Wachmann war vom Loch im Zaun zurück zum Büro geradelt und hatte Meldung gemacht. Anschließend war er zurück zum Kohlebunker geradelt, was ihn zusammen etwa fünfundvierzig Minuten gekostet haben musste. In dieser Zeit hätte jemand ein optimales Zeitfenster gehabt, um das Dynamit zu stehlen und in die Säcke zu platzieren. Das ging. Am besten mit einem sehr schnellen Wagen.

Ich wandte mich wieder Wiebke zu. Klar, sie hatte Mitleid mit dem Mann. Ich war mir trotzdem nicht sicher, ob es möglich war, ihn zu schützen. Der Mann hatte die Verantwortung für die Sicherheit, das war ein schwerer Fehler gewesen. »Wir schau'n mal«, sagte ich diplomatisch. »Seine Hilfe für uns wird sich bestimmt positiv auswirken.«

»Haben wir schon die Fingerabdrücke auf dem Dynamit?«, fragte ich mit vollen Backen.

Sie schüttelte den Kopf, nachdem sie Sinn in mein Genuschel gebracht hatte. »Nee. Kann dauern. Montag frühestens«, vermutete sie.

»Na gut. Läuft uns nicht davon. Ich bin ziemlich sicher, wir werden die von Wichtel finden. Ich denke, wir haben den am Sack, Wiebke. Jetzt müssen wir nur noch zugreifen, was meinst du?«

»Ich würd gern noch was essen, aber nicht nach Essen. Und ich möchte nach Haus«, gähnte sie. Ich sah auf die Uhr. Es war bereits halb elf. So lange hatten wir hier recherchiert?

»Ich würde den jetzt nicht mehr anrufen. Du weckst nur schlafende Hunde, Lukas. Jetzt ist Wochenende. Endlich mal ausschlafen. Der Typ läuft dir doch nicht weg. Und ist nicht mehr mein Job, glaube ich.«

Auch ich konnte ein Gähnen nicht mehr unterdrücken. Sie hatte recht. Es war spät, Lisa wartete auf mich, nach Essen konnte ich jetzt auch nicht gut fahren. Die Polizei respektierte die Nachtruhe, selbst von Verdächtigen. Das war so, weil die Nazis ihre Verdächtigen immer nachts aus dem Bett geholt hatten. So etwas wollte man hier und heute niemals wieder sehen.

»Also gut. Ich fahre nach Haus, meine Frau wartet bestimmt schon auf mich. Morgen ist auch noch ein Tag. Montag auch. Danke dir, Wiebke. Hast du alles sehr gut gemacht, heute. Echt.«

Sie freute sich und machte mir ebenfalls Komplimente. »Und jetzt husch, husch nach Haus«, forderte sie. »Auf mich wartet nämlich auch jemand, der kommt um zwölf von der Schicht. Und vorher will ich mich noch frischmachen.«

Wir bedankten uns bei den Leuten von der Leitstelle, die inzwischen auch einen Schichtwechsel hinter sich gebracht hatten, und gingen zu unseren Autos.

Anstatt anderthalb Stunden später zu Haus zu sein und mich zu meiner schlafenden Schönen ins Bett zu legen, stand ich zwanzig Minuten später vor einer Entscheidung. Die Wassermassen hatten sich an den tieferen Lagen Ostfriesland noch immer nicht zurückgezogen. Durch den steifen und kalten Ostwind hatte sich eine dicke Eisschicht gebildet. Streuen hatte bei einem halben Meter Wasser- oder Eistiefe wenig Sinn. Schlittschuhe müsste man haben, seufzte ich im Geiste.

Was nun? Mit dem Auto übers Eis fahren? Klar, noch vor einem Jahr hätte ich das ohne zu Zögern gemacht. Jetzt entschied ich mich dagegen. Ich fuhr ins Hotel *Frisia* in Leer. Die Stadt lag am Ende eines winzigen Höhenzuges, zehn Meter über dem Meeresspiegel. Hier war es zwar auch kalt, aber wieder trocken. Lisa schickte ich eine Nachricht, legte mich ins Bett und war sofort weg.

KAPITEL 12

EIN ARROGANTES A.

Statt des Orkans hatte das sibirische Tief seine kalte Hand über Ostfriesland gelegt. Lisa und ich telefonierten eine halbe Stunde miteinander; Burmönken selbst war zwar nicht mehr überflutet, aber wer wusste schon, wie es unterwegs aussah. Heute war Samstag, und meine Süße empfahl mir, lieber einen Tag im Hotel zu arbeiten oder gleich über die Autobahn nach Essen zu fahren, um den Übeltäter zu schnappen.

Auch ein Kommissar hatte gern mal ein Wochenende, ich auch. Ich hatte mich während des ganzen Sturms und der Recherche auf meine beiden Kleinen gefreut und auf Lisa und Jackie.

Andererseits hatte hier anscheinend jemand zur Selbstjustiz gegriffen, die potenziellen Attentäter verfolgt und versenkt. Bisher war das nicht mehr als eine glaubhafte Hypothese, untermalt von einigen guten Indizien. Ein Beweis war das noch nicht. Das konnte alles auch noch ein Zufall gewesen sein, eine Koinzidenz vermeintlich verketteter Umstände. So etwas passierte.

Meine Freunde und Kollegen wussten, dass ich nicht an Zufälle glaubte, auch nicht, wenn sie lateinische Namen trugen.

Andere Zufälle gab es durchaus. Dass der Kraftwerksbetreiber und der Berater in einer Stadt saßen, war keiner. Dass mein Mentor und zeitweiliger Begleiter Werner Heim von Interpol in Essen saß und arbeitete, war dagegen schon einer. Einer, der mir gut passte. Denn ein Teil des Geschehens hatte sich in Holland abgespielt, da kam mir Interpol gerade recht.

Meine wenigen Habseligkeiten hatte ich gepackt und war auf dem Weg zum Auschecken. Gefrühstückt hatte ich bereits. Nach Essen fahren, den Übeltäter festnehmen und der Justiz überstellen und dann nach Hause und einen Tag mit der Familie im Bett verbringen, so etwa stellte ich mir den Rest meines Wochenendes vor.

Das Navi sagte mir zweihundertdreißig Kilometer und zweieinhalb Stunden voraus. Während ich Heim anrief und ihn über meine Wünsche informierte, überholte ich mit etwas über hundert einen LKW. Hinter mir blinkte wütend ein BMW auf und küsste mir fast die Stoßstange. Er zuckte nach links und rechts, als ob er da vorbeikönnte. Aber schneller wollte ich nicht fahren, während ich über Lautsprecher telefonierte. Außerdem war die Geschwindigkeit hier auf Hundertzwanzig beschränkt, erst ab Papenburg waren alle Beschränkungen aufgehoben. Der BMW-Fahrer konnte das wohl nicht abwarten.

»Der Drängler hinter mir geht mir auf den Sack«, sagte ich zu Heim. »Der denkt, ich könnte aus dem Weg hüpfen oder was, die Ungeduld in Person. Wenn ich die Bremse nur kurz antippe, sitze ich bei dem im Motorblock.«

»Ruhig bleiben, Nummer merken, anzeigen«, empfahl der ältere Kollege. »Nicht aus der Ruhe bringen lassen, Jansen. Leider werden diese Hitzköpfe nicht weniger.«

Ich hatte den Laster hinter mir gelassen und scherte wieder ein. Der BMW, ein Fünfer, zog vorbei und beschleunigte sofort auf über zweihundert Sachen. Schon saß er viel weiter vorn dem nächsten Fahrer auf der Überholspur im Nacken und zog die gleiche Nummer durch.

»Mein Verdächtiger, Heinz-Werner Wichtel, ist anscheinend auch einer von dieser Sorte«, erzählte ich. »Der fährt einen aufgemotzten M4 und einen i8. Jede Wette, dass der auch so unterwegs ist.«

»Und den wollen Sie jetzt mit meiner Hilfe befragen«, schloss er aus dem, was ich bereits berichtet hatte. »Soll ich uns anmelden?«

»Wohl besser so«, fand ich. »Sonst ist er nachher nicht da. Ich bin auf dem Ostfriesenspieß unterwegs, halte nachher auf einer Raststätte an und schicke Ihnen die Unterlagen zu, die ich habe.«

So beschlossen wir es.

Ich hielt auf der nächsten Raststätte an, nahm mir einen Kaffee und schickte Heim alles, was ich hatte, Karten, Anmeldeunterlagen und Fotos. Was mir noch fehlte, waren die Fingerabdrücke auf den Dynamitstangen. Ich rief Mees de Fries an, der gerade auf dem Weg zum Eishockey war. Er würde sich nach dem Spiel darum kümmern, versprach er. Ich gab ihm Heims Adresse, da sollte er alle Ergebnisse hinschicken. Wenn sie schon da waren. Wenn wir Pech hatten, würden wir die Abdrücke erst am Montag in Händen halten.

Es klingelte. Heim. »Ich habe dort angerufen. Der Mann arbeitet samstags, wir können ihn in seinem Büro besuchen«, informierte er mich. »Fahren Sie gleich dahin, wir treffen uns vor der Tür. Das ist am Bredeneyer Tor, können Sie nicht verfehlen. Ich bringe noch jemanden mit.«

Der BKA-Mann stand tatsächlich bereits vor der Tür, als ich an der exklusiven Adresse eintraf. Er hatte jetzt sogar volleres Haar als vorher. Der Mann machte vielleicht Transformationen durch, dachte ich. Kennengelernt hatte ich ihn als griesgrämigen und hängebackigen Mann in Grau. Bei meinem letzten Treffen mit ihm war er geliftet und hatte angefangen, Sport zu treiben. Jetzt hatte er sogar wieder eine schöne, dunkelbraune und volle Frisur statt des räudigen Mausefells von vorher. Dem Mann tat es gut, Fälle zu lösen.

Er hatte noch einen Kollegen von der Kripo Essen mitgebracht, Oberkommissar Rainer Müller.

Wir schüttelten uns die Hände und gaben uns zwei Minuten für Privates. Müller ging solange eine rauchen.

»Was haben Sie dem Mann bisher erzählt?« Ich wollte zur Sache kommen.

»Wer wir sind, dass wir in einem Todesfall von drei Deutschen ermitteln, die vorher in Holland einen Anschlag verüben wollten, und dass wir ihn als Zeugen befragen wollen«, grinste er. »Gehen wir rein.«

Das Business Center war eines von der Sorte, in denen man kurz-, mittel- oder langfristig Räume mieten konnte – mit komplettem Service, Sekretärinnen, Empfangsdamen, Besprechungsräumen, Bewirtung und allem, was dazugehörte.

Einige Firmen hatten dort allerdings eigene Büros, so auch die von Wichtel, die den größten und besten Bereich im Zentrum einnahm. Die *Wichtel Energy and Finance Consulting Ltd.*, in deren Vorraum wir angekommen waren, hatte einen wunderbaren Blick auf den See und auch auf die Villa Hügel und ihren Park.

Wichtel ließ uns zehn Minuten warten. Wir bekamen den üblichen Kaffee und ein Glas Wasser und zweimal die Nachricht, dass »Herr Wichtel gleich für Sie da sein wird«. Auf dem Tisch im Vorraum lagen einige Hochglanz-Zeitschriften und Prospekte der Firma, die bereits fertiggestellte Projekte vorstellten, bei denen die Firma involviert gewesen war. Das umfasste Kraftwerke in den USA, überall in Europa, in Brasilien, Indien, China, Indonesien und Singapur und Bauprojekte in der Region. Das Projektvolumen stellte einen Wert im zweistelligen Milliardenbereich dar, hieß es.

»Wenn der davon ein halbes Prozent Provision bekommt, sind das auch noch über dreihundert Millionen, mein Lieber«, rechnete Heim mir vor.

Wir wurden von einer jungen Dame mit tiefem Dekolleté in einen Konferenzraum mit Blick auf den See geführt und gebeten, vor dem Fenster Platz zu nehmen. Ihre Frage nach weiteren Getränken lehnten wir ab. Der Raum bestand an zwei Seiten nur aus Glas. Die anderen Wände waren weiß und schmucklos. In einer Ecke stand ein Lacrosseschläger, so drapiert, als ob er nur zufällig gerade dort stünde.

Nach zehn weiteren Minuten Warten kam ein vierschrötiger, leicht korpulenter Mann in einer rötlichen Cordhose, einer grauen Strickjacke aus feinem Kaschmir und offenem Hemdkragen herein und begab sich zu einem Sessel uns gegenüber, ohne uns die Hand zu reichen. Stattdessen nickte er uns zu.

Wir musterten uns eine Sekunde lang. Er uns abschätzig, wir ihn wie ein seltenes Insekt. Der Mann trug einen gepflegten Dreitagebart über einem leicht vernarbten Gesicht und deutlich sichtbar eine Patek Phillipe am Handgelenk. Seine grauen Augen standen etwas heraus, so als ob er Überdruck im Kopf hätte. Die Natur hatte ihn nicht unbedingt reich beschenkt, was sein Aussehen anging; er hätte in anderem Outfit auch ein Stahlarbeiter bei Krupp sein können. Das versuchte er durch andere Dinge wettzumachen; künstliche Bräune, ein wenig Lifting hier und da, eine Frisur von einem Düsseldorfer oder Pariser Coiffeur nebst Schuhen aus London und einer Maniküre, die überhaupt nicht zu seinen Wurstfingern passte.

Ein reich gewordener Metzger, dachte ich. Der das auch jedem zeigen musste.

»Ich habe nicht viel Zeit«, eröffnete er das Gespräch, zeigte aber mit der Hand ungeduldig auf die Stühle hinter uns. »Behalten Sie Platz. Was wollen Sie?«

Wenn er jetzt Hosenträger getragen hätte, würde er die Daumen dahinterhaken, dachte ich.

»Herr Wichtel, Sie sind eventuell Zeuge eines Verbrechens geworden«, eröffnete Heim das Gespräch. »Am Silvesterabend sind drei Männer auf das Gelände des Kraftwerks in Eemshaven eingedrungen.« Den Rest verschwieg er. Gute Taktik, dachte ich.

Der Typ schwieg.

»Vielleicht hatten Sie haben Ihren Wagen verliehen«, improvisierte Heim. »Der war kurz darauf nämlich am Loch im Zaun, der Fahrer stieg aus, besah sich den Schaden und stieg kurz darauf auf den Seedeich, hinter dem ein Kutter lag.«

»Und? Wieso kommen Sie da auf mich?«, fragte Wichtel lauernd.

»Weil es Ihr Auto war. Und weil der Fahrer anschließend zu Ihrem Boot gefahren ist, der *Power Queen IV*, die im Emmahaven lag.«

»Ich bin da aber nicht in den Zaun und das Gelände eingebrochen«, lachte er meckernd. »Sie fragen den Falschen. Finden Sie stattdessen diese Eindringlinge. Wofür bezahlen wir die Polizei denn?«

Er beugte sich vor, ihm war etwas eingefallen. »Ach nee. Sie sind von der deutschen Polizei, oder? Das liegt doch in Holland, wenn ich mich nicht völlig vertue. Warum kümmern sich die Holländer nicht um solche Einbrüche? Was wollen Sie hier überhaupt?«

Er beugte sich noch weiter vor. Seine Augen traten ebenfalls weiter hervor. »Warum spioniert die deutsche Polizei hinter mir her? Was wollen Sie wirklich?«

»Beruhigen Sie sich bitte, Herr Wichtel«, warf Müller ein. »Sie werden hier lediglich als Zeuge befragt. Ihre Aussage könnte wichtig sein.«

Mir dauerte dieses Rumgeeiere zu lange. »Sie waren doch auf der Party im Kraftwerk, Herr Wichtel. Sie sind dann zum Zaun gefahren. Sie haben sich die Leute angesehen, und ihr Schiff. Sie sind denen hinterhergefahren und haben sie verfolgt.« Jetzt lehnte ich mich weit aus dem Fenster. »Wir haben Ihre Fingerabdrücke auf einer Stange Dynamit gefunden. Das Zeug kam aus einem Lager des Kraftwerkes. Und Sie hatten gerade genug Zeit, um das dort rauszuholen, damit zum Kohlebunker zurückzufahren und es in die Säcke zu stecken, gerade noch rechtzeitig, bevor der Wachmann das zweite Mal dort war. Der hatte sich nämlich schon gewundert, wieso die Säcke plötzlich unten an der Straße standen und nicht mehr oben auf der Halde. Erzählen Sie bitte mal. Was ist da genau passiert, Herr Wichtel?«

Der Metzger wandte sich Heim zu. »Was ist das denn für ein aufgeblasener Heini von Jungpolyp? Darf die Pfeife hier überhaupt sprechen?«

»Das ist Beamtenbeleidigung«, hielt ich ihm vor. »Ich kann Sie deswegen anzeigen.«

Wichtel stand auf, stützte sich auf dem Tisch ab und glotzte mir ins Gesicht. »Dazu müssen Sie erst mal Beamter werden, *Herr* Jansen. Wenn Sie sich weiter mit mir anlegen wollen, dürfen Sie demnächst wieder Verkehrskontrollen machen. Wie damals in Lübeck.«

Er schnaufte und setzte sich wieder hin. »Also, was soll diese Schmierenkomödie?«

Ich erstarrte. Der Typ hatte sich vorher über uns schlaugemacht. Selbst die Sache mit der ausgefallenen Ampel in Lübeck aus meinem ersten Fall, dem »Adlerkiller«, war ihm bekannt.

Einschüchtern ließ ich mich trotzdem nicht, auch wenn mich Heim strafend ansah. »Ihr Schiff hat in der Emsmündung gekreuzt, bis Sie den Kutter gefunden hatten. Und genau in dem Moment ist der Kutter von der Bildfläche verschwunden. Der Notsender hat genau zu dem Zeitpunkt und exakt dort, wo Sie sich befanden, *Herr* Wichtel, angefangen zu funken. Die drei Leute an Bord sind von einer Explosion vom Schiff geschleudert worden, wurden schwer verletzt, und sind anschließend ertrunken. Wie erklären Sie das? Welche Rolle haben Sie dabei gespielt?«

»Sie wollen mir dumm kommen, ja, Sie kleiner Pinsel? Ist es das? Sie wollen mir was anhängen? Sie? Mir? Da müssen Sie früher aufstehen.« Er grunzte, als ob er mir gerade den Kopf abgebissen hätte.

Heim und Müller legten ihm die Seekarten und Fotos vor. Er sah kurz darauf und dann beleidigt aus dem Fenster.

»Hauptkommissar Heim, BKA, richtig?«, fragte er ihn direkt. »Sie waren doch früher mal bei der Kripo Essen, wie der Müller hier, nicht?« Heim nickte langsam.

»Der Polizeipräsident, der Sie damals rausgeschmissen hat, als Sie Ihren Fall nicht lösen konnten und immer mehr Leute umgebracht worden sind, den kennen Sie doch noch, oder?«

»Wolfgang«, bestätigte Heim.

»Ja, Wolfgang. Das ist ein sehr guter Freund von mir. Ich bin ein Förderer der Stadt Essen, wenn Sie es genau wissen wollen. Das hier ist der Standort großer und wichtiger Industriebetriebe, ohne uns wäre die deutsche Wirtschaft längst zusammengebrochen. Überlegen Sie sich, was Sie sagen.«

»Sie sollten jetzt vielleicht einen Anwalt hinzuziehen«, sagte Heim. »Das sollte eine Zeugenbefragung werden. Bei Ihrem Starrsinn könnte man auf den Gedanken kommen, dass Sie persönlich in die Sache involviert waren. Wenn Sie wissen, was ich meine.« Heim hatte ganz leise gesprochen, seine Nachricht war trotzdem gut angekommen. Wichtel schluckte.

»Wir werden sehen, was passiert. Also. Wer schickt Sie? Was wollen Sie?«

Dachte der, wir wären in anderem Auftrag da? Hatte der was zu verbergen? Ich wurde aus dem verkleideten Schlachter nicht schlau. Vermutlich hatte er noch mehr Dreck am Stecken als nur diese Lappalie mit drei Toten, so einen Eindruck machte er auf mich.

»Sie waren mit großer Wahrscheinlichkeit Zeuge dieses Vorfalls. Erzählen Sie uns bitte, was Sie gesehen haben. Sonst müssen wir davon ausgehen, dass Sie involviert waren, und werden Sie offiziell vorladen lassen. Dann in anderer Funktion, *Herr* Wichtel.«

Ich hatte die Arme untergeschlagen und mit meiner tiefsten Stimme gesprochen, ohne unnatürlich zu klingen.

Er funkelte Müller an. »Ich dachte immer, wir können uns hier in Essen auf die Polizei verlassen«, sagte er. Dann gab er sich einen Ruck.

»Also gut. Ja, ich war auf der Party, alles gute Leute dort, Riesenstimmung. Ich bin dann halb elf mit zwei Mädels raus, die einen Job bei einem guten Kunden von mir haben wollten. Schicke Frauen, nicht das, was Sie so kennen«, sagte er verächtlich. »Ich kenne mich da im Kraftwerk aus, wir waren draußen bei den Klimaanlagen, da ist man ungestört. Und man hat Blick aufs Meer. Ich hatte mir die eine gerade vorgeknöpft, als ich einen Schuss gehört habe.«

Er lehnte sich genüsslich zurück, so als ob er die Szene wieder vor sich sah.

»Und die andere? Wie ist das denn so, Verkehr mit Abhängigen? Gut?« Das hatte ich mir nicht verkneifen können. Der Typ starrte mich dämonisch an.

»Das können Sie sich doch gar nicht vorstellen, was da abging«, prahlte er. »Eine Nummer der Extraklasse. Die beiden sitzen bestimmt schon wieder sabbernd zu Hause und warten auf meinen nächsten Anruf.«

Sein Blick wanderte zu Heim hinüber, und er wurde eine Spur ernster. »Die Sicherheit der Anlagen liegt mir sehr am Herzen. Ich kann mich rühmen, zusammen mit meinen Anwälten, dass das Ding in Eemshaven überhaupt gebaut werden konnte. Ohne mich ginge hier nachts das Licht aus, wenn es das Kraftwerk nicht gäbe.«

Ich zog die Karten wieder an mich, was ihn an die Frage erinnerte.

»Also. Ich bin runter, habe den Wachmann gesehen, der da mit gezogener Pistole rumlief. Ich hatte in etwa mitgekriegt, wo der gewesen sein musste, als er geschossen hat. Schließlich hatte ich von oben gute Sicht, auch auf die Kohlebunker. Ich habe dort dann diese beiden Säcke gesehen und sie mir angesehen. Da lagen tatsächlich Dynamitstangen drin. Die hatte ich rausgezogen, um zu sehen, was das ist.«

Er sah triumphierend zu mir herüber. Damit hatte er die Fingerabdrücke erklärt, obwohl ich noch gar nichts dazu erhalten hatte. Gut so. Er hatte zu Sicherheit schon mal vorgebaut. Schlechtes Gewissen, der Mann, dachte ich.

»Mir war sofort klar, dass genau die Typen, die damals den Bau verhindern wollten, jetzt ganz andere Saiten aufziehen wollten. Ein Sprengstoffanschlag. Das ist vermutlich das Verbrechen, auf das Sie anspielen. Klar habe ich versucht rauszukriegen, wer das ist. Vor allem den Namen des Kutters wollte ich wissen, damit mein Anwalt das strafrechtlich verfolgen kann und diese Verbrecher endlich hinter Schloss und Riegel bringt. Der Polizei kann man das ja nicht zumuten, wie mir scheint.«

Er trommelte mit den Fingern der Rechten auf dem Tisch. »War's das jetzt?«

»Diese Verbrecher, wie Sie sie nennen, sind tot«, erinnerte ich ihn.

Er stand wieder auf und stemmte die Fäuste auf den Tisch. »Jetzt hören Sie mal zu, Sie neunmalkluger kleiner Scheißer von Jungbulle«, zischte er. »Ich wollte wissen, wo die hinfahren. Vor allem wollte ich wissen, ob die vielleicht wiederkommen wollten, wenn sich die Aufregung gelegt hat. Mein Schiff ist viel schneller als so ein Kutter. Ich hätte die daran gehindert, wieder in der Nähe anzulegen. Treiben Sie es nicht zu weit mit Ihren dummen Fragen. Wissen Sie überhaupt, wen Sie vor sich haben?«

Das wusste ich, hütete mich aber, ihm das ins Gesicht zu sagen. Ein megapräpotentes angeberisches Riesenarschloch, das lag mir auf der Zunge. »Ich denke schon. Wie erklären Sie sich, dass Sie ausgerechnet zu dem Zeitpunkt an genau dem Ort waren, wo die *Egmont II* ganz plötzlich untergegangen ist? In Ihrem Beisein, quasi?«

Wichtel schnaubte jetzt wie ein angriffslustiger Stier, aus dem linken Mundwinkel rann ein dünner Speichelfaden auf sein Kinn. »Na, da habe ich aber Pech gehabt, dass ich das nicht mitgekriegt habe«, höhnte er. »Hätte ich doch zu gern gesehen, wie die Penner in die Luft geflogen sind, diese Linkswichser, die generell gegen alles Fortschrittliche sind. Verdient hätten die das doch allemal.« Er atmete tief durch und wischte sich den Mund mit einem Tuch, das in einer Tasche seiner Strickjacke gesteckt hatte. »Nein, ich habe nichts mitbekommen. Ich stand am Steuer und habe nichts gesehen. Die beiden Mädels sollten eigentlich raus und kucken, aber denen war das zu kalt. Die haben sich solange an meine Champagner-Vorräte gehalten. Wir sind dann wieder zurück zur Party. Da gibt es Zeugen für.«

»Sie haben laut AIS an der Stelle angehalten«, kommentierte Heim. »Sie kohlen uns etwas vor, Herr Wichtel.«

Das kam gar nicht gut bei ihm an. Er lief rot an im Gesicht und wandte sich Heim zu. »Na klar, ich habe angehalten, vor dem Bug von denen, habe denen die Meinung gegeigt und denen dann ein paar von ihren eigenen Knallern rübergeworfen, es war ja schließlich Silvester, das wollten Sie doch hören, oder?«, schäumte er. »Dann aufs Gas und weg, während denen die Hölle um die Ohren geflogen ist. Stellen Sie sich das so vor? Ja? Wäre mir auch ein innerer Reichsparteitag gewesen.«

Er setzte sich seufzend wieder hin. »Tut mir leid. Ich weiß von nichts. Ich kann aber bestätigen, dass diese Leute sich als Attentäter auf dem Gelände des Kraftwerks betätigen wollten und ich sie gesehen habe. Mehr nicht.«

»Das klang eben aber ganz wie ein Geständnis«, fand ich. »Genauso haben wir uns das nämlich vorgestellt. Eine ziemlich lückenlose Indizienkette, mit Ihnen als Täter.«

Wichtel explodierte. »Ja, sind Sie denn von allen guten Geistern verlassen? Spinnen Sie jetzt komplett? Hat Ihnen der ostfriesische Wind das letzte bisschen Hirn aus dem Bauernschädel geblasen, Sie Idiot? Raus hier jetzt, alle, Sie verschwenden meine kostbare Zeit. Sie wissen nicht, mit wem Sie es zu tun haben. Ärgern Sie andere, oder kündigen Sie gleich, anstatt meine Steuergelder zu verschwenden, Sie Versager! Verlassen Sie bitte mein Büro. Sie hören von mir. Denken Sie dran: Wichtel wie wichtig.« Er zeigte mit dem Kinn zur Tür.

»Sie werden sehr bald wieder von uns hören«, versprach Heim ihm.

»Danke für den prima Kaffee«, sagte ich.

Draußen vor dem Haus ließen wir Dampf ab. Heim und ich, Müller verabschiedete sich und fuhr zurück aufs Revier.

»Was nun? Wie kriegen wir den Wicht?«, fragte sich Heim. »Reicht das dem Richter für eine offizielle Vorladung, was wir haben? Und für eine Verurteilung?«

»Mir fallen noch zwei Dinge ein«, sagte ich ihm. »Wenn diese beiden Frauen mit an Bord waren, brauchen wir deren Namen und Zeugenaussagen. Ganz wichtig. Das müsste sich doch rausfinden lassen, notfalls auch ohne ihn. Es wird ihn jemand auf der Party gesehen haben mit den beiden Damen. Und jetzt, wo das Wetter sich beruhigt hat, müssen wir nach dem Wrack suchen. Wenn wir da Spuren von Dynamit aus dem Lager des Kraftwerks finden, schließt sich die Beweiskette weiter. Wenn wir alle Kettenglieder haben, wird ihn jeder Richter vorladen. Wenn nicht, holen wir ihn zu einer vierundzwanzigstündigen Befragung ab. So, wie der gestrickt ist, explodiert er und kotzt alles aus, was wir wissen wollen, einfach, um es loszuwerden und uns mit größter Wirkung zu demütigen, wie er glaubt.«

Heim nickte. »Gut. Ja, diese Beweise werden wir brauchen. Dann kümmere ich mich um die beiden Mädchen und deren Aussagen. Ich denke, das werden Holländerinnen gewesen sein. Finde ich raus. Sie selbst müssten dann die Bergung organisieren, wenn da überhaupt noch etwas liegt.«

So beschlossen wir das. Heim fuhr zu seiner Frau nach Haus, er wollte am Montag weitermachen. Und ich konnte endlich ebenfalls nach Hause zu Lisa und meiner Familie. So viel zu meinen Plänen; leider sollte es wieder anders kommen.

KAPITEL 13

DAS ENDE VOM LIED

Ich war gerade auf der Höhe der A2, als mein Telefon klingelte. Ich hatte es auf die Freisprechanlage des Mokka umgestellt und nahm das Gespräch an. Wer dran war, konnte ich nicht sehen, ich hatte meine Kontakte bewusst nicht auf den Autocomputer des Mietwagens überspielt.

Ausgerechnet Gerd Böhme aus Hannover war dran, mein direkter Vorgesetzter beim LKA. Gunnar Gerken in Wittmund hatte nur so etwas wie eine Dienstaufsicht in lockerer Form. Böhme meldete sich sehr selten aus eigenem Antrieb bei mir. Unsere nächste Dienstbesprechung stand erst in zehn Tagen an. Wenn er sich zwischendurch meldete, bedeutete das in der Regel nichts Gutes.

»Wo stecken Sie, Jansen?«, fragte er so frostig wie der Ostwind, der das Land gerade in ein eisiges Mäntelchen hüllte.

»Auf der A2, kurz vor dem Dreieck mit der A31«, antwortete ich wahrheitsgemäß.

»Dann kommen Sie sofort zu mir nach Hannover. Ich weiß, es ist Wochenende, Sie wollen nach Haus, wir müssen aber reden. Sofort. Sie finden mich in meinem Büro. Bis gleich.« Meine Antwort wartete er gar nicht erst ab.

»Was ist denn passiert?«, fragte ich noch ins Leere. Mist, dachte ich. Dabei wollte ich doch dringend meinen Teil der Aufgaben klären und dann nach Hause. Wir hatten den Typen so gut wie im Sack. Was wollte Böhme von mir? Ich war versucht, zurückzurufen, ließ es aber bleiben. Böhme mochte das nicht.

Ich konnte also gleich auf der A2 bleiben und bis Hannover zum Waterlooplatz durchfahren. Blöd, aber nicht zu ändern.

Deshalb musste ich aber beim Fahren nicht untätig sein. Ich rief zwei Leute an, die ich von anderen Einsätzen kannte. Meinard Jürgens von der Wasserschutzpolizei in Norddeich und Cord Lange vom Havariekommando in Cuxhaven.

Meinard gab ich die Koordinaten des Ortes durch, wo die Egmont II untergegangen war. Er sollte versuchen, das Wrack zu finden und zu markieren, bis ein Bergungskommando vor Ort sein konnte. Die saßen mit mehreren Schiffen in Emden, ihre Einsätze wurden aber aus Cuxhaven koordiniert. Gerade waren sie mit der Bergung der Container aus einem im Sturm gekenterten Frachter halbwegs fertig geworden, nun mussten sie schon wieder los.

»Wir haben das Signal Silvester empfangen«, bestätigte Cord Lange meine Vermutung. »Wir hatten im Sturm bisher so viel mit anderen Havarien zu tun, dass wir uns um den Kutter noch nicht kümmern konnten. Warum ist das auf einmal so eilig?«

»Das Schiff ist mutmaßlich von einer Yacht aus mit Dynamit beworfen und gesprengt worden. Wir gehen von einem dreifachen Mordfall aus«, erklärte ich ihm. »Wir brauchen weitere Indizien, der Kutter selbst ist eins davon.«

Bevor ich in Hannover einrollte, hatten wir nach mehreren Telefonaten vereinbart, dass das Bergungsschiff *Mare Frisium* aus Emden auslaufen und sich südlich von Juist mit der W-26 der Wasserschutzpolizei treffen sollte. Ich hatte Meinard Jürgens alles berichtet, was ich wusste, er hatte die Leitung übernommen. Später wollten wir per Telefonkonferenz den Einsatz begleiten und notfalls an die Gegebenheiten anpassen.

Ich fuhr in Langenhagen von der Autobahn runter und rief aus der Stadt noch Heim an. Bei ihm war besetzt.

Für einen zweiten Anruf reichte die Zeit nicht mehr. Ich betrat das LKA-Gebäude und begab mich in den zweiten Stock zu Böhmes Büro.

Böhme war nicht viel freundlicher als Wichtel. »Was ist denn in Sie gefahren, Jansen?«, begrüßte er mich, auf einen Stuhl vor seinem Schreibtisch zeigend. Keine Begrüßung, kein Handschlag.

»Guten Tag, Herr Böhme«, begrüßte ich ihn wie ein Schulkind den Lehrer.

Er nickte nur kurz und rümpfte die Nase, Mundwinkel nach unten. Abscheu.

»Ich will Ihnen mal was sagen, Jansen«, begann er. »Wir haben Sie nur in unseren Dienst übernommen, weil die Uni Kiel und die Polizei in Schleswig-Holstein uns das dringend ans Herz gelegt hatten. Von uns aus brauchten wir diese sinnlose Kostenstelle in Ostfriesland gar nicht. Unsere Umwelt dort oben ist in Ordnung, was aber nicht an Ihnen liegt, sondern an der Arbeit vieler anderer Stellen. Wo waren Sie, als die MS Zoe havariert ist, Jansen? Was war mit dem Gasleck vor ein paar Wochen, fünf Kilometer von Ihrer Wohnung entfernt? Wo waren Sie da? In China.«

Er nahm eine Akte aus seiner Schublade und klappte sie vor sich auf, ohne dass ich den Inhalt sehen konnte.

»Wir hatten über dreißig Tote beim letzten Sturm, gerade oben bei Ihnen in Ostfriesland. Eine Umweltkatastrophe ersten Ranges. Was machen Sie? Sie fahren nach Holland. Was machen Sie da oben eigentlich? Urlaub? Das ist kein Spiel, was die Polizei macht, das ist bitterer Ernst. Sie müssen sich an Spielregeln halten.«

»Ich dachte, das wäre kein Spiel. Wozu dann Spielregeln?« Klar, das hätte ich nicht sagen sollen. Da war mein alter widerspenstiger Geist wieder mit mir durchgegangen.

»Wozu Spielregeln? Wozu Spielregeln?«, wiederholte er sich. »Ja, hören Sie mir denn überhaupt zu? Wir haben Vorschriften, Dienstanweisungen, Verfahrensregeln, Jansen! Sie müssen sich daran halten! Stattdessen gondeln Sie in der Weltgeschichte rum und verbraten Steuergelder. Das ist doch die Höhe!«

Er schlug mit der flachen Hand auf den Tisch. So kannte ich ihn gar nicht. Andererseits kannte ich ihn ohnehin nicht gut. Was wollte der Mann von mir?

»Hören Sie, Herr Böhme. Falls Ihnen das entgangen sein sollte, habe ich einen Mordfall vor Borkum, zwei Todesfälle auf Langeoog und einen bei Wiesmoor aufgeklärt, alles in letzter Zeit. Und beim letzten Mal ging das mit der Aufklärung nur in China. Geht es etwa um die Flugkosten dafür?«

Ich hatte den Flug, auch wenn er ziemlich billig gewesen war, ohne vorherigen Antrag gebucht, weil Gefahr im Verzug gewesen war. Sonst wären mir die Verdächtigen durch die Lappen gegangen.

Böhme lehnte sich im Chefsessel zurück und schlug die Arme übereinander.

»Ja, das kommt tatsächlich dazu. Auch wenn Sie einen beim BKA kennen, gibt Ihnen das noch lange nicht das Recht, mir nichts, dir nichts nach Asien zu fliegen. Auch wenn Sie Ihren Verdächtigen fassen konnten. Sie haben sich erneut nicht an die Vorschriften gehalten.«

Er räusperte sich und warf noch einen Blick auf seine Akte. »Das war einer der letzten Nägel zu Ihrem Sarg. Wie lange sind Sie jetzt bei Ihrer gegenwärtigen Aktion unterwegs? Na?«

Ich überlegte. »Eigentlich die ganze Zeit seit der Neujahrsnacht. Einen Tag war ich allerdings außer Gefecht.«

»Sehen Sie. Dabei haben Sie Elternteilzeit und dürfen gar nicht so viel arbeiten, sonst kommen wir steuerlich in die Bredouille.« Er blätterte um. »Wie viele Autos haben Sie in der letzten Zeit zu Bruch gefahren? Und wie oft sind Sie in Radarfallen geraten?«

»Äh… zwei Autos? Eines davon mein eigenes? Und von Radarfallen weiß ich nichts. Gar nicht, denke ich.«

»Ich habe hier Reparatur- und Abschleppkosten für Ihren privaten PKW. Ich habe hier Strafzettel aus Bremen vom Flughafen, Norddeich, Aurich, Wiesmoor und Wittmund. Darüber hinaus noch einen aus Holland. Macht insgesamt…« Böhme legte sich den Zeigefinger an den

Mund und befeuchtete ihn, während er im Kopf addierte. »Über zweitausend Euro. Wer soll das bezahlen?«

Ich schluckte. »Ich war in allen Fällen im Dienst.«

»So so, im Dienst. In Holland? Sind Sie jetzt bei der holländischen Polizei, Jansen?« Er sah kurz zur Decke. »Hier habe ich noch eine Meldung aus Essen, da sind Sie in einer Dreißigerzone fünfundvierzig gefahren. Liegt Essen jetzt auch in Ostfriesland?«, fragte er wie ein Lehrer, der einem ihm verhassten Schüler eine Fangfrage gestellt hatte.

»Nein. Aber ich bin auf der Spur eines Verdächtigen, der mutmaßlich drei Personen aus Ostfriesland ums Leben gebracht hat. Der sitzt in Essen.«

»Also Mordverdacht?«, flüsterte er mit schief gelegtem Kopf. Ich nickte.

»Seit wann sind Sie in der Mordkommission, Jansen, hä? Ich dachte, ich hätte Sie da oben hingeschickt, damit Sie sich um Umweltvergehen kümmern. Aber genau die lassen Sie links liegen.« Er schlug erneut auf die Tischplatte, diesmal weniger laut, aber entschiedener. »Ich habe jetzt langsam genug von Ihren Eskapaden. Was erlauben Sie sich eigentlich noch alles?«

Er knöpfte sich wieder die Akte vor. »Die Uni Kiel wartet noch auf einige Papiere von Ihnen. Das ist Ihr letztes Semester. Sie stehen vor dem Scheitern Ihres Abschlusses, wenn Sie ihre Arbeiten nicht abgeben, Jansen.«

Er grinste triumphierend.

»Ach du Scheiße«, entfuhr es mir. »Das habe ich tatsächlich verschlampt. Ist alles fertig, liegt auf meinem Schreibtisch, muss ich nur noch absenden.«

»Sie sind immer noch Kommissar auf Probe«, sagte er grimmig. »Eigentlich haben Sie es sich schon versaut. Sie haben so viel Bockmist gebaut, das geht nicht mal mehr auf eine Elefantenhaut, Jansen. Sie studieren nicht, Sie stellen keine Anträge, Sie machen Eskapaden bis nach Asien und nach Holland, und Sie machen Ihren Job nicht. Damit ist es jetzt vorbei, Jansen. Sie werden jetzt nach Hause fahren und sich ausschließlich um Ihre Kinder kümmern. In der Zwischenzeit werden wir überlegen, wie mit Ihnen verfahren werden soll. Sie sind angeschossen. Ein Windhauch noch, und Sie sind die längste Zeit Polizist gewesen, Jansen.«

Ich schluckte und sagte gar nichts mehr. Das hatte ich nicht kommen sehen. Ich hatte für alles eine Erklärung, aber in der Masse dessen, was ich auf die leichte Schulter genommen hatte, sah es nicht mehr gut aus.

Böhme beugte sich vor, als ob jemand anderes mithörte, und schlug einen versöhnlicheren Tonfall an. »Hören Sie, Jansen, persönlich habe ich ja gar nichts gegen Sie. Sie hängen sich rein, Sie beißen sich fest, Sie lösen Ihre Fälle, selbst wenn es gar nicht Ihre sind. Aber Ihre Eskapaden … ich kann nichts machen, Anweisung von oben, unsere auswärtigen Dienststellen auf Herz und Nieren zu überprüfen. Das ist ernst, Jansen, sehr ernst. Lassen Sie nichts mehr anbrennen, gar nichts, sonst sind Sie Ihren Job los. Dann können Sie wieder den Verkehr regeln. Tut mir leid, aber Sie müssen besser aufpassen. So sind nun mal die Regeln.«

Damit war ich entlassen. Nicht aus dem Dienst, noch nicht, aber aus der Vergatterung. Ich verließ das Gebäude mit einem sehr schlechten Gefühl. Wieso auf einmal diese Kopfwäsche? Wichtel hatte mir genau so etwas angekündigt. Steckte der etwa dahinter, reichte sein Arm so weit? Das konnte ich mir kaum vorstellen.

Was nun? Ich musste noch mein Auto aus der Werkstatt holen und den Mietwagen zurückbringen oder abholen lassen. Das Wetter hatte sich weiter verbessert, die meisten Straßen waren wieder befahrbar. Dann nach Hause und die nächsten Wochen als Babysitter arbeiten. War es das, was auf mich zukam?

Ich merkte, dass ich schon wieder zu schnell fuhr. Irgendetwas trieb mich an.

Wichtel.

Ich rief Heim an. Er ging sofort ran. »Gut, dass Sie anrufen, Jansen«, sagte er atemlos. »Ich bin auf dem Weg zum Flughafen. Mein Chef hat mich angerufen, ich muss sofort nach Afghanistan. Dort ist letzte Woche ein Mann aus Essen getötet worden, ein international gesuchter Drogenhändler. Ein echt beschissener Scheißjob, der letzte Ort, an den ich will. Ich musste außerdem noch bei meinem alten Chef Dr. Wolfgang Berg antanzen, der mir die Unterlagen gegeben hat. Und dabei das Grinsen gar nicht mehr aus seiner Fresse kriegte.«

So sprach Heim normalerweise nicht. Er war sauer.

»Die haben mich aus dem Verkehr gezogen, Jansen. Abserviert. Entfernt. Ich habe keine Ahnung, ob ich jemals von dort zurückkomme. So eine verfickte Scheiße!«

»Wichtel?«, fragte ich.

»Wer sonst. Wir haben den unterschätzt. Der hat wirklich Beziehungen. Und er kennt genau unsere Schwachstellen, an denen er uns kriegen kann. Da hat er seine Hebel angesetzt. Man kann nicht sagen, dass der seine Arbeit nicht ordentlich macht, der neureiche Wicht.«

Hörte ich da eine leichte Anerkennung aus seiner Stimme?

»Und was machen wir jetzt?« Mir gefiel das alles nicht.

»Nach Afghanistan fliegen«, grunzte Heim. »Was soll ich denn sonst machen? Und so schnell wie möglich zurückkommen und dann weitersehen. Und Sie?«

»Bin gerade in meine Schranken verwiesen worden, beim LKA. Muss die Füße stillhalten, sonst ist es vorbei mit der Karriere. Mein Studium fertig machen.« Ich machte eine kurze Pause. »Auch wenn mir das nicht passt. Das stinkt doch zum Himmel, dass uns ein, ich sag mal, Verbrecher so manipulieren kann, nur weil er Leute kennt oder sogar schmiert. Das darf nicht sein, wenn Sie mich fragen.«

»Tja«, seufzte er. »Wir werden immer wieder daran erinnert, dass wir nur kleine Rädchen im Getriebe sind. Die großen Räder drehen andere, und wir müssen uns mitdrehen. Wenn dann so ein kleines Ritzel nicht mitmacht, bricht es oder wird ausgetauscht. So ist das. Gewöhnen Sie sich dran. – Die Namen der beiden Damen habe ich übrigens noch nicht rausbekommen, vielleicht bekomme ich sie am Montag geschickt. Eine Spur hatte ich immerhin.«

Wir motzten noch eine Weile rum und schimpften über diese Ungerechtigkeit. »Und?«, fragte Heim dann. »Unter der Grasnarbe weitermachen und den Job gefährden, oder zurück ins Glied treten und die Schnauze halten?«

»Wenn ich zurück ins Glied trete, dann dem Wichtel, und zwar mit Anlauf«, knurrte ich. »Ich weiß bloß noch nicht, wie.«

»Ich bin dabei«, informierte Heim mich. »Bis bald, Jansen. Sie sind doch immer so kreativ. Lassen Sie sich was einfallen. Wir sprechen uns in ein paar Tagen.«

Inzwischen war ich an der Raststelle Allertal vorbei. Was nun? Was konnte ich noch tun?

Ich machte wieder mal das Falsche. Ich muckte auf. Statt mich ein paar Tage lang leise zu verhalten, rief ich beim Chef meines Chefs an, der Böhme angewiesen hatte, mich zu verwarnen. Polizeioberrat Dr. Clemens Klement. Auf seinem Handy, was gleich der nächste Fehler war. Ich war sicher, dass er an einem Samstag nicht im Büro sein würde.

»Wer ist denn da?«, fauchte er, als er ranging. Ohne seinen Namen zu nennen oder auch nur *hallo* zu sagen. »Ich bin in einer wichtigen Besprechung!«

Im Hintergrund hörte ich das *Wuusch* und das *Pop* eines Golfschlägers, der gerade einen Ball getroffen hatte. Aber manche Leute hielten ja ihre Besprechungen auf dem Golfplatz ab. Auflegen wollte ich aber auch nicht, wo ich ihn schon mal dran hatte.

»Jansen, Lukas Jansen, LKA in Wittmund. Herr Dr. Klement, Sie hatten Herrn Böhme angewiesen, mich zu verwarnen, wenn ich das richtig verstanden habe. Ich möchte nur wissen, ob das eine Routineangelegenheit war, oder ob da vielleicht ein einflussreicher Manager aus dem Energiesektor dahintersteckt, der mich von meinen Ermittlungen abhalten will.«

Ich spürte meinen Darm. Verdammt, jetzt hatte ich mich in meiner impulsiven Art zu weit aus dem Fenster gelehnt, dachte ich.

»Moment. Ich stelle kurz auf leise.«

Mein Lautsprecher blieb eine Weile stumm. Ich zählte die Sekunden mit, die er vermutlich brauchte, um selbst abzuschlagen und seinen Schläger wieder einzupacken.

»Hören Sie, Jansen. Ja, ich kenne den Fall. Es geht dabei um einen Anschlag auf ein Milliardeninvestment, der fast gelungen wäre, wenn der beherzte Mann nicht eingegriffen hätte. Ganz im Sinne der Prävention, die eine der Hauptaufgaben des LKA ist. Und Sie? Was glauben Sie eigentlich, wer Sie sind, dass Sie da an solche Leute rangehen, Jansen? Sind Sie noch bei Trost? Sie stellen sich auf die Seite dieser Terroristen? Habe ich das richtig verstanden?«

Das ist eine Verdrehung der Tatsachen, hätte ich fast gesagt, aber er ließ mich nicht zu Wort kommen. Was vielleicht ganz gut war.

»Ich habe mir daraufhin Ihre Akte durchgesehen. Gut, Sie haben ein paar Sachen richtig gemacht, deshalb schmeißen wir Sie nicht gleich raus. Dass Sie jetzt auch noch Ihren Vorgesetzten, den geschätzten Herrn Böhme, einfach übergehen, ist ein weiterer Tropfen in Ihr schon übervolles Fass. So geht das nicht. Hören Sie zu. Ich habe wenig Zeit. Herr Böhme wird Ihnen das offiziell mitteilen. Sie sind ab sofort zur Verkehrsüberwachung versetzt, Herr Jansen, bis auf Weiteres. Machen Sie Ihren Dienst und Ihr Studium ordentlich, vielleicht bekommen Sie noch mal eine Chance. So etwas wie Sie ist mir in meiner ganzen Karriere noch nicht untergekommen.«

Ich hörte, wie er heftiger atmete. Vermutlich musste er mit seinem Golfcart gerade einen Hügel hoch.

»Geben Sie Ihre Dienstwaffe bei dem Leiter Ihrer Dienststelle ab und melden Sie sich bei der Schutzstaffel. Bestätigen Sie das.«

Ich wiederholte, was er gesagt hatte. Und ohrfeigte mich im Geiste.

»Clemens, du bist dran«, hörte ich ein dünnes Stimmchen im Hintergrund.

»Und zwar sofort«, sagte er noch und legte auf.

Scheiße, dachte ich. Das hatte ich sauber in den Sand gesetzt.

Was nun? Nach Wittmund, meine Knarre und Ausweis abgeben? Oder den Wagen abholen? Oder einfach weitermachen wie bisher?

Ich machte stattdessen etwas ganz anderes. Ich fuhr am Dreieck Walsrode nicht Richtung Bremen weiter, sondern nach Hamburg. Unterwegs rief ich meinen alten Freund Onno Asmus an, der mir vieles beigebracht hatte. Der hatte Ausrüstungen, die ich brauchen konnte. Und brauchte. Das würde ein aufregendes Wochenende werden, dachte ich.

Wir trafen uns kurz vor Hamburg an einer Raststätte. Onno hatte mir besorgt, was ich haben wollte. Zwei GPS-Tracker und ein mobiles Geschwindigkeitskontrollmessgerät nebst dem Neuesten, was auf dem Markt war: einer Streckenkontrolle für die Geschwindigkeit. Damit konnte ich einen Wagen über eine längere Strecke verfolgen und seine Durchschnittsgeschwindigkeit ermitteln. Denn die meisten Raser bremsten vor bekannten Radarfallen ab, um gleich anschließend wieder zu beschleunigen. Onno hatte mir drei Erfassungsgeräte mitgebracht.

»Ich frage auch gar nicht, Lukas«, sagte er grinsend. »Aber anschließend erzählst du mir alles, oder?«

Ein paar Minuten später war ich Richtung Bremen und Aurich unterwegs. Ich rief Lisa an und erklärte ihr, dass ich das Wochenende noch unterwegs sein musste. Von meiner Verwarnung erzählte ich ihr lieber nichts; sie war in der Lage, mir das alles wieder auszureden, was ich vorhatte. Sie war einfach zu klug, um so dumme Sachen zu machen, wie ich sie vorhatte.

Anderthalb Stunden später hatte ich unseren SUV wieder. Den Leihwagen ließ ich an der Werkstatt stehen und informierte die Leihwagenfirma, dass sie ihn abholen sollten. Das kostete zwar mehr, aber das würde ich notfalls privat bezahlen.

Es war bereits Nachmittag. Viel Zeit hatte ich nicht. Und ich brauchte viel Glück.

Ich hatte mir einen Plan zurechtgelegt. Einen dummen und viel zu einfachen Plan. Der gleichzeitig meine letzte Karte in diesem abgekarteten Spiel war.

Klar, ich verstand, warum meine Bosse den Fall so sahen. Da hatten drei Leute versucht, ein großes, teures Kraftwerk zu beschädigen. Das konnte durchaus als terroristische Tat durchgehen. Andererseits hatten die drei Leute auch Rechte. Das Recht auf ihr Leben beispielsweise, und auf einen fairen Prozess. Auf Schutz vor Selbstjustiz. All das hatten Böhme und Dr. Klement kommentarlos vom Tisch gewischt.

Für mich stank das zum Himmel. Mir ging das voll gegen den Strich. Ich konnte das nicht zulassen. Heim war aus dem Spiel, also musste ich handeln.

Mein Plan war eigentlich saublöd. Ich wollte die beiden Rennschlitten Wichtels verwanzen und ihn überwachen. Als Verkehrspolizist. Ich kannte diese Typen. Die brauchten solche Egoverstärker. Sechshundert PS unter ihren Eiern, mit denen sie anderen so richtig zeigen konnten, wo der Hammer hing. Leute abdrängen, einschüchtern, drängeln, und dann mit Vollgas ab zum Horizont, damit die Überholten mit offenem Mund staunen konnten, was da für ein toller Hecht an ihnen vorbeigezogen war. Ein Gewinner! Nicht solche Loser wie die in den Schleichkisten hinter ihm.

Ich wollte rausfinden, wo er hinfuhr. Wo er zu schnell fuhr und andere Vergehen beging. Wenn ich ihn mit dem Fall nicht kriegen konnte, wollte ich ihn an seinem Ego packen. Ihm den Führerschein abnehmen. Ihn so reizen, dass zu viel erzählte. Dass er mich beschimpfte und mir Versager vorhalten konnte, zu was er in der Lage war und wie unfähig ich war, ihn daran zu hindern. Ich wollte Judo mit ihm spielen. Ihn durch seinen eigenen Schwung, seinen eigenen Angriff zu Fall bringen.

Angemeldet hatte ich mich bei der Verkehrsüberwachung in Wittmund noch nicht. Meine Waffe hatte ich auch nicht abgegeben. Die würde ich aber im Auto lassen, schwor ich mir.

Was nun? Was würde ich an der Stelle von diesem Typen machen?

Der hatte sich zwei junge Frauen vorgeknöpft, hatte er geprahlt. Mit denen war er vermutlich noch nicht fertig, die Nummer hatte er ja nicht zu Ende bringen können. Vielleicht gab es auch noch Spuren an Bord seiner Yacht, die er beseitigen musste. Das Wetter war nicht mehr so stürmisch, er konnte es wagen, auf See zu fahren.

Noch so ein Protzinstrument, dachte ich. Seine Yacht war auch so ein Schwanzverstärker wie seine Autos. Ein guter Ort, um zu feiern, wie er es nennen würde.

Ich merkte, dass ich bereits Richtung A31 fuhr, dorthin, wo die freie Fahrt aufgehoben war und die Geschwindigkeitsbegrenzung begann. Dort baute ich Onnos neueste Errungenschaft auf, die flexible Geschwindigkeitsüberwachung. Hier würde der Typ morgen vielleicht langkommen, wenn er noch mal nach Eemshaven wollte.

Eigentlich hatte ich keine Chance. Vielleicht wollte der das gar nicht fortsetzen, was er angefangen hatte. Vielleicht war er stattdessen mit Dr. Klement golfen oder im Puff oder bei einem Eishockeyspiel. Vielleicht war er in die USA geflogen und spielte in Florida eine Runde Lacrosse.

Was konnte ich noch werden, wenn es bei der Polizei vorbei war? Bäcker wie mein Vater? Fahrer für UPS oder DHL? Für fünf Euro die Stunde? Fußballspieler beim SV Wittmund in der Ostfrieslandklasse A?

Falls ich mein Studium fertig machen konnte, Verwaltungsfachangestellter, graue Maus in grauer Behörde? Mir grauste vor mir.

Es war schon lange dunkel, als ich erneut in Essen ankam und vor Wichtels Anwesen hielt, die GPS-Sender in den Taschen. Wo ich auch die Leckerchen für Jackie hatte.

Ich hatte zwei Dobermänner bemerkt, die sich ohne zu bellen dort eingefunden hatten, wo ich auf der anderen Zaunseite stand. Ich spendierte ihnen meinen kompletten Vorrat an Leckerchen. Sie mochten mich. Sie waren wohl mehr zur Abschreckung da, es waren keine trainierten Wachhunde. Sonst hätte ich ihnen meine letzte Tafel Schokolade spendieren müssen, die noch im Auto lag. Schokolade ist tödlich für Hunde, und das wäre mir wirklich sehr gegen den Strich gegangen. Womöglich hätte ich die Aktion stattdessen abgeblasen und auf eine andere Gelegenheit gewartet.

So kletterte ich über den Zaun, spielte eine Weile mit den beiden und schlich dann zur Garage hinüber, die Platz für mindestens fünf Autos bot. Die Garagentür war mit einer Alarmanlage gesichert; keine Chance. Aber auf der Rückseite gab es eine Tür von der Garage in den Garten, die nur abgeschlossen, aber nicht gesichert war.

Wenn der Mann so gute Beziehungen zur Polizei hatte, hätte er sich besser beraten lassen sollen, was Sicherheit anging, dachte ich. In meinem Portemonnaie hatte ich immer ein paar Büroklammern, um an den Chip meines Handys zu kommen. Damit und mit einer ADAC-Ausweiskarte war das Schloss kein Problem. Schon war ich drin. Beide Boliden waren da, außerdem noch zwei kleinere Autos. Von seiner Frau? Einer oder zwei hübschen Besucherinnen? Egal. Ich klebte meine Geräte unter seine beiden Renner und empfahl mich auf Französisch.

Zwei Stunden später war ich an der Grenze zwischen Emsland und Ostfriesland, in Papenburg. Es war spät geworden. Genug Verstöße für einen Tag, sagte ich mir. Ich stieg im Gästehaus Vosse-Schepers nahe der Autobahnabfahrt ab, prüfte dort meine Ausrüstung – beide Autos standen noch an ihrem Platz – und ging schlafen.

Morgen würde ich entweder nicht mehr bei der Polizei sein oder eine minimale Chance bekommen, Wichtel in die Mangel zu nehmen.

KAPITEL 14

HIGH NOON

Noch vor dem Frühstück sah ich auf die App, mit der ich die GPS-Tracker überwachen konnte. Beide Autos standen noch in der Garage. War Wichtel vielleicht trotzdem nicht dort? War er vielleicht mit einem Taxi zum Flughafen gefahren und lag nun auf den Seychellen in der Sonne?

Schon beim Frühstück ging mir die Muffe. Ich hatte mehr als alles falsch gemacht, mich wieder einmal an keine Regeln gehalten und eigenmächtig gehandelt. Darüber hinaus hatte ich nicht einmal Lisa, Onno oder Heim eingeweiht, was ich vorhatte, von Vorgesetzten ganz zu schweigen. Und Dritte, wie etwa Wiebke, konnte ich da nicht mit reinziehen. Ich musste das alleine durchziehen.

Bis elf konnte ich mein Zimmer hier behalten. Ich saß und saß und starrte und starrte auf meine Bildschirme. Nichts tat sich. Hatte ich falsch kalkuliert? Hatte der längst andere Mädels vor dem Bug, oder ging er sonntags zur Kirche? Mir ging alles Mögliche durch den Kopf.

Ich hatte Scheiße gebaut. Aber ich hatte Glück. Das Glück des Tüchtigen, sagte ich mir. Das Glück des Dämlichen, erklärte mir Lisa später. Irgendwie wurschtelst du dich immer durch, war ihre Analyse.

Der M4 bewegte sich aus Essen fort. Leider in die falsche Richtung, nach Dortmund. Dort hielt er vor einem Hotel. Und dann fuhr er aus Dortmund auf die A2 und von dort auf die A31. In meine Richtung. In meine Radarfallen.

Nachdem ich ausgecheckt hatte und ins Auto gestiegen war, setzte ich ein mobiles Blaulicht und eine Sirene auf das Dach des SUV und fuhr auf die letzte Autobahnauffahrt, bevor der Abzweig auf die holländische A7 kam, die nach Eemshaven führt.

Dort verfolgte ich den Weg des Dränglers. Aus seiner Geschwindigkeit konnte ich ablesen, dass er genau das machte; er fuhr zweihundertfünfzig bis zweihundertachtzig, wenn er freie Fahrt hatte. Dann bremste er kurz runter, einmal bis auf achtzig Stundenkilometer, um nach sehr kurzer Zeit wieder mit Bleifuß aufs Gas zu treten. Es würde nicht lange dauern, bis er hier oben war. Hinter Papenburg begann die Geschwindigkeitsbegrenzung auf einhundertzwanzig Stundenkilometer. Wichtel scherte das nicht. Er bretterte weiter mit Vollgas, kurzfristig erreichte er dreihundertundfünf Sachen. Das waren einhundertfünfundachtzig über dem Limit. Das reichte dicke für einen sofortigen Führerscheinentzug.

Ich fuhr auf die Autobahn, mit Regelgeschwindigkeit. Wenn meine Chefs mich jetzt so sehen könnten, dachte ich. Jansen hält sich an die Vorschriften!

Dann sah ich ihn im Rückspiegel heranrasen. Ich schaltete Blaulicht und Sirene ein und setzte mich vor ihn auf die Überholspur. Ich hatte mir einen LED-Schirm für die Heckscheibe besorgt, auf der jetzt *BITTE FOLGEN* zu lesen war. Ich sah, wie er ausscherte und mich rechts überholen wollte. Ich scherte auch nach rechts aus. Er ging noch weiter nach rechts, immer noch in voller Geschwindigkeit. Ich zog ebenfalls rüber und beschleunigte, damit er mir nicht reinfuhr. Er versuchte es jetzt wieder links, schaffte es aber nicht. Stattdessen musste er jetzt voll in die Eisen steigen; es qualmte, seine Reifen machten exakt die schwarzen Linien auf die Fahrbahn, wie sie auf dem Verkehrszeichen Nr. 114, *Schleudergefahr*, zu sehen waren.

Natürlich konnte er mich nicht erkennen. Er musste wohl inzwischen gemerkt haben, dass mein Auto kein Begleitfahrzeug eines Lastzugs mit Überbreite oder eines anderen Hindernisses war, sondern ein Polizeifahrzeug. Er bremste weiter ab und fuhr rechts ran. Die Autobahn war ansonsten leer, es war Sonntagmorgen. Wir hatten Platz.

Und ich hatte ihn. Oder?

Er stieg aus. Ich sah schon, dass er den Fahrer des Wagens vor sich anbrüllen wollte, was der sich einbilde, ihn in voller Fahrt auszubremsen, das sei doch brandgefährlich. Und dass er es eilig habe, in wichtiger Mission. Irgendeinen Quatsch dieser Art hatte er auf den Lippen.

Bis er mich erkannte. Er blieb stehen und stutzte. Dann fing er laut an zu lachen.

»Ha ha! Der Jansen! Sind Sie jetzt bei der Verkehrspolizei? Ich lach mich schlapp!« Er blieb stehen und klatschte sich auf die Schenkel. »Steile Karriere nach unten, und noch nicht mal ganz unten angekommen«, grinste er feist.

Dann wurde er wieder ernst. »Sie glauben doch nicht allen Ernstes, dass Sie mich hier aufhalten können? Ich habe Besseres zu tun, als mich mit Luschen wie Ihnen abzugeben. Machen Sie schon Ihr dämliches Blaulicht aus. Ich muss weiter.«

Er drehte sich um und machte Anstalten, zu seinem Auto zu gehen. Das konnte ich nicht zulassen.

»Bleiben Sie stehen«, riet ich ihm. »Sie sind über dreihundert gefahren, in einer Hundertzwanzigerzone. Ihren Führerschein, bitte.«

Er lachte und ging weiter. Ich hinterher. »Herr Wichtel, ein letztes Mal. Ihren Führerschein.«

Er hatte seine Tür schon fast erreicht. Ich zog meine Waffe, die ich gar nicht mehr haben durfte. Die hatte ich doch eigentlich im Auto lassen wollen, fiel mir ein.

»Stehen bleiben! Sofort!«

Wichtel zuckte mit den Schultern und öffnete die Fahrertür. Trotzdem zuckte er zusammen, als ich ihm seine beiden Vorderreifen zerschoss.

»Sind Sie von Sinnen, Sie Schwachkopf?!«, brüllte er. »Die kosten ein paar tausend Euro, mehr als Sie im Rest Ihres armseligen Lebens verdienen werden, Sie debiler Penner!«

Immerhin versuchte er nicht mehr einzusteigen. Stattdessen kam er mit erhobenen Fäusten auf mich zu.

»Ihren Führerschein.« Ich war stehen geblieben und hatte die Waffe wieder ins Holster gesteckt.

»Einen Scheiß bekommen Sie von mir! Eine Tracht Prügel können Sie bekommen, Sie Pfeife!«

Wichtel war ein wuchtiger Mann, er wog bestimmt zwanzig Kilo mehr als ich. Und er meinte das ernst. Er wollte mich verprügeln und dann entweder mit einem Ersatzreifen zur nächsten Werkstatt weiterfahren oder gleich meinen nehmen. Und sich dann richtig über mich beschweren.

Ich hatte mein Handy in der Brusttasche. Das Mikrofon lief seit meinem Aussteigen mit. Ich hoffte nur, dass er da nicht draufhaute. Dann war mein ganzer Plan im Eimer.

»Herr Wichtel, hier spricht die Polizei«, sagte ich sehr offiziell. »Sie sind zu schnell gefahren und ich muss Ihren Führerschein überprüfen. Und die Fahrzeugpapiere sehen. Jetzt. Sofort.«

Bei *sofort* versuchte er einen wilden rechten Haken auf mein Auge abzuschießen. Er mochte schwerer und älter und erfahrener sein, einem trainierten Polizisten hatte er dennoch nichts entgegenzusetzen. Ich unterlief seinen Hieb mit der Linken, drehte mich dabei, griff mir seinen Arm, zog in der Drehung weiter daran, was ihn ins Straucheln brachte und dann rückwärts mit dem Kopf auf die Kühlerhaube seines Renners krachen ließ. »Au!«, schrie er. Ob er damit seinen Kopf oder die teure Beule im Blech meinte, war mir in dem Moment egal. Ich zog seinen Arm in die andere Richtung, verdrehte ihn und drehte seine Hand nach innen. Jetzt war er mehr oder weniger bewegungsunfähig und lag schon halb auf der Erde.

Ich konnte es mir nicht verkneifen, ihm den linken Arm mit meinem Spielbein wegzukicken, bevor er sich damit abstützen konnte. Schon knallte er mit dem Gesicht auf den Beton und fluchte. »Das hat wehgetan, du Fotze!«

»Achten Sie auf Ihre Sprache, Herr Wichtel«, ermahnte ich ihn. »Ich nehme Sie hiermit wegen Widerstands gegen die Staatsgewalt vorläufig fest. Sie haben das Recht auf einen Anruf, einen Anwalt und auf Beweismittelerhebung, und sie werden unverzüglich einem Haftrichter vorgeführt werden. Sie haben das Recht zu schweigen und müssen sich nicht selbst belasten. Sie haben wegen Ihrer Verletzungen auch das Recht auf alsbaldige ärztliche Behandlung.« Ich machte eine kleine Sprechpause.

»Sie haben außerdem die zulässige Geschwindigkeit auf der Autobahn um mehr als einhundertachtzig Stundenkilometer überschritten. Ich werde Ihnen deshalb mit sofortiger Wirkung den Führerschein entziehen und Ihr Fahrzeug stilllegen, indem ich Ihre Fahrzeugschlüssel an mich nehme. Es wird später abgeschleppt und in Gewahrsam genommen werden. Haben Sie dazu noch etwas zu sagen? Herr Wichtel?«

Meine Rede, in der ich mich bemüht hatte, möglichst nichts zu vergessen, hatte er durch mehrere Schmerzensrufe unterbrochen, da ich zur Bekräftigung weiter an seiner Hand drehte und ihn mit dem Arm nach unten drückte.

»Fick dich, du Arschloch!«, antwortete er. »Weil du mir mit meiner Aktion gegen diese Scheiß-Umweltschützer nicht kommen kannst, versuchst du es jetzt mit einer Verkehrsstraftat? Da lachen doch die Hühner! Du wirst schneller bei irgendeinem drittklassigen Wachdienst landen, als du Scheiße sagen kannst, Jansen!«

Ich pflückte die Handschellen von meinem Gürtel. »Die sind leider nicht mit Diamanten verziert, diese Armbänder, Herr Wichtel, tut mir leid, das steht Ihnen gar nicht«, sagte ich, während sich das erste Schmuckstück um sein Handgelenk schloss. »Den Fischern haben Sie es ja ordentlich gegeben. Bei mir wird das etwas komplizierter, mein Herr.«

Er fiepte vor Schmerz, als ich ihm, wohl etwas unsanft, die andere Hälfte um sein zweites Handgelenk legte. »Ihnen werde ich es noch zeigen, Sie Pisser!«, kündigte er an. »So wie ich die in die Luft gejagt habe, werden Sie auch noch hochgehen, so oder so ähnlich, warten Sie's ab, Sie dämliches Schwein!«

Ich zog ihn mit meiner Linken an seinen Schmuckstücken hoch und tastete ihn mit der Rechten nach Waffen ab. An einer Stelle fand ich eine verdächtige Beule und drückte zu. Er schrie auf. Dann war das wohl doch keine Pistole gewesen, dachte ich.

Während ich ihn zu meinem Wagen brachte, nervte ich weiter. »So so, die haben Sie also in die Luft gejagt. Was war das für ein Gefühl? Haben

Sie dabei einen hochgekriegt, Herr Wichtel, oder ist Ihnen gleich einer abgegangen?«

»Sie hätten die Gesichter von denen sehen sollen«, lachte er trotz der Stöße mit meinem Knie, die ihn zum Weitergehen bewegen sollten. »Auf ihrem Scheiß-Kutter mit seiner niedrigen Bordwand, und mit dem ganzen Sprengstoff an Bord. Dachten wohl, sie könnten es mit mir aufnehmen oder entkommen. Mir nicht! Au! Passen Sie doch auf, Mensch! Die haben vielleicht geglotzt, als ich ihnen ihre eigene Medizin verpasst habe! Ein schöner Knaller, lange Zündschnur, rein in das Zeug, und husch, weg war ich. Und dann hatte ich doch noch das schönste Silvesterfeuerwerk seit Jahren.« Er lachte hämisch. »Die haben's doch verdient, das muss doch selbst ein Knallkopp wie Sie verstehen. Die wollten das Kraftwerk in die Luft jagen. Sie hätten das nicht anders gemacht.«

»Ich hätte aber keinen Knaller genommen, sondern eine Stange Dynamit aus dem Lager«, sagte ich locker dahin, während ich die hintere Tür des SUV öffnete. »Das stand doch offen. Rein da.«

Er sperrte sich und drehte sich halb zu mir um. »Denken Sie, das hätte ich nicht gemerkt, dass der blöde Typ von Wachmann Tür und Tor offen gelassen hat? Ich habe mir gleich ein paar davon geschnappt und in die Säcke von denen gesteckt und zwei weitere mitgenommen.«

Wichtel lächelte siegesgewiss, als er sich dann doch auf den Rücksitz schieben ließ. »Nur blöd, dass Sie das nicht beweisen können. Bewerben Sie sich doch gleich als neuer Wachmann in Eemshaven. Den alten habe ich schon rausschmeißen lassen. Vielleicht gebe ich Ihnen eine Chance, wenn Sie mich jetzt weiterfahren lassen. Hören Sie schon auf mit dieser Schmierenkomödie. Dann lasse ich noch mal Gnade vor Recht ergehen.«

»Ich nehme das mal als ein Geständnis«, sagte ich locker. »Haben Sie Ihren Führerschein im Portemonnaie oder im Auto?«

Er sah mich verständnislos an. »Keine Ahnung. Zu Hause, denke ich.«

»Was ein weiterer Verstoß gegen die Straßenverkehrsordnung ist.« Ich griff trotzdem an seine Hosentaschen, holte seinen Autoschlüssel und sein Portemonnaie raus und sah es mir genau an. »Das ist als Beweismaterial beschlagnahmt«, erklärte ich ihm. »Ich schließe Sie jetzt hier ein, dann schließe ich Ihr Fahrzeug ab und sehe vorher nach den Papieren oder anderen Beweismitteln. Versuchen Sie nichts, die Kindersicherung ist an. Sie kommen hier nicht raus. Wenn doch, muss ich von der Waffe Gebrauch machen. Ist das klar?«

Jetzt blieb er zum ersten Mal stumm.

Papiere hatte er auch im Auto nicht. Vermutlich dachte er, er bräuchte keine, mit seinen Beziehungen. Eine Waffe hatte er leider nicht im Auto. Dafür jede Menge an Alkoholika und fünf Päckchen mit weißem Pulver. Das sackte ich mithilfe meiner Beweismitteltüten ein, die ich immer dabei hatte, und suchte weiter. Und dann?

Ich hatte es geahnt. Im Kasten für das Reserverad hatte er noch eine Stange Dynamit liegen. Mit der Chargennummer und seinen Fingerabdrücken darauf würde ich weitere Beweismittel in Händen halten.

Jetzt hatte ich ihn wirklich. Ich stellte das Mikrofon meines Handys aus und schickte die Aufnahme gleich an mehrere Leute weiter. Gunnar Gerken, Böhme und Dr. Klement. Und zur Sicherheit auch noch an Lisa und Onno.

»Ich habe Kokain in Ihrem Wagen gefunden, Herr Bösewichtel, und eine Stange Dynamit. Außerdem habe ich Ihr Geständnis aufgezeichnet. Das Gericht wird das wohl anerkennen müssen, zusammen mit den Indizien.« Ich zeigte ihm das Handy und vergewisserte mich, dass das Mikrofon tatsächlich nicht mehr aufnahm. »Sie arrogantes Arschloch. Jetzt habe ich Sie am Sack. Sie werden wegen Mordes hinter Gittern schmoren, und Ihre sogenannten Freunde werden Sie fallen lassen wie die sprichwörtliche heiße Kartoffel. Wie die Sie übrigens auch aussehen, trotz aller teuren Klamotten. Ich bringe Sie jetzt auf die Wache in Norden, bis wir einen Termin beim Richter bekommen. Und dann werde ich Ihre Freunde anrufen und allen Bescheid geben. Bereiten Sie sich auf viele Jahre im Knast vor. Ich hoffe doch, Sie duschen gern.«

* * *

Zwei Tage später, nachdem ich von Sonntag auf Montag ordentlich ausgeschlafen hatte, nutze ich den Montag dazu, dem Amtsgericht in Norden alle Unterlagen von mir zukommen zu lassen nebst einer unterschriebenen Zeugenaussage. Die Sachbeweise hatte ich sofort Jesko Harms übergeben, alle elektronischen per NIMes an Polizei, Staatsanwaltschaft und das Gericht übermittelt. Und nicht nur an die Polizei in Norden, sondern auch gleich ans LKA in Hannover.

Der Haftrichter in Norden hatte Wichtel aufgrund seiner massiven Geschwindigkeitsübertretung und des Verstoßes gegen das Betäubungsmittelgesetz eingebuchtet. Der Mordverdacht, zusammen mit dem Mitschnitt seiner Aussagen, wirkte noch schwerer, er hatte diese Indizien gleich ans Landgericht Aurich weitergeleitet, wo Wichtel bereits in Untersuchungshaft saß. Sein Anwalt hatte versucht, ihn gegen eine sehr hohe Kaution freizubekommen, was der Haftrichter wegen Fluchtgefahr abgelehnt hatte.

Die Staatsanwaltschaft, das Amtsgericht und der Verteidiger waren übereingekommen, die Fälle abzuteilen. Der schwere Verkehrsverstoß und der Drogenbesitz wurden separat verhandelt; der Mordvorwurf würde vom Amtsgericht als Schwurgericht erstinstanzlich behandelt werden.

Damit hatte ich mein Ziel erreicht. Ich hatte Beweise und Indizien zusammengetragen und den Mann gestellt und verhaftet. Mit der Justiz hatte ich nichts mehr zu tun, außer als Zeuge.

Montagmittag fuhr ich in die Dienststelle und gab meine Pistole und meine Marke ab, wie angeordnet. Außerdem meldete ich mich offiziell beim Streifendienst an. Die Kollegen hatten viel zu tun, nach dem Monstersturm hatten sich die Einsätze gehäuft.

Bevor ich allerdings mitfahren durfte, erreichte mich ein Anruf aus Hannover – Böhme. Ich sollte mich am nächsten Morgen um zehn Uhr am Waterlooplatz einfinden. Bis dahin sollte ich nach Hause fahren und in mich gehen, wie er sagte.

Schade. Ich wäre gern mal wieder Streife gefahren, das erinnerte mich an alte Zeiten.

Die Kids waren in ihrer Krabbelgruppe, Lisa war im Krankenhaus. Jetzt saß ich tatsächlich allein zu Haus, mit Jackie auf meinem Schoß. Ich ging im Kopf nochmals alles durch. Klar, ich hatte viel Bockmist gebaut. Andererseits hatte ich gegen alle Widerstände einen Mörder gefasst, der sonst davongekommen wäre. Einen mutmaßlichen Mörder, verbesserte ich mich.

Was mich wohl in Hannover erwartete? Ein Orden? Der endgültige Rausschmiss? Eine Versetzung in die Wüste?

Ich griff mir meine Uni-Unterlagen, merkte aber bald, dass ich keine Zeile behalten konnte. Gerade gelesen und schon war sie wieder weg. Auch zum Aufräumen ums Haus und im Garten konnte ich mich nicht aufraffen. Das musste warten. Ich fuhr mit Jackie ans Meer und ging mit ihm am Watt spazieren.

Kurz nach vier holten wir Onno und Ella von ihrer Gruppe ab. Die beiden krähten und freuten sich riesig, mich zu sehen. Aber selbst sie konnten mich nicht lange ablenken; ich schweifte gedanklich immer wieder ab. Ich machte ihnen zu essen, Jackie ebenfalls, wechselte ihre Klamotten, steckte die gebrauchten in die Maschine, versuchte wieder mit ihnen zu spielen, aber die Zeit verging einfach nicht.

Erst als Lisa nach Hause kam, besserte sich meine Situation. Mit ihr konnte ich reden. Lisa kennt und versteht mich.

»Weißt du, Kleiner, den Kopf werden sie dir schon nicht abreißen, und so ein schlaues Kerlchen wie du findet doch sofort wieder einen guten Job, wenn alle Stricke reißen. Wir beide stehen das gemeinsam durch, mach dir keine Sorgen.«

Später am Abend ließ sie sich noch etwas anderes einfallen, um mich abzulenken, bevor ich dann in einen langen und traumlosen Schlaf fiel.

* * *

»Da sind Sie ja, Jansen. Kommen Sie rein und setzen Sie sich. Sie auch, meine Herren.«

Gerken hatte ich überraschend im Foyer getroffen. Wir waren zusammen zu Böhme marschiert, der uns dann in das geräumige Büro seines Vorgesetzten geführt hatte. Immerhin wurde mir nicht gleich der Kopf abgerissen, insofern hatte Lisa recht gehabt. Wir bekamen sogar Kaffee und endlich einmal ordentliche Kekse, die nicht schon seit Jahren auf demselben Teller lagen.

Dr. Klemens machte Smalltalk mit Böhme und beachtete mich kaum. Bis er das Thema doch auf mich brachte.

»Herr Jansen, ich dachte, ich hätte mich klar und deutlich ausgedrückt«, sprach er mich direkt an. »Sie sollten ihre Finger von dem Fall lassen. Wir kennen Sie als Heißsporn und Alleingänger, und gerade deshalb mussten wir Sie aus dem Verkehr ziehen.«

Er trank einen Schluck vom wirklich guten Kaffee. »Sie haben sich da in Dinge eingemischt, von denen Sie nichts verstehen. Wichtel hatten wir schon länger auf dem Kieker. Der ist oder war so ein Machttier, ein Draufgänger und Durchsetzer, das hat ihn dahin gebracht, wo er bis vorgestern noch war. An wichtige Schalthebel im Energiewesen, und in die Nähe der Schalthebel der Politik. Er ist dazu schon öfter über Leichen gegangen.« Er merkte, was er da gerade gesagt hatte, und lächelte. »Im übertragenen Sinn. Der hat Beziehungen in den Nahen Osten, zu Drogenbaronen in Kolumbien, zu skrupellosen Ölscheichen. Im Ausland. In Deutschland ist er in Korruptionsfälle verwickelt, vor allem beim Bau von Großanlagen aller Art. Wo es um viel Geld ging, war er dabei und hat vermittelt. Der sieht sich selbst als Macher, als einer, der Sachen zustande bringt. Der Hindernisse beiseiteräumt.«

Der Oberrat räusperte sich. »Womit er Ihnen nicht unähnlich ist. Sie halten sich ebenso wenig an die Vorschriften wie dieser Wichtel. Und Sie haben damit die Arbeit der Polizei auf viel höherer Ebene behindert. Ist Ihnen das überhaupt klar? Wir wollten an seine Kontakte ran, an seine Konten, wir wollten das ganze kriminelle Netzwerk kennen, bevor wir ihn hopsnehmen. Und dann kommt Jansen. Lukas Jansen. Mit der Lizenz zum voreiligen Handeln.«

Böhme und Gerken sahen mich strafend an. Jetzt kriegt er sein Fett, stand in ihren Gesichtern.

»Sie haben sich darüber hinweggesetzt, dass Sie ihre Waffe abgeben sollen, dass Sie sich bei der Streife melden sollen, und über alles andere, was Ihnen aufgetragen worden ist, ebenso«, ereiferte sich Dr. Klemens jetzt. »Sie haben sich nicht an das Verbot gehalten, Wichtel weiter zu verfolgen. Sie haben überhaupt jede mögliche Regel im Buch übertreten. Was soll die Öffentlichkeit denn von der Polizei denken, wenn so einer wie Sie auf die Menschheit losgelassen wird?«

Jetzt war es an mir, mich zu räuspern. »Mit Verlaub, Herr Kriminaloberrat, wenn ich das noch sagen darf. Das stimmt so nicht ganz. Ich habe tatsächlich Verkehrsüberwachung gemacht, in Ostfriesland, auf der A31, und einen Verkehrssünder geschnappt. Der dann auch noch Rauschgift im Auto hatte und sich der Überprüfung seiner Personalien widersetzt hat. Dass er dann noch nebenbei einen Mord gestanden hat, war doch eher Zufall.«

Plötzlich konnte sich Klemens vor Lachen nicht mehr halten. Er fing erst an zu grinsen, dann zu kichern, und schließlich platzte es laut aus ihm heraus. Ansteckend. Schon lachten die beiden anderen mit, nur ich hielt noch einige Sekunden länger durch.

»Sie haben Verkehrsüberwachung gemacht«, brachte er schließlich heraus. »Das ist doch zum Schießen! Wo wollen Sie denn damit durchkommen, Jansen?« Er wischte sich zwei Tränchen aus den Augen. »Sie drehen und verbiegen einem doch das letzte Wort im Mund. Andererseits, ich bewundere ja Ihren Erfindungsgeist. Dem eine Falle zu stellen wie diese, das erfordert schon eine gute Beobachtungsgabe und auch eine gewisse Findigkeit, ihm aus seinem eigenen Ego einen Strick zu drehen. Wirklich, da haben Sie meinen Respekt.«

Er wurde wieder ernst. »Was soll ich denn nun mit Ihnen machen?«

Ich zögerte. Was sollte ich sagen? Mich meinen Job machen lassen? Mich rauswerfen? Mir einen Orden geben?

»Sie haben völlig recht«, sagte ich. »Ich neige dazu, impulsiv zu handeln und die Vorschriften ein wenig geschmeidiger zu handhaben, wenn ich das mal so salopp sagen darf. Andererseits musste ich befürchten, dass ein Mörder davonkommt, ohne belangt zu werden, wenn ich mich nicht darum kümmere. Von übergeordneten Motiven konnte ich nichts wissen, Sie haben das auch nicht in einer für mich verständlichen Weise angedeutet. Ich bin dem Gesetz verpflichtet und darf eine mutmaßliche Straftat nicht ignorieren. Ich habe das aus bestem

Wissen und Gewissen machen müssen. Mein Eid, den ich noch leisten werde, verpflichtet mich dazu. Ich musste doch annehmen, dass Wichtels Arm bis ganz nach oben, unter Umständen auch bis in diese Behörde hineinreicht. Da darf man nicht wegsehen. Entschuldigen Sie meine Direktheit, aber so bin ich nun mal. Sagen wir es doch mal so: Sie sehen einen ungeschliffenen Rohdiamanten vor sich. Wertvoll, wenn die letzten Kanten abgeschliffen sind.«

Neben mir stöhnte Böhme leise auf. Hatte der Jansen gerade angedeutet, er oder Klemens wären bestechlich?

»Da brauchen wir aber Korngröße fünfzig, wenn wir Ihnen die Kanten noch abschleifen wollen«, fand Klement. »Ich verstehe Ihre Beweggründe sogar. Trotzdem, wir können Ihre Eigenmächtigkeit so nicht länger hinnehmen, Herr Jansen. Ich bin ehrlich gesagt enttäuscht. Ich hätte mehr Selbstkritik erwartet.«

Jetzt kommt er, der Rausschmiss, dachte ich.

»Sie werden fürs Erste suspendiert. Und zwar, um Ihren Abschluss zu machen, Jansen. In dieser Zeit müssen Sie mir versprechen, die Finger von delikaten Fällen zu lassen, sonst müssen wir Sie wirklich rauswerfen, und zwar hochkant. Ist das klar?«

Ich nickte.

»Sobald Sie Ihren Abschluss haben, kommen Sie persönlich bei mir vorbei. Wir werden dann sehen, wie Sie abgeschnitten haben, und ob wir Sie weiter einsetzen können und wollen. Kümmern Sie sich um Ihre Kinder und Ihr Studium. Ich möchte dann keine Kanten mehr sehen. Ist das verstanden?«

Ich sagte nichts, nickte aber zweimal.

»Gut. Das reicht mir. Sie sind weiterhin Kommissar auf Probe. Wie gesagt, keine Eskapaden. Sonst ist Ende der Fahnenstange.«

Er stand auf, kam um den Tisch herum und legte mir väterlich die Hand auf die Schulter. »Ansonsten haben Sie Ihre Sache gut gemacht. Verlieren Sie Ihren Enthusiasmus und Ihre Findigkeit nicht. Und sprechen Sie mit uns und Ihren Kollegen, wenn Sie ein Problem erkennen. Immer. Keine Alleingänge mehr.«

Er nahm seine Hand wieder weg.

»Viel Erfolg dabei, Jansen. Und weiter viel Glück.«

* * *

Zwei Tage später saßen Lisa und ich in einem Strandkorb auf Wangerooge, an einem Stück Strand, das die Wucht des Orkans halbwegs überstanden hatte. An diesem Abschnitt sah es aus, als ob es nie einen Sturm gegeben hätte, sogar die Sonne hatte sich hinter den Wolken hervorgewagt.

Onno und Ella, beide dick eingemummelt, krabbelten vor uns durch den Sand und krähten, wenn sie eine Muschel oder ein Stöckchen fanden. Jackie lief am Rand des Wassers einem anderen Hund hinterher und freute sich seines Lebens.

»Ich habe mir Sorgen um dich gemacht, Lukas«, erleichterte Lisa ihr Herz. »Du bist wieder solche Risiken eingegangen, und fast wärst du mir erfroren, Kleiner. Ich weiß nicht, was ich dann getan hätte. Ohne dich.« Sie griff nach meiner Hand und lehnte sich für einen langen Kuss zu mir herüber und seufzte. »Ich bin so erleichtert, dass zum Schluss alles gut ausgegangen ist. Dieser Klemens hat doch recht. Du solltest dich wirklich eine Weile nur um uns und dein Studium kümmern.«

Ich lehnte mich zurück und atmete tief durch. »Vermutlich ja. Okay. Genauso machen wir das.«

Ein Sonnenstrahl huschte über uns hinweg, und wir lehnten uns glücklich und zufrieden im Strandkorb zurück.

»Außer wenn uns etwas dazwischenkommt«, ergänzte ich. »Wir sind ja dafür da, dass die Welt in Ordnung bleibt. Als Polizisten. Aber hier in Ostfriesland weiß man ja nie, was als Nächstes passiert.«

ENDE

Ostfrieslandkrimi-Empfehlungen des Klarant Verlages

Kennen Sie schon die weiteren Bände der Küstenkrimi-Reihe „Lukas Jansen ermittelt“ von Nick Stein?

„Adlerkiller“, Band 1
Taschenbuch ISBN: 978-3-95573-886-0
eBook ISBN: 978-3-95573-894-5

„Bienenkiller“, Band 2
Taschenbuch ISBN: 978-3-95573-893-8
eBook ISBN: 978-3-95573-894-5

„Nordseekiller“, Band 3
Taschenbuch ISBN: 978-3-95573-896-9
eBook ISBN: 978-3-95573-897-6

„Inselkiller“, Band 4
Taschenbuch ISBN: 978-3-95573-936-2
eBook ISBN: 978-3-95573-937-9

„Sturmkiller“, Band 5
Taschenbuch ISBN: 978-3-95573-970-6
eBook ISBN: 978-3-95573-971-3

Klarant Verlag

Lernen Sie die Ostfrieslandkrimi-Titel des Klarant Verlages kennen und besuchen Sie uns im Internet unter:

www.ostfrieslandkrimi.de

und

www.klarant.de

Sie können dort Näheres über unsere Autoren erfahren, viele weitere interessante Bücher und eBooks finden und Leseproben herunterladen. Mit dem kostenlosen Newsletter auf

www.ostfrieslandkrimi-lesen.de

erhalten Sie aktuelle Informationen rund um das Verlagsprogramm, wie beispielsweise spannende Neuerscheinungen und Gewinnspiele.